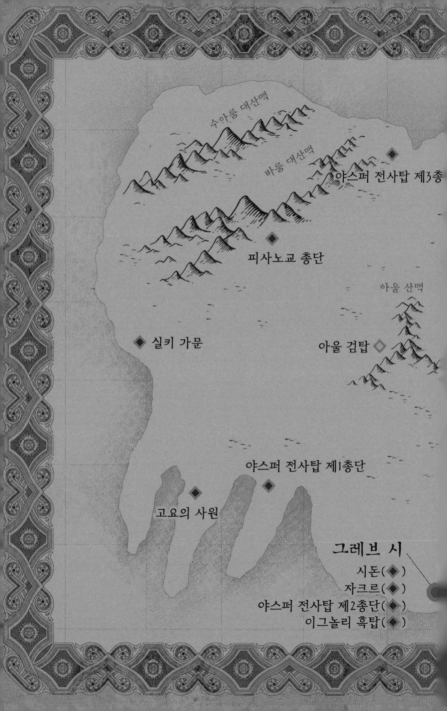

추이타 북산맥

추이타 대초원

추이타 남산맥

피요르드 시
  쿠퍼 가문(◇)
  은화 반 닢 기사단(◇)
  모레툼 교황청(◇)

과이올라 시

솔노크 시

솔 강

더듐 시
  퍼 마탑(◇)

원시림

라폴리움 시
  라폴 도서관(◇)

트루게이스 시

◇ 백 진영
◆ 흑 진영
◈ 중립 진영
● 도시

뉴브로도 시
  아바니 가문(◈)
  수의 사원(◈)

언노운월드 대륙 전도

E 이탄 TAN

ORIGINAL FANTASY STORY & ADVENTURE

쥬논 판타지 장편소설

dream
books
드림북스

이탄 32 대전쟁이 시작되다 Ⅲ

초판 1쇄 인쇄 2022년 8월 12일
초판 1쇄 발행 2022년 8월 30일

지은이 쥬논
발행인 오영배
편집 편집부
일러스트 필연
표지·본문 디자인 오정인
제작 조하늬

펴낸곳 (주)삼양출판사·드림북스
주소 서울시 강북구 도봉로 173
대표 전화 02-980-2112 팩스 02-983-0660
편집부 전화 02-987-9393 팩스 02-980-2115
블로그 blog.naver.com/dreambookss
출판등록 1999년 3월 11일 제9-00046호

ISBN 979-11-283-7151-6 (04810) / 979-11-283-9990-9 (세트)

드림북스는 (주)삼양출판사의 판타지·무협 문학 브랜드입니다.

목차

부제: 언데드지만 신전에서 일합니다

사대신수

『성혈의 바하문트』

—신수: 날개 달린 사자

—상징: 공포

—속성: 흙(土), 피(血)

『불과 어둠의 지배자 샤피로』

—신수: 광기의 매

—상징: 탐욕

—속성: 불(火), 어둠(暗), 나무(木)

『포식자 하라간』

—신수: 투명 마수

—상징: 타락, 나태

—속성: 얼음(氷), 균(菌), 물(水)

『둠 블러드 이탄』

—신수: 냉혹의 뱀

—상징: 파멸

—속성: 금속(金), 빛(光)

발췌문

[과거에 소멸한 신]

1. 악신:

— 태생: 외계에서 상차원 이동을 통해 넘어온 것으로 추정.

— 특징: 모름.

— 현재 상태: 태초에 다른 신들에 의해 소멸.

— 기타 정보: 스악골 공작의 적회색 단검을 통해서 악신이 금속 뱀과 결합하는 장면이 목격됨.

2. 적신:

— 태생: 외계에서 상차원 이동을 통해 넘어온 것으로

추정.

— 특징: 붉은 뱀(적양갑주)의 형태.

— 현재 상태: 태초에 악신에게 잡아먹힌 것으로 추정되며, 악신이 소멸된 이후로는 적양갑주의 형태로만 남아 있는 것 같음.

3. 태초의 마신 피사노:

— 태생: 아마도 부정 차원의 창조주(?).

— 특징: 부정 차원의 인과율인 만자비문의 힘을 회색 비석 형태로 남김.

— 현재 상태: 악신을 소멸시킨 직후, 다른 신들의 협동 공격을 받아 소멸.

[아직 건재한 신]

4. 인과율의 여신

— 태생: 정상 세계의 지배자.

— 특징: 신체가 파동으로 이루어져 있음.

한때 '구현'이나 '엑시큐션'과 같은 강력한 언령을 가지고 있었음.

— 현재 상태: 정상 세계를 복제한 유사 우주(Quasi—Universe)에 웅크리고 있음.

마크루제 술탑주의 반지를 매개체로 삼아 등장했었음.

5. 여섯 눈의 존재:

— 태생: 부정 차원에서도 가장 어두운 지역인 암흑세계의 창조주.

— 특징: 암흑 물질을 다룸.

암흑 물질을 응집하여 만든 암흑 손으로 적을 공격.

시간을 거슬러 과거로 회귀하거나 거꾸로 미래로 갈 수 있음.

— 현재 상태: 부정 차원 깊숙한 곳에 위치한 암흑세계에 머무는 중.

6. 탈룩:

— 태생: 부정 차원 내 혈해(血海)의 창조주.

— 특징: 피를 자유롭게 컨트롤함.

하나뿐인 눈으로 부정 차원 전체를 꿰뚫어봄.

모든 사건과 사물의 과거와 현재, 미래를 한눈에 통찰함.

운명의 주사위를 굴려서 타인의 미래를 바꿀 수 있음.

모든 생명체의 뇌를 컨트롤할 수 있는 오버 스피릿(Over—spirit: 군림하는 영혼).

— 현재 상태: 부정 차원 깊숙한 곳에 위치한 혈해에 머무는 중.

7. 콘:

— 태생: 외계에서 상차원 이동을 통해 넘어온 것으로 추정.

동차원의 주신으로 숭배받고 있음.

— 특징: 중력을 자유롭게 다루며, 중력을 무한히 증폭하여 블랙홀을 만들어냄.

희끄무레하여 형태를 알아볼 수 없음.

영혼과 에너지의 지배자인 것으로 추정(간용음의 열하고성일지 참조).

— 현재 상태: 동차원 어딘가에 웅크리고 있는 것으로 추정.

마크루제 술탑주의 검푸른 깃발을 매개체로 삼아 등장했었음.

8. 알리어스:

— 태생: 외계에서 상차원 이동을 통해 넘어온 것으로 추정.

간씨 세가 세상의 신.

— 특징: 8개 근원(빛, 어둠, 불, 물, 바람, 얼음, 번개, 흙)의 창조주로 추정.

세계의 파편과 깊은 관련이 있는 것 같음(간용음의 열하고성일지 참조).

— 현재 상태: 간씨 세가 세상 어딘가에 웅크리고 있는

것으로 의심됨.

　　정확한 위치는 모름.

　9. 십제(十帝):

　— 태생: 검의 차원이라 불리는 검계(劍界)의 신령.

　— 특징: 한 자루 검의 형태.

　— 현재 상태: 평소에는 검계에만 머물고 있음.

　　모든 차원의 모든 종류의 검을 통해서 현신 가능.

[멀리 떠난 신]

　10. 퀸:

　— 태생: 외계에서 상차원 이동을 통해 넘어온 것으로
추정.

　— 특징: 차원이동을 자유롭게 하는 신비조직 쿤룬의
창시자.

　　"실수를 바로잡겠다."는 말을 남겼다는데, 여러모로
수상한 의도가 엿보임.

　　적회색 단검을 통해서 목격했던 사대환수와 관련이
깊어 보임.

　　싸움을 붙이는 모략자의 냄새가 풍김.

　— 현재 상태: 투명마신을 찾으러 다른 차원으로 떠났음.

　11. 투명마신:

— 태생: 외계에서 상차원 이동을 통해 넘어온 것으로
추정.

— 특징: 투명할 것으로 추정됨.

— 현재 상태: 다른 차원으로 떠났음.

[미래에 등장할 신]

12. 고대 고양이 신:

— 태생: 적회색 단검을 통해 목격한 괴상한 세계 출신
으로 사대환수 가운데 하나.

— 특징: 꼬리가 9개.

쿤룬에서는 '고대 고양이 신'이 9개의 생명을 모두
소진한 이후 '매'로 부활할 것이라 믿고 있음.

— 현재 상태: 다른 차원으로 떠났음.

13. 성혈의 뱀파이어:

— 태생: 다른 차원 출신.

— 특징: 피를 자유롭게 컨트롤(탈룩과 비슷한 권능인 듯).

생명력을 흡수.

— 현재 상태: 다른 차원에 머물고 있음.

—먼 훗날 이탄이 정리한 기록 가운데 발췌

제1화
라임 협곡 공방전 V

Chapter 1

지칠 대로 지친 방케르가 이탄에게 최후의 공격을 날렸다.

"헉헉. 이놈, 죽어라."

이건 거의 자포자기하는 심정으로 날린 공격이었다. 어찌나 힘이 약해졌던지 방케르가 만든 은빛 검은 1,000개는 커녕 300개에도 미치지 못했다. 그러니 이 공격은 천검일섬이라는 원래 이름 대신 삼백검일섬 정도로 바꿔야 했다.

안쓰러운 광경을 보게 되자 이탄은 동정심을 품었다.

겉으로 드러난 이탄의 표정이 방케르를 노엽게 만들었다.

"크으윽. 어디서 감히 그딴 눈으로 나를 보는 게냐? 죽여 버릴 테다."

방케르는 적의 동정을 받은 것이 치욕스러운 듯 아랫입술을 꽉 깨물었다. 방케르의 턱을 타고 피가 주륵 흘러내렸다.

방케르는 절대로 이탄에게 동정을 받고 싶지 않았다. '피사노교의 악마 놈에게 동정을 받느니 차라리 죽는 게 낫다.'는 게 방케르의 신념이었다.

"우와아아악."

방케르는 자신의 마지막 생명 한 방울까지 활활 태워서 검에 불어넣었다. 300개까지 줄어들었던 은빛 검이 다시 500개를 넘어 600여 개에 도달했다.

딱 여기까지가 한계였다. 더 이상은 방케르의 오러가 이어지지 않았다.

'빌어먹을. 이게 끝이로구나.'

방케르가 만들어낸 600여 개의 검들이 하나로 응축되어 폭발적으로 공간을 갈랐다.

고작 600개의 검을 응축한 정도로는 이탄을 상대하기 불가능했다. 방케르의 이번 공격이 막히면 다음은 그의 목이 떨어질 차례였다. 방케르는 죽음을 예감한 듯 비장한 표정을 지었다.

솔직히 방케르는 죽는 게 두렵지는 않았다. 다만 검의 끝을 보지 못하고 가는 게 아쉬울 따름이었다.

빠아아앙—.

방케르가 입가에 씁쓸한 미소를 머금은 가운데, 그가 최후로 날린 일격이 벼락처럼 뻗어와 이탄에게 닿았다.

비록 이번 천검일섬은 이전 방케르의 공격에 비해서 위력도 약화되었고 속도도 느렸으나, 다른 사람들의 눈에는 여전히 강력하게만 느껴졌다.

다들 침을 꿀꺽 삼켰다.

"흐아아압."

이탄은 한편의 연극이라도 하듯이 크게 기합을 넣으며 방케르를 향해서 마주 몸을 날렸다. 방케르의 천검일섬과 충돌하는 순간, 이탄은 블러드 쉴드(Blood Shield: 피의 방어막)를 만들어서 자신의 몸을 보호했다. 물론 이 블러드 쉴드는 이탄이 일부러 약하게 구현한 상태였다.

파삭!

달걀 껍데기 깨지는 듯한 소음과 함께 방케르의 천검일섬이 이탄의 블러드 쉴드를 뚫었다.

그 순간 이탄의 몸이 엿가락처럼 길게 늘어나면서 방케르를 덮쳤다. 이탄의 손이 방케르의 허리춤을 공격했다.

"흥."

방케르는 반사적으로 검을 휘둘러 이탄의 가슴을 베었다.

솔직히 방케르의 반격은 제대로 힘이 실리지 않은 임기응변에 불과했다. 방케르는 일단 검을 휘둘러 이탄을 뒤로 물러나게 만든 뒤, 호흡을 다시 가다듬을 요량이었다.

한데 이게 웬일인가.

"으아악."

느닷없이 이탄의 입에서 비명이 터졌다.

이탄은 방케르의 눈먼 검에 급소를 맞은 것처럼 허공에서 펄쩍 경련했다. 그리곤 화살에 맞은 새처럼 지면으로 추락했다.

"엉? 그게 통했다고?"

믿기 힘든 결과에 방케르가 오히려 깜짝 놀랐다. 방케르는 어리둥절한 얼굴로 추락하는 이탄을 굽어보았다.

"크으윽. 제기랄."

땅에 떨어진 이탄이 피투성이로 변한 가슴을 손으로 지혈했다. 이탄은 그 상태에서 허공에 둥실 떠 있는 방케르를 향해서 이빨을 드러내었다.

"역시 만만치 않은 늙은이구나."

"막내, 괜찮아?"

사브아가 바람처럼 날아와 이탄을 부축했다.

이탄은 잔뜩 억눌린 음성으로 사브아에게 후퇴를 종용했다.

"누님, 안되겠습니다. 이대로 저 괴물 늙은이와 계속 싸우다가는 아군의 피해가 급증할 것 같습니다. 처음 계획대로 협곡 안에서 싸우시지요."

"몸은? 몸은 좀 어떤데?"

사브아가 이탄의 부상 정도를 살폈다.

그러면서 사브아는 약간의 의구심을 품었다.

'이상하다? 조금 전까지만 해도 쿠미가 더 유리해 보였는데? 그래서 내심 바짝 긴장을 하였건만 내가 잘못 보았단 말인가?'

솔직히 사브아는 아직까지도 상황 파악이 잘 되지 않았다.

이탄은 사브아가 정신을 차릴 틈을 주지 않았다.

"누님, 시간이 없습니다. 피해가 더 커지기 전에 협곡 안으로 병력을 물리는 것이 옳을 것입니다."

괜히 무리를 하지 말고 처음에 세운 계획대로 하자는 것이 이탄의 주장이었다. 사브아는 이탄의 주장에 반대할 이유를 찾지 못하였다.

"그래. 일단 물러나자."

결국 사브아가 이탄의 뜻에 동조했다.

뒤로 물러나면서 사브아는 방케르를 힐끗 돌아보았다. 마침 방케르도 사브아에게 시선을 던졌다.

둘의 시선이 허공에서 부딪쳤다.

Chapter 2

라임 협곡 바깥쪽에서 불이 붙었던 흑과 백의 접전은 잠시 소강상태로 접어들었다. 흑 진영의 병력들이 협곡 안으로 되돌아간 탓이었다.

흑의 양 날개 중에 사브아가 먼저 병력을 뒤로 물렸다. 뒤를 이어서 이탄도 라임 협곡 안으로 후퇴했다.

백 진영은 감히 협곡 안으로 쫓아오지 못하고 중간에 추격을 멈추었다.

흑 진영 중앙 군막 안.

피사노 캄사가 터번을 벗어서 바닥에 홱 내팽개쳤다.

"카악. 누구 멋대로 병력을 뒤로 물리나? 엉?"

캄사의 분노에 주변이 조용해졌다.

캄사는 손가락으로 스스로를 가리켰다.

"이번 전쟁의 지휘관은 나다. 그러니까 내 명령 없이 누구도 전진할 수 없고, 또 후퇴할 수 없다고. 알아들어?"

캄사의 두 눈은 불덩이처럼 이글이글 타올랐다. 주변을 두리번거려 먹잇감을 찾던 캄사의 눈길은 정확하게 이탄과 사브아에게 꽂혔다.

특히 이탄이 캄사의 주요 타겟이 되었다.

사브아가 눈을 찌푸렸다.

"오라버니. 먼저 후퇴를 한 건 저예요. 그러니까 막내를 그만 다그치세요. 게다가 지금은 주변에 보는 눈도 있잖아요."

사브아의 말마따나 지금 군막 안에는 야스퍼 전사탑이나 고요의 사원 사람들도 함께 자리했다. 외부인이 참석한 공개석상에서 캄사가 이탄을 크게 나무라는 것은 분명히 문제가 될 만한 행동이었다.

"험험. 허허험."

야스퍼 전사탑의 탑주인 에레보스가 민망한 듯 헛기침을 했다. 에레보스는 아예 고개를 옆으로 돌려서 난감한 상황을 못 본 척했다.

이건 나름 현명한 행동이었다. 이 대목에서 경솔히 굴었다가는 피사노교의 신인들에게 찍히는 수가 있었다.

조심스러운 에레보스와 달리 고요의 사원 원주인 슐라이어는 뱁새눈을 뜨고 피사노교 신인들의 기싸움을 지켜보았다.

'캄사 님이 젊은 신인의 군기를 잡으려는 모양이구먼. 후훗.'

슐라이어의 입가에 엷은 미소가 맺혔다.

'듣자 하니 피사노교의 젊은 신인의 무력이 상당하다지? 그렇다면 과연 그가 발끈하여 캄사 님께 대들까? 아니면 얌전히 머리를 숙일까?'

슐라이어는 이탄의 반응이 진심으로 궁금했다.

모두의 이목이 쏠린 가운데 이탄은 캄사를 물끄러미 바라보았다.

이탄은 슐라이어의 기대처럼 캄사에게 대들지 않았다. 그렇다고 캄사에게 꼬리를 내린 것도 아니었다. 이탄은 그저 무저갱처럼 깊은 눈으로 캄사를 바라볼 뿐이었다.

'으흡!'

그 깊고 어두운 눈빛에 캄사가 움찔했다. 아니, 움찔하는 정도를 넘어서 캄사는 등골이 오싹했다.

캄사와 결합한 악마종도 황급히 캄사를 말렸다.

[안 돼. 하지 마. 위험해.]

세 마디로 이루어진 악마종의 경고를 듣자 캄사는 가슴이 철렁했다. 솔직히 캄사는 쿠미(이탄)와 정면으로 충돌할 생각이 없었다. 그저 그는 사브아와 이탄이 제멋대로 병력을 뺀 것에 화가 났을 뿐이었다.

캄사가 멈칫하자 군막 안에 잠시 적막이 흘렀다.

"크허험. 크험."

캄사가 헛기침으로 적막을 해소했다.

열이 식고 나니 캄사도 아차 싶었다. 난감해진 캄사는 사브아와 이탄에게 단단히 경고하는 것으로 이번 일을 덮고자 했다.

"사브아, 쿠미. 이번만 그냥 넘어가마. 앞으로 다시는 군령을 거역하지 마라. 내가 총사령관으로 있는 한 너희는 내 명령을 들어야 해. 만약에 너희가 또다시 제멋대로 행동한다면 나도 가만히 있지 않겠다."

캄사는 빠르게 경고를 마친 뒤, 등을 확 돌려서 군막 밖으로 나가버렸다.

'뭐래?'

사브아가 입 모양으로 이렇게 중얼거렸다. 그런 다음 사브아는 이탄을 향해서 어깨를 으쓱해 보였다.

이탄은 여전히 무감정한 눈으로 캄사가 사라진 방향을 응시했다.

"험험. 저는 먼저 나가보리다."

에레보스가 민망한 표정으로 먼저 자리를 떴다.

슐라이어도 헤실헤실 웃는 낯으로 자리를 비켰다.

이제 군막 안에는 이탄과 사브아만 남았다.

"막내, 화났어?"

사브아가 말똥말똥한 눈으로 이탄의 표정을 살폈다.

이탄이 하얀 건치를 드러내었다.

"하하하. 화가 나긴요. 누님과 단둘이 남을 때를 기다렸을 뿐입니다."

"나랑 단둘이? 왜?"

사브아가 고개를 갸웃했다.

이탄은 등 뒤에서 20 센티미터 길이의 막대를 하나 꺼냈다. 하얀 바탕에 붉은 장미꽃이 새겨진 막대기였다.

"어엉?"

사브아의 눈이 휘둥그레졌다.

이탄이 손목에 스냅을 주자 막대기 끝에서 용수철처럼 검날이 튀어나왔다. 하얀 백사처럼 길게 늘어진 검날은 길이가 무려 10 미터나 되었다. 검신도 손잡이와 마찬가지로 하얀색이었는데, 검신 중앙에 붉은 혈선이 새겨져 있어서 언뜻 보면 검신 전체가 분홍빛을 띤 듯했다.

"이거, 누님의 애병이 맞죠?"

"아니, 이걸 어떻게?"

"어떻게라뇨? 예전에 누님께서 제게 신신당부했지 않습니까. 방케르라는 못된 늙은이의 손에서 누님의 애병을 찾아달라고요."

이탄은 가벼운 미소와 함께 기다란 연검의 손잡이를 사브아에게 내밀었다.

사브아는 얼떨떨한 표정으로 연검을 받았다.

"그야 그랬지. 한데 이걸 언제 되찾은 거야?"

"조금 전에 방케르 늙은이와 마지막으로 부딪쳤을 때였습니다. 늙은이의 허리춤에 장미꽃 막대기가 대롱대롱 매달려 있는 것을 발견하고는 옳다구나 싶었지요. 그래서 혹시나 싶어서 슬쩍 했죠. 아하하."

"아!"

사브아는 조금 전 이탄이 방케르와 마지막으로 부딪쳤던 장면을 회상했다. 당시 이탄은 방케르보다 유리한 입장이었다.

그런데 갑자기 이탄이 무리를 해서 방케르에게 근접전을 펼쳤다. 사브아는 이탄이 손을 쭉 뻗어 방케르의 허리춤을 공격하는 모습을 똑똑히 보았다. 그런 직후, 이탄은 방케르에게 기습적인 일검을 허용하고는 지상으로 추락했다.

"그럼 그때 내 애병을 회수하느라 한 방 먹은 거야? 진짜?"

사브아의 눈동자가 파르르 흔들렸다.

이탄은 멋쩍게 뒤통수를 긁었다.

"아니 뭐, 그 늙은이와 싸우던 중에 갑자기 누님의 검이 눈에 띄지 뭡니까. 그래서 아무 생각 없이 손을 뻗었다가 조금 손해를 보았지요. 하하하. 하지만 아주 손해는 아닙니다. 덕분에 이렇게 무사히 누님의 애병을 찾을 수 있었으니까요."

"막내야."

사브아가 감격한 듯 이탄의 손을 잡았다.

"어엇?"

이탄은 짐짓 놀란 듯 손을 슬그머니 뺐다.

"흐흑. 이렇게 다치면서까지 내 검을 찾아달라는 건 아니었는데. 상처는 괜찮아?"

사브아는 눈물이 그렁한 눈으로 이탄을 올려다보았다.

"당연히 괜찮고말고요. 살짝 긁힌 정도입니다."

"어디 얼마나 상처가 깊은데?"

사브아가 이탄의 상처를 직접 살펴보려고 들었다.

이탄은 그런 사브아의 어깨를 살포시 붙잡아 뒤로 밀어내었다.

"아유, 이미 다친 곳은 다 아물었습니다. 누님도 알다시피 제가 싸마니야 님의 혈육이 아닙니까. 하하하. 저희 혈족의 특성상 자가치유 능력이 아주 뛰어나지요."

솔직히 이탄의 가슴에는 전혀 상처가 없었다. 조금 전 전투에서 이탄은 방케르에게 한 방 얻어맞은 것처럼 연극을 했을 뿐, 실제로는 눈곱만큼의 부상도 입지 않았다. 이탄은 딱히 피를 흘린 적도 없었다. 당시 이탄의 가슴에서 흘렀던 붉은 선혈은 블러드 쉴드로 연출해낸 가짜 피였다.

그러니까 이탄이 사브아에게 가슴을 열어서 보여줄 수는 없는 일이었다.

Chapter 3

전투가 재개된 것은 칠흑 같은 밤이었다. 수렁처럼 깊은 어둠 속에서 대기가 꿀렁꿀렁 요동쳤다.

갑작스러운 대기의 변화는 쿠샴으로부터 기인된 것이었다. 시시퍼 마탑의 부탑주인 쿠샴이 다시 한번 라인계 마법을 사용했다는 증거.

"또 시작인가?"

이탄은 입꼬리를 팽팽하게 위로 당겼다. 다른 사람들은 모르겠지만 이탄만큼은 공기가 꿀렁거리는 현상을 곧바로 감지했다.

이탄의 짐작대로였다. 쿠샴은 계외를 계내로 끌어들여 세계의 경계, 즉 라인(Line)을 허물었다.

이윽고 라임 협곡의 일부가 사람들의 눈앞에서 감쪽같이 사라졌다.

캄사가 뒤늦게 이변을 알아차렸다.

"이런 빌어먹을."

캄사는 뿌드득 소리가 들릴 정도로 이빨을 갈았다.

사실 캄사는 백 진영의 기습 공격을 예측하고 있었다.

'백 진영 놈들이 다시 한번 결계를 허물고 쳐들어와서 고요의 사원 수도승들을 공략할지 몰라. 가장 효과적인 타겟이 수도승들이니까.'

이게 캄사의 예상이었다.

그래서 캄사는 고요의 사원 수도승들 주변에 피사노교의 병력을 포진시켜 놓았다. 병력뿐 아니라 마법진도 설치해 놓았다.

이 마법진 가운데 하나는, 적의 등장과 동시에 캄사를 비롯한 피사노교의 신인들을 고요의 사원 주둔지로 순간이동 시키는 종류였다.

"아울 검탑 녀석들, 쳐들어만 와봐라. 아주 묵사발을 내주마."

캄사가 자신에 차서 으르렁거린 것이 불과 몇 시간 전의 일이었다. 순간이동 마법진 설치를 마친 뒤, 캄사는 백 진영 놈들이 다시 쳐들어오기만을 학수고대했다.

그런데 웬걸?

쿠샴은 캄사의 머리 꼭대기에 앉아 있었다. 그녀는 영악하게도 아울 검탑 검수들을 라임 협곡으로 파견 보내지 않았다. 대신 쿠샴은 라임 협곡 내부 한 토막을 뚝 잘라내 백 진영 한복판으로 끌어당겨 놓았다. 그것도 접근전에 취약한 고요의 사원 수도승들만을 쏙 뽑아서 아군 진영으로 잡아끌었다.

"허억?"

"안 돼애—."

현실을 깨달은 민머리 수도승들이 기겁했다.

조금 전까지만 하더라도 이 수도승들은 라임 협곡 땅바닥에 앉아서 중얼중얼 경전을 읊던 중이었다.

그런데 눈 한 번 깜빡이고 났더니 느닷없이 적진 한복판이 아닌가!

믿기지 않는 이변에 모든 수도승들이 자지러졌다.

그런 수도승들을 향해서 백 진영의 여러 세력들이 동시다발로 공격의 포문을 열었다.

"아울의 검수들이여, 저 더러운 망종들을 처단하라."

아울 5검이 검을 들어 수도승들을 가리켰다.

"추심 기사들은 모두 떨쳐 일어나라. 이참에 고요의 사원을 말살하라."

레오니 추기경도 기다렸다는 듯이 척살령을 내렸다.

"더러운 놈들, 다 죽여 버린다."

쎄숨 지파장은 떡갈나무 지팡이를 번쩍 치켜들었다가 힘차게 대지를 내리찍었다.

그 즉시 땅 속에서 우두둑 소리가 울렸다. 고요의 사원 수도승들의 발밑에서 금속 창이 우르르 튀어나왔다. 땅을 뚫고 솟구친 뾰족한 금속은 수도승들의 하체를 무자비하게 꿰뚫었다.

"아아악."

"살려 줘."

여기저기서 수도승들의 비명이 들렸다. 고요의 사원 수도승들은 사자 떼에 포위당한 사슴 무리처럼 패닉 상태에 빠져서 온 사방으로 흩어졌다.

고요의 사원 원주인 슐라이어가 악을 썼다.

"안 돼. 흩어지지 마라. 적진 한복판에서 뿔뿔이 산개해 봤자 도망칠 길은 없느니라. 차라리 중앙으로 모여라. 다 함께 모여서 끝까지 싸우자."

슐라이어는 우렁찬 일갈과 함께 제자리에 주저앉았다. 슐라이어의 정수리에서 솟구친 노란 광채가 부하들의 이정표가 되어주었다.

공포에 질려 도망치던 수도승들이 부랴부랴 슐라이어의

주변으로 모였다. 그들은 바닥에 주저앉아 두 눈을 꼭 감고 주문을 외웠다.

그 와중에도 땅에서는 계속해서 금속 창이 솟구쳤다.

수많은 수도승들이 자리를 잡기도 전에 창에 찔려 죽었다. 앉아서 주문을 읊다가 죽는 자들도 속출했다.

하지만 혼란의 와중에도 일부 수도승들은 무사히 주문을 끝마치는 데 성공했다. 그런 수도승들의 정수리에서 노란 광채가 솟구쳤다.

캄캄한 밤이라 노란 광채가 더욱 눈에 두드러졌다. 여기저기서 퐁퐁퐁 솟구친 빛망울들은 슐라이어의 광채를 향해서 몰려들었다.

수도승들이 방출한 빛이 더해지면서 슐라이어가 만들어 낸 노란 광채는 더욱 크게 증폭되었다.

이윽고 찬란하게 뭉친 광채 속에서 노란색 뇌조가 탄생했다.

빠카카카캉!

뇌조는 탄생과 동시에 온 사방으로 노란 뇌전을 방출했다.

"막아라."

아시퍼 학장이 고함을 질렀다.

시시퍼 마탑의 마법사들은 반투명한 쉴드로 아군을 보호

했다. 네모반듯한 쉴드가 핑그르르 회전하면서 뇌조가 방출한 뇌전을 막았다.

노란 뇌전이 반투명한 쉴드를 태워버릴 듯 두드렸다. 수백 수천 개의 쉴드가 금방이라도 찢어질 듯이 뒤흔들렸다.

고요의 사원이 자랑하는 뇌조의 위력은 정말 강력했다.

하지만 이곳은 적진 한복판이다. 수도승들의 숫자에는 한계가 있는 반면, 그들을 둘러싼 백 진영 병력은 한도 끝도 없었다.

"죽어랏."

쎄숨이 다시금 떡갈나무 지팡이를 내리찍었다. 땅 속 깊은 곳에 파묻혀 있던 금속들이 뾰족한 창이 되어 지상으로 튀어나왔다.

수도승들이 창에 찔려 죽으려는 찰나, 노란색 뇌조가 땅속으로 파고들었다. 뇌조는 지하에서 광범위하게 뇌전을 방출했다.

빠카카캉!

땅은 부도체라 전기가 통하지 않는 게 상식이었다.

하지만 뇌조가 뿜어내는 뇌전이 워낙 강력하다 보니 흙알갱이 사이로 노란 뇌전이 번쩍번쩍 날뛰었다.

강력한 뇌전에 노출되자 쎄숨이 소환한 금속 창들은 흐물흐물 녹았다.

"이런!"

쎄숨이 낭패한 표정을 지었다.

Chapter 4

뇌조가 쎄숨의 공격을 막아주는 사이, 슐라이어는 주변을 빠르게 스캔했다. 그런 다음 슐라이어는 시시퍼 마탑의 방어막 중에 가장 약한 부위를 귀신같이 찾아내고는 그곳을 향해서 염주를 던졌다.

슐라이어의 염주알이 가닥가닥 끊어져 날아갔다. 그 염주알 하나하나가 모두 노란색 새로 변했다.

염주알의 개수는 108개.

노란 새도 총 108마리.

100이 넘는 새 떼가 푸드덕 날아가 방어막의 약한 부위를 집중적으로 공격했다.

노란 새가 육탄돌격으로 부딪칠 때마다 마법사들의 쉴드가 흔들렸다. 그렇게 연달아 수십 차례를 얻어맞자 끝내 쉴드의 일부에 구멍이 뚫렸다.

노란 새들은 뚫린 구멍을 통해서 집단으로 진입하더니, 눈 깜짝할 사이에 시시퍼 마탑 마법사들에게 자폭 공격을 퍼부었다.

퍼엉! 퍼엉! 펑! 펑! 펑!

짙은 어둠 속에서 노란 불기둥이 수십 미터 높이로 솟구쳤다. 노란색 새가 자폭 공격에 성공할 때마다 노란 불기둥이 하나씩 늘었다.

밤하늘을 뚫고 솟구친 노란 불기둥은 시간이 지나도 꺼지지 않았다. 유동계 마법사들이 아무리 물을 퍼부어도 불기둥은 사그라질 줄 몰랐다. 불이 꺼지기는커녕 오히려 더욱 크게 번지며 기승을 부렸다.

추심 기사들이 가장 많은 피해를 입었다. 기사들의 숫자가 워낙 많다 보니 당연히 피해도 클 수밖에 없었다.

그 다음으로 시시퍼 마탑의 마법사들이 타격을 받았다.

"이런, 안 되겠구나."

결국 또 쿠샴이 나섰다. 쿠샴은 노란 불기둥을 결계마법으로 묶어서 피해가 커지는 것을 방지했다.

나바리아가 쿠샴에게 힘을 보탰다.

수의 사원의 대모인 나바리아의 손끝에서 온갖 수학 기호들이 흘러나왔다. 그 기호들은 칼로 케익을 절단하듯이 공간을 반듯반듯하게 나누어 노란 불기둥을 좁은 구역 안에 고립시켰다.

'고마워요.'

쿠샴이 나바리아에게 눈인사를 보냈다.

'별 말씀을.'

나바리아는 푸근한 미소로 쿠샴에게 응답했다.

백 진영의 마법사와 기사들이 한숨을 돌린 동안, 수도승들의 안색은 누렇게 떴다. 특히 슐라이어 원주의 표정이 가관이었다.

"크아악. 역시 저놈의 시시퍼 마탑 놈들이 문제로구나. 이런 제길."

슐라이어는 자신의 몸이 상하는 것도 감수한 채 모든 마나를 뇌조에 불어넣었다.

빠카캉! 빠카카캉!

대지를 뚫고 다시 지상으로 튀어나온 노란색 뇌조가 온 사방을 노란색 뇌전으로 지져버렸다. 눈을 뜨기 힘든 뇌전의 향연 속에서 슐라이어가 악을 썼다.

"씨팔. 피사노교의 신인들은 뭘 꾸물거리는 게야? 빨리빨리 달려와서 우리를 구해줘야지. 우리를 다 죽일 셈인가?"

슐라이어의 욕을 듣기라도 한 것일까?

"이놈들."

우렁찬 포효가 밤공기를 뒤흔들었다. 이어서 백 진영 한복판이 통째로 우그러졌다. 공간이 뒤틀리면서 추심 기사들이 떼거리로 갈려나갔다.

이것은 만자비문의 힘이다. 〈뒤틀리는〉이라는 의미를 가진 부정 차원의 인과율이 백 진영의 한 토막을 꽈배기처럼 뒤틀어 버렸다.

만자비문의 권능을 발휘하여 추심 기사 수백 명을 한꺼번에 갈아버린 장본인은 다름 아닌 피사노 캄사였다.

캄사는 원래 라임 협곡 안에서 버티면서 싸울 계획이었다.

그런데 쿠샴 부탑주가 신비로운 마법으로 고요의 사원 수도승들을 통째로 끌어가 버리는 게 아닌가.

캄사는 어쩔 수 없이 협곡 밖으로 나올 수밖에 없었다.

캄사의 등장에 쿠샴이 으스스한 미소를 머금었다.

"또 오셨군."

쿠샴은 마치 이때만을 기다렸던 것처럼 캄사 주변에 결계를 발동했다.

나바리아도 온갖 수학 기호들을 내보내 캄사를 고립시켰다.

쿠샴과 나바리아가 고요의 사원 수도승들을 백 진영 한복판으로 끌어당긴 것은, 수도승들을 잡고자 하는 목적도 있었지만, 그것보다는 피사노교의 신인들을 유인하려는 의도가 더 컸다.

그 의도에 캄사가 걸려들었다.

하지만 캄사도 호락호락 당하지 않았다.

"흥. 내 이럴 줄 알았지. 어디 한번 붙어 보자꾸나."

캄사는 음차원의 마나를 잔뜩 일으켜서 몸 주변에 블러드 쉴드를 둘렀다. 동시에 캄사는 〈뒤틀리는〉이라는 의미의 만자비문도 사용했다.

캄사의 손끝에서 회색 빛깔의 꽈배기 모양 문자가 흐릿하게 등장했다. 그 문자가 주변 공간을 통째로 뒤틀었다.

그가가각!

만자비문의 권능과 결계 마법이 정면으로 충돌했다.

뿌드드드득!

만자비문의 권능과 수학 기호가 정면으로 맞부딪쳤다.

그러면서 캄사 주변 허공에서 금속 철벽이 맞물려 갈리는 듯한 소리가 울렸다. 철로 만들어진 뼈대가 뒤틀리는 듯한 소음도 함께 들렸다.

"이이이익."

쿠샴의 이마에 시퍼렇게 혈관이 돋았다.

푸근하던 나바리아의 얼굴도 악귀처럼 일그러졌다.

놀랍게도 캄사는 쿠샴과 나바리아를 동시에 상대하고도 밀리지 않았다.

물론 캄사도 속으로는 죽을 맛이었다.

'끄으윽. 이년들이 보통이 아니구나.'

캄사와 결합한 악마종이 최선을 다해서 도와주고 있는데도 불구하고 캄사는 상대를 압도하지 못했다.

Chapter 5

캄사는 목구멍을 타고 울컥 역류한 핏덩이를 억지로 다시 삼키면서 최선을 다해서 쿠샴과 나바리아를 억눌렀다.

이대로 캄사가 힘겨루기에서 이겨서 쿠샴의 결계를 찢어버린다면? 그리곤 이어서 나바리아의 수학 기호들마저 박살 내 버린다면?

그 즉시 〈뒤틀리는〉이라는 권능은 쿠샴의 여린 몸뚱어리를 뒤틀어버릴 것이다. 나바리아도 당연히 몸이 뒤틀려 죽음을 맞을 테지.

"젠장. 적이 너무 강하구나."

"어서 부탑주님을 도와야 해."

시시퍼 마탑 마법사들이 쿠샴을 도왔다. 라인계 메이지들은 쉴드 마법을 포기한 채 캄사 주변에 이중 삼중으로 결계를 쳤다.

덕분에 금방이라도 터져버릴 것 같았던 쿠샴의 결계가

다소 안정화되었다.

　대신 라인계 마법사들이 빠져나간 자리에 공백이 생겼다. 슐라이어가 소환한 뇌조는 그 틈을 놓치지 않았다.

　빠카카카캉! 빠카캉!

　샛노란 뇌전이 마법사들의 공백을 틈타서 뛰쳐나왔다. 무지막지한 전하가 주변 수백 미터 영역을 휩쓸었다.

　"아아악, 살려줘."

　추심 기사들이 뇌전에 감전되어 펄쩍펄쩍 뛰었다.

　"크왁."

　시시퍼 마탑의 일부 마법사들과 도제생들도 가슴이 시커멓게 타들어 간 채 뒤로 벌렁 쓰러졌다.

　쿠샴이 어금니를 꽉 물고 외쳤다.

　"아울 검탑은 뭘 기다리는 거요? 어서 적들을 공격하지 않고."

　"알겠소."

　아울 5검이 기다렸다는 듯이 몸을 날렸다.

　아울 5검의 검신에서 우레와 같은 포효가 울렸다. 뒤를 이어서 드래곤을 닮은 오러가 그의 검에서 요동치듯 쏟아져 나왔다.

　아울 5검의 검기는 단숨에 노란색 뇌조를 덮쳤다. 고요의 사원 수도승들이 힘을 합쳐 소환한 뇌조와 아울 5검의 검기가 정면으로 충돌했다.

뇌조는 무한대에 가까운 뇌전을 방출하며 검기를 잡아먹으려 들었다. 뇌조가 에너지를 잔뜩 끌어다 쓰자 수도승들의 안색이 해쓱해졌다.

한편 오러로 이루어진 드래곤도 뇌조에 대응하여 날카로운 발톱을 곤두세웠다. 뇌조와 오러 드래곤이 한 덩이로 얽혀들었다.

이건 마치 뱀과 독수리의 싸움을 보는 듯했다.

아니, 너무 표현이 약소하다. 이 장면은 동차원 신화 속의 영물인 용과 가루라(용을 잡아먹는다는 새)의 혈투를 연상시켰다.

결과는 뇌조의 우위.

아울 5검이 제아무리 용인(龍人)이라고 할지라도 수만 명 수도승들의 협공을 감당하기에는 역부족이었다.

"크윽."

아울 5검의 이마에 땀방울이 송글송글 맺혔다.

그러자 꼽추인 아울 7검이 아울 5검을 도왔다. 아울 7검은 두 자루의 검 손잡이를 맞물려 환 형태로 만든 다음, 그것을 날려서 뇌조를 공격했다.

그럼에도 여전히 뇌조가 더 우세했다.

이처럼 국부적으로만 보면 흑 진영이 유리한 듯싶지만,

전반적으로는 백 진영의 상황이 훨씬 나았다. 아울 5검과 아울 7검이 뇌조를 맡아준 것만으로도 백 진영의 숨통이 트였기 때문이다.

우선 피사노 캄사는 쿠샴과 나바리아에게 발목이 잡힌 상태였다.

고요의 사원 수도승들이 마력을 합쳐서 소환한 거대 뇌조도 아울 5검과 7검에게 막혀버렸다.

상대적으로 여유를 찾은 시시퍼 마탑의 마법사들과 아울 검탑의 검수들은 고요의 사원 수도승들을 집중적으로 공격했다.

여기에 추심 기사들도 손을 보탰다.

"으아악, 안 돼."

"크악."

민머리 수도승들이 비명을 지르며 하나둘 쓰러졌다. 수도승들이 타격을 받자 압도적이던 뇌조의 힘도 빠르게 약화되었다.

"빌어먹을. 여기까지가 한계란 말인가."

슐라이어는 부하들이 차례로 쓰러지는 장면을 목격하고는 입술을 꽉 깨물었다. 사방 어디를 둘러봐도 빠져나갈 구멍이 보이지 않았다.

슐라이어가 아득한 절망감에 몸서리를 칠 때였다.

퍼엉! 소리와 함께 검푸른 연기가 터졌다. 농밀한 연기 속에서 해골 말을 탄 가면인이 등장했다.

가면인의 정체는 이탄이었다.

이탄은 등장과 동시에 주변 수백 미터 영역에 걸쳐서 데쓰 필드(Death Field: 죽음의 영역)를 펼쳤다.

그 일대에 쓰러져 있던 시체들이 언데드가 되어 주섬주섬 일어났다. 이탄의 권능에 의해 되살아난 언데드 군단은 무려 수천이 넘었다. 그러다 조금 더 시간이 흐르자 10,000명 단위를 훌쩍 넘어섰다.

이 언데드들 중에는 생전에 고요의 사원 수도승이었던 자들도 물론 있지만, 시시퍼 마탑이나 아울 검탑, 추심 기사단의 희생자들도 대거 포함되었다.

"이런 죽일 놈. 감히 누구의 시신을 욕보이는 것이냐?"

"당장 그만두지 못할까."

백 진영의 모든 사람들이 이탄의 잔인한 행위에 분노했다.

다들 이빨을 가는 게 당연했다. 살아생전 친했던 동료가 언데드가 되어 되살아나는 모습에 누가 분노하지 않겠는가.

'쩝.'

이탄은 속으로 쓴웃음을 삼켰다. 백 진영 사람들의 이글

거리는 눈총을 이탄이 모를 리 없었다.

'그래도 어쩔 수가 없지.'

이탄은 점점 더 많은 언데드 군단을 일으켜 세우며 서서히 전진했다.

백 진영에서는 기다렸다는 듯이 방케르가 나섰다. 방케르는 두 발로 검을 밟고 허공으로 날아오르더니, 그대로 이탄을 향해 달려들었다. 방케르의 손끝에서 빚어진 은빛 검들이 하나로 응집되어 이탄에게 쏘아졌다.

쭝!

천검일섬 폭사!

은빛 섬광이 번쩍 터진다 싶은 순간, 방케르의 천검일섬은 어느새 이탄의 가슴팍에 꽂혔다.

다만 이번 천검일섬에도 '멸법'의 권능은 담겨 있지 않았다. 오늘 낮에 벌어진 전투에서 이탄이 방케르의 깨달음을 강탈해간 탓이었다.

멸법의 권능이 포함되어 있다면 모를까, 그냥 맨 검술만으로는 이탄의 살갗에 작은 상처 하나 내기도 어려웠다. 이탄은 적양갑주의 도움 없이 맨손으로 방케르의 천검일섬을 튕겨내었다.

"크윽."

자존심이 상한 방케르가 아랫입술을 꽉 깨물었다.

이탄은 방케르를 상대하는 대신 손으로 선을 하나 그었다. 이탄의 손끝을 따라 검녹색 편린들이 우수수 일어났다.

Chapter 6

화륵! 화르륵!

검녹색 불길이 두 줄로 솟구쳤다. 수십 미터 높이로 솟구친 화염은 마치 가이드라인이라도 되는 것처럼 백 진영 중심부에서 라임 협곡까지 길게 이어졌다.

주변의 모든 것을 녹여버리는 검녹색 불길 때문에 추심 기사단은 감히 가까이 접근할 수도 없었다.

이것은 시시퍼 마탑의 마법사들이나 노아의 신전 힐러들도 마찬가지였다. 심지어 돌파력이 뛰어난 아울 검탑 검수들도 검녹색 불길만큼은 두려워했다.

검녹색 불길에 내포된 만자비문의 권능, 즉 〈화형을 시키는〉이 인접한 모든 것들을 다 녹여버리기 때문이었다.

이탄의 손짓 한 방에 고요의 사원 수도승들과 백 진영 세력들이 분리되었다.

"어서 협곡으로 후퇴하시오."

이탄이 슐라이어에게 소리쳤다.

"아, 알겠습니다."

슐라이어는 그제야 이탄의 의도를 깨달았다. 슐라이어가 죽다 살아난 표정으로 라임 협곡을 향해 달렸다.

"내 뒤를 따르라."

슐라이어는 도망치기 전에 부하들을 향해서 크게 소리쳤다.

"넵."

고요의 사원 수도승들이 황급히 자리에서 일어나 슐라이어를 뒤따랐다.

당장 그 여파가 뇌조에게 미쳤다. 수도승들로부터 받던 에너지 공급이 끊기자 뇌조가 힘을 잃은 것이다. 뇌조는 파지직! 파지직! 노란색 잔류 전하를 방출하다가 결국엔 허무하게 흩어졌다.

뇌조와 힘겨루기를 하던 아울 5검이 검끝을 이탄에게 돌렸다.

크허엉—.

우렁찬 포효와 함께 드래곤의 형상을 가진 검기가 이탄에게 달려들었다.

때를 맞춰 방케르도 이탄의 얼굴을 향해 천검일섬을 쏘았다.

"흥. 이 정도로는 어림도 없지."

이탄은 가볍게 손을 휘둘러 천검일섬부터 튕겨내었다. 그런 다음 이탄은 검푸른 연기로 흩어졌다가 아울 5검의 코앞에서 다시 나타났다.

"헙?"

깜짝 놀란 아울 5검이 뒤로 후퇴했다. 아울 5검은 발로는 백스텝을 밟으면서 검을 X자로 휘둘러 이탄을 막았다.

이탄이 손을 쭉 뻗어 상대의 검날 사이로 밀어 넣었다.

따당!

오러 검과 맨살이 부딪쳤는데 금속 깨지는 소리가 울렸다. 황당하게도 깨진 것은 오러에 둘러싸인 아울 5검의 검신이었다.

상대의 검을 박살 낸 이탄의 손이 이어서 아울 5검의 목줄기를 붙잡았다.

그 전에 아울 5검의 코앞에 반투명한 날개가 등장하더니 이탄의 공격을 1차적으로 방어했다. 동시에 아울 5검의 목과 얼굴에는 용인 특유의 비늘이 후두둑 일어났다.

다 소용없었다. 콰득 소리와 함께 아울 5검의 반투명한 날개가 으깨졌다. 그것도 좀 버티다가 깨진 것도 아니었다. 아울 5검의 날개는 마치 얇은 유리를 둔탁한 파쇄기 속에 집어넣은 듯 너무나도 손쉽게 으스러졌다.

바로 그 뒤를 이어서 아울 5검의 목에 돋은 비늘도 과자 부스러기처럼 흩어졌다.

"끄악."

아울 5검이 자지러졌다. 아울 5검의 목줄기에는 어느새 이탄의 손가락 5개가 첫 번째 마디까지 깊숙이 박혀 있었다.

이탄의 손 등을 타고 핏물이 주르륵 흘렀다. 아울 5검의 피였다.

"이노옴, 그 손을 놓지 못할까."

아울 7검이 날린 검환이 주변 수십 미터 영역을 수평으로 베면서 이탄에게 날아들었다.

펑!

이탄의 몸뚱어리가 또다시 검푸른 연기로 흩어졌다. 이탄은 오른손으로 아울 5검의 목을 꽉 붙잡은 채 이동하여 아울 7검 앞에 섰다.

"우힉?"

화들짝 놀란 아울 7검이 서둘러 검환을 회수하려 했다.

그보다 한발 앞서 이탄은 아울 7검의 목줄기를 왼손으로 틀어쥐었다.

'이제 슬슬 등장할 때가 되었는데.'

이탄이 어두운 하늘을 슬쩍 올려다보았다.

딱 그 타이밍에 여덟 색깔의 빛이 밤하늘을 뚫고 날아왔다. 유성처럼 긴 꼬리를 만들며 날아온 팔색 광망은 전쟁터 한복판에서 하나로 뭉치더니 이내 휘황찬란한 빛의 고리로 변했다.

이 팔색 고리야말로 시시퍼 마탑의 탑주인 어스의 현신이었다.

"오오오, 탑주님이시다."

시시퍼 마탑의 마법사들이 환호했다.

"드디어 탑주님께서 오셨구나."

부탑주인 쿠샴의 얼굴도 한결 밝아졌다.

반면 캄사는 거칠게 얼굴을 구겼다.

'빌어먹을. 이 두 년도 감당하기 버거운 판에 어스까지 끼어들면 낭패지.'

캄사는 시시퍼 마탑의 탑주인 어스가 두려웠다.

캄사와 결합한 악마종도 강한 위기감을 느꼈는지 캄사의 몸뚱어리를 순간이동 시켜서 라임 협곡 안으로 되돌려 보냈다.

상황이 이렇게 되자 이탄이 표적이 되었다. 마침 이탄은 양손에 아울 5검과 7검을 붙들고 있는 상태였다.

위이이잉—.

도넛 모양의 팔색 고리가 눈 깜짝할 사이에 이탄 주변을 포위했다.

부탑주인 쿠샴도 이탄을 결계에 가둘 준비를 했다.

수의 사원 나바리아는 감사를 괴롭혔던 복잡한 수학 기호들을 거두어 이탄에게 보냈다.

방케르를 비롯한 아울 검탑의 검수들은 말할 것도 없었다.

이탄은 적진 한복판에 홀로 고립되고도 눈 하나 깜짝하지 않았다. 이탄이 슬쩍 뒤를 돌아보았다.

이탄이 다크 그린 흑주술로 길을 열어준 덕분에 고요의 사원 생존자들은 무사히 라임 협곡 안으로 후퇴했다.

'대부분 무사하구나. 그럼 이제 나도 물러나야지.'

펑!

이탄이 의지를 일으키자 그의 몸이 검푸른 연기로 변했다.

Chapter 7

[그냥 가려고 하느냐?]

이탄의 뇌에 어스의 뇌파가 울렸다.

위이이잉—.

어스의 팔색 고리가 빠르게 회전했다. 팔색 고리로부터 흘러나온 흡입력이 검푸른 연기를 빨아들이려 했다.

일단 한번 어스의 팔색 고리에 갇히면 탈출 가능성은 제로다. 설령 쌀라싸와 같은 거물급 신인이라 할지라도 어스의 손아귀에서 벗어나기란 불가능했다. 왜냐하면 어스의 팔색 고리 자체가 정상 세계 인과율의 힘을 품고 있기 때문이었다.

정상 세계 인과율을 감당할 수 있는 이는 오로지 신격 존재들뿐.

솔직히 와힛도 어스의 팔색 고리를 쉽게 떨쳐내지는 못했다.

'하물며 이제 갓 신인이 된 애송이라면 말해서 무엇하겠는가. 저 쿠미 신인이라는 악종은 곧 팔색 고리 안에서 피를 토하게 될 것이다.'

시시퍼 마탑의 모든 마법사들이 이렇게 믿었다. 특히 악을 미워하는 쎄숨 지파장은 잔뜩 기대감을 품고서 상황을 지켜보았다.

한데 웬걸?

이탄은 팔색 고리의 인력에 붙잡히지 않았다. 그저 한 줄기 검푸른 연기가 되어 유유히 전장을 벗어났다.

그것도 그냥 빈손으로 후퇴한 게 아니었다. 이탄은 아울

5검과 7검을 포로로 붙잡는 쾌거를 이룩했다.

이탄이 사령마를 몰아 후퇴하자 데쓰 필드의 영향력도 사라졌다. 데쓰 필드 때문에 생겨났던 언데드 군단은 다시금 시체가 되어 풀썩 풀썩 쓰러졌다.

"하!"

쿠샴은 어이가 없다는 표정으로 이탄이 사라진 방향을 바라보았다.

나바리아도 망연자실하여 눈꺼풀만 껌뻑거렸다.

라임 협곡 안.

흑 진영 전체에 강한 긴장감이 맴돌았다. 조금 전 벌어졌던 일을 떠올리자 다들 가슴이 철렁했다.

불과 30분쯤 전, 고요의 사원 수도승들 전원이 갑자기 적들에게 쭉 끌려갔다. 그것도 수만 명이나 되는 인원이 한꺼번에 적에게 납치(?)를 당해서 몰살을 겪을 뻔했다.

그러니 다들 기겁을 할 수밖에.

'다음엔 또 누가 백 진영으로 끌려갈지 몰라.'

'운이 나쁘면 내가 그렇게 될 수도 있다고.'

이렇게 생각하자 모두들 뒷골이 쭈뼛해졌다. 야스퍼 전사들도, 피사노교의 사도들도 바짝 긴장하여 경계 태세를 높였다.

이미 한 번 죽을 뻔했던 고요의 사원 수도승들은 말할 것도 없었다.

"라인 메이지가 이토록 무서운 존재였다니. 으으으."

고요의 사원 원주인 슐라이어는 두꺼운 담요를 몸에 두른 채 부르르 몸서리를 쳤다.

슐라이어는 뜨거운 물에 초코 가루를 진하게 타서 후후 불면서 홀짝였다. 그렇게 따뜻한 차로 벌렁거리는 심장을 진정한 뒤, 슐라이어는 피사노교의 군막이 있는 방향을 돌아보았다.

"역시 피사노교의 신인은 대단하구나. 적진으로 끌려갔을 때는 꼼짝 없이 죽었구나 싶었는데, 그 대군을 뚫고 활로를 열어주네."

슐라이어가 탄복한 대상은 다름 아닌 이탄이었다. 조금 전의 사태를 겪은 이후로 슐라이어는 캄사나 사브아보다 이탄을 더 높이 평가하게 되었다.

비단 슐라이어뿐만이 아니었다. 고요의 사원 모든 수도승들이 이탄을 우러러보았다.

한편 캄사는 잔뜩 찌푸린 표정으로 무언가를 곰곰이 생각했다.

'어제 낮 전투에서도 그렇고, 지난밤에도 그렇고, 쿠미 녀석의 무력이 보통이 아니야. 교도와 사도들은 물론이고 이제는 고요의 사원이나 야스퍼 전사탑 같은 외부의 떨거지들도 나보다 쿠미 녀석을 더 우러러보는 것 같아. 제기랄.'

캄사의 가슴은 질투심으로 터질 것 같았다.

그런 캄사의 뇌에 악마종이 약을 올리는 소리가 들렸다.

[아서라, 아서. 낄낄낄.]

[뭐?]

캄사가 날카롭게 되받았다.

악마종은 여전히 놀리는 말투로 뇌파를 지껄였다.

[되도 않는 질투심에 수작질을 벌이다가는 괜히 망신만 당할 게다. 낄낄낄. 내가 볼 때 너의 막내동생과 결합한 악마종은 보통이 아닌 것 같아. 낄낄낄.]

악마종의 핀잔을 듣자 캄사는 더더욱 울화가 폭발했다. 이번에는 캄사가 악마종을 비아냥거렸다.

[이봐. 지금 날 놀리는 게냐? 막내 녀석이 운이 좋아서 아주 강력한 악마종과 결합을 했다고 치자. 그렇다는 건 네 놈보다 막내의 악마종이 훨씬 더 뛰어나다는 소리 아니야? 이런 쌍. 내가 그런 강력한 악마종과 결합을 했어야 하는데, 나는 왜 하필 너 따위 잔챙이와 결합을……]

그 순간 캄사와 결합한 악마종이 툭 튀어나와 3개의 손으로 캄사의 목을 졸랐다. 캄사의 목에 걸린 루비 박힌 은빛 목걸이가 크게 출렁거렸다.

캄사가 허둥지둥 악마종의 손을 뿌리쳤다.

[케엑. 켁. 이게 미쳤나? 내가 죽으면 네 영혼에도 타격이 미치는 것을 몰라서 이래?]

그런 캄사를 향해서 악마종이 으르렁거렸다.

[당연히 내 영혼에도 타격이 가해지겠지. 즐거운 유희도 막을 내릴 테고 말이야. 하지만 캄사 놈아, 똑똑히 들어둬라. 나는 타격을 입는 정도로 끝난다고 치자. 하면 캄사 네 놈은 어떻게 될 것 같으냐?]

[!]

[넌 죽어. 네놈은 죽는다고.]

[……]

악마종의 경고는 캄사의 가슴에 얼음송곳처럼 싸늘하게 박혔다.

캄사는 아무런 말대꾸도 하지 못했다. 자존심에 상처를 입은 캄사는 그저 입술만 질겅질겅 씹을 뿐이었다.

냉혹한 경고를 끝으로 악마종은 다시 캄사의 몸속으로 기어들어 왔다.

캄사가 입술을 질끈 깨물었다.

'이런 쌍.'

캄사의 주먹이 부들부들 떨렸다.

Chapter 8

밤이 지나 새벽이 되었다.

멀리서 새 울음소리가 아스라이 들렸다.

아침 해가 떠오르기 무섭게 전투가 재개되었다. 백 진영
은 이제 간 보기를 끝마치고 본격적인 총공세에 나섰다.

어제처럼 쿠샴의 능력에 기대어 약간의 이득을 보는 정
도로는 성에 차지 않는 모양이었다. 백 진영 대군이 라임
협곡을 향해서 정면으로 밀고 들어왔다.

백 진영에 선봉에는 3명의 거물급들이 섰다.

시시퍼 마탑의 탑주 어스.

아울 3검 방케르.

그리고 아울 1검 리헤스텐.

이 가운데 새로 합류한 거물급 인사가 바로 리헤스텐이
었다.

오늘 새벽의 일이었다. 검의 주인, 즉 검주(劍主)라 칭송
을 받는 리헤스텐이 불현듯 등장해 백 진영에 힘을 보탰
다.

리헤스텐과 등장과 동시에 백 진영의 사기는 하늘을 찌를 듯이 올라갔다.

"와아아아. 어스 탑주님과 방케르 님에 이어서 리헤스텐 님까지 합류하시다니, 이건 우리가 이긴 싸움이다."

"맞아. 그분들이 대체 누구냐고. 지난 세기 말, 와힛과 이쓰낸을 거뜬히 상대했던 전설적 존재들이시잖아."

"나도 동의해. 피사노교의 악마들이 제아무리 좁은 협곡에 기대어 악착같이 저항한다 하더라도 이 세 분을 막을 수는 없을 거야."

시시퍼 마탑과 아울 검탑은 물론이고, 추심 기사들까지 잔뜩 흥분하여 이렇게 주장했다.

백 진영의 대군은 용기백배하여 진군나팔을 불었다. 어마어마한 대군이 호리병 모양의 라임 협곡 입구를 향해서 쓰나미처럼 밀려들었다.

협곡에 설치된 사악한 흑마법진 따위?

협곡 안에 웅크리고 있을 악독한 마인들 따위?

백 진영 병사들에게 이딴 것들은 아무런 걱정거리도 못 되었다. 어스, 리헤스텐, 방케르. 이상 3명의 거물급이 나선다면 흑마법진을 파훼하고 피사노교의 신인들의 목을 따는 것은 식은 스프를 마시는 것처럼 쉬운 일일 것이기 때문이었다.

3명의 거물급 가운데 리헤스텐이 가장 먼저 무력을 사용했다.

푸화확!

리헤스텐이 검을 뽑는 순간, 온 세상이 휘황찬란한 빛으로 물들었다. 강렬한 빛다발이 라임 협곡 입구로 밀려들어갔다. 빛의 다발 하나하나가 모두 날카로운 검기가 되어 협곡 내부를 휘저었다.

야스퍼 전사들이 리헤스텐의 검기에 썽둥썽둥 썰렸다.

"크아아악. 살려줘."

여기저기서 비명이 터졌다. 불운하게도 야스퍼 전사탑은 흑 진영의 선봉에 섰다는 죄 때문에 가장 먼저 날벼락을 맞아야 했다.

"안 돼. 이건 도저히 막을 수 없어."

"어서 물러나라. 다들 후퇴해."

야스퍼 전사탑의 상위 전사들이 악을 썼다. 그러면서 상위 전사들은 부하들이 죽어 나가건 말건 먼저 등을 돌려 도망쳤다.

고요의 사원 수도승들도 예외가 아니었다.

"이런 제기랄."

이번에도 원주인 슐라이어가 1등으로 도망쳤다.

하지만 그들이 도망치는 후방이라고 해서 꼭 안전하리라

는 법은 없었다. 라임 협곡 상공에 떠오른 여덟 색깔 고리 때문이었다.

팔색 고리는 눈 깜짝할 사이에 100 미터도 넘게 커지더니 웅웅웅웅 진동음을 내면서 빠르게 회전했다.

팔색 고리가 생명의 파동을 일으키자 그 여파가 곧 라임 협곡 전체에 미쳤다. 피사노교에서 협곡 내부에 설치한 각종 흑마법진이 허무하게 허공으로 빨려 올라가 와해되었다. 이 가운데는 캄사가 직접 설치한 고위급 마법진도 포함되었다.

"씨팔."

캄사가 좁은 하늘을 올려다보고는 육두문자를 내뱉었다.

솔직히 캄사는 이곳 협곡에서 백 진영을 온전히 막아낼 수 있을 거라고 믿지 않았다. 쌀라싸와 미리 상의를 한 바와 같이, 캄사의 진짜 목적은 라임 협곡 안에서 백 진영과 적당히 툭탁거리다가 슬금슬금 후퇴하여 적들을 피사노교의 진짜 함정으로 유인하는 것이었다.

비록 그 과정에서 야스퍼 전사탑이나 고요의 사원이 피해를 보더라도 캄사는 개의치 않았다.

거기서 한 발 더 나가 교도들 가운데 상당수가 죽더라도 캄사는 기꺼이 그 희생을 감수할 생각이었다.

사브아와 이탄도 이 작전에 동의했다. 왜냐하면 이것은 캄사가 세운 작전이 아니라 와힛의 지시였기 때문이다.

"한데 어째 그것도 쉽지 않겠구나. 아군이 슬금슬금 후퇴하는 게 아니라 그냥 뒤로 쭉쭉 밀리게 생겼어. 어스 놈과 방케르 놈만으로도 버거운데, 리헤스텐 저 괴물 늙은이까지 등장하다니. 크으으윽."

캄사가 주먹을 꽉 움켜쥐었다.

실제로 리헤스텐이 본격적으로 무력을 드러내기 시작하자 전방의 야스퍼 전사탑이 모래성처럼 허무하게 무너졌다. 고요의 사원 수도승들은 아예 적들과 싸워볼 용기를 잃고는 허둥지둥 도망치기에 급급했다.

캄사는 암울한 눈으로 리헤스텐이 만들어낸 빛의 검망들을 노려보았다.

그러던 한 순간이었다. 캄사의 머릿속에 반짝하고 아이디어가 떠올랐다.

"옳거니. 그런 수가 있었지."

캄사는 갑자기 확 밝아진 안색으로 지휘관 회의를 소집했다.

캄사의 부름에 이탄과 사브아가 후다닥 중앙 군막으로 달려왔다. 야스퍼 전사탑의 탑주인 에레보스와 고요의 사원 원주 슐라이어도 캄사의 군막으로 모였다.

그 자리에서 캄사는 빠르게 역할을 배분했다.

"내가 혈족들을 이끌고 나가서 방케르 늙은이를 맡으마. 슐라이어가 후방에서 나를 지원하라."

캄사는 다른 사람들의 의견을 묻지 않았다. 그저 일방적으로 지시를 내릴 뿐이었다.

슐라이어가 고개를 끄덕일 새도 없이 캄사의 시선이 사브아에게 돌아갔다.

"사브아, 너와 네 혈족들은 시시퍼 마탑 마법사들의 진군을 저지해라. 야스퍼 전사탑이 사브아를 도와."

사브아가 눈을 동그랗게 떴다.

"아니, 오라버니. 상성을 따지면 오라버니가 마법사들에게 강하잖아요. 그리고 방케르는 막내에게 꼼짝 못 하는 것 같던데⋯⋯."

사브아가 나름 의견을 내었다.

캄사는 사브아의 의견을 단숨에 뭉갰다.

"사브아, 반론은 용납하지 않는다. 지금은 이리저리 의논하고 토론할 때가 아니야. 내 말이 곧 군령이니 무조건 따라라."

"그런!"

사브아가 주먹을 꽉 움켜쥐었다.

캄사는 사브아를 무시한 채 이탄에게 시선을 꽂았다.

"그리고 쿠미."

"말씀하시죠."

이탄은 덤덤히 캄사를 응시했다.

"네가 전방에서 리헤스텐을 막는다."

이게 바로 캄사가 노리는 바였다. 최강의 적에게 이탄을 매치하는 것 말이다.

제2화
검계의 신령 I

Chapter 1

칸사는 이탄이 리헤스텐과 싸우다가 크게 골탕을 먹기를 바랐다. 혹은 이탄이 칸사의 말을 따르지 않아도 상관없었다.

'그 즉시 우리 막내에게 군령을 어긴 죄를 물어주지.'

칸사는 잡아먹을 듯이 이탄을 노려보았다.

한데 의외로 이탄은 별 반박 없이 칸사의 명을 따랐다.

"알겠습니다, 형님."

솔직히 칸사의 명령에는 무리가 많았다. 그런데도 이탄의 태도는 고분고분했다. 이건 참으로 의외의 일이었다.

'요것 봐라?'

깜사는 묘한 눈으로 이탄을 훑어보더니, 한 번 더 명령을 강조했다.

"쿠미, 네가 시간을 얼마나 벌어주느냐가 이번 전쟁의 승패를 좌우할 것이야. 그러니까 절대 쉽게 물러서지 말고 최선을 다해 싸워야 할 게야. 내 말 알아듣겠나?"

깜사의 무리한 요구에 사브아가 또 끼어들었다.

"아니, 오라버니. 그건 너무하잖아요. 상대가 무려 리헤스텐이라고요. 그런데 어찌 막내에게만 그 부담을……."

"스톱."

깜사는 단호하게 손바닥을 들어 사브아의 입을 막았다.

"사브아, 네가 끼어들 자리가 아니다. 나는 지금 전쟁의 총사령관 입장에서 막내에게 군령을 내리는 중이야."

"하지만……."

사브아가 기어코 깜사에게 따지려 할 때였다. 이탄이 사브아를 향해서 미세하게 눈짓을 보냈다.

"쳇."

결국 사브아는 뒤로 한발 물러섰다.

이탄이 깜사를 향해서 똑 부러지게 답했다.

"형님, 걱정 마십시오. 제가 군령을 받들어 최선을 다해 적장을 막아보겠습니다."

"옳거니. 하하하. 그래야 우리 교의 영웅답지. 크하하하.”

캄사는 모처럼 기분 좋게 웃었다.

이탄은 그런 캄사를 물끄러미 응시했다.

캄사가 모르는 것 하나.

이탄이 속이 없어서 캄사의 말을 고분고분 따르는 게 아니었다. 이탄이 머리가 없어서 캄사의 수작질에 놀아나는 것도 아니었다. 지금 이 순간 이탄은 천공안으로 미래를 보면서 두 가지 사안에 중점을 두었다.

이 가운데 이탄이 첫 번째로 신경을 쓴 사안은 아울 1검인 검주 리헤스텐의 등장이었다.

‘리헤스텐이 왜 천공안에 잡히지 않았을까? 내가 읽은 미래에는 리헤스텐이 라임 협곡 전투에 개입하는 장면이 없었는데?’

이럴 경우는 하나뿐이었다.

‘설마 리헤스텐이 신격 존재란 말인가?’

이탄은 이 가능성을 염두에 두었다.

이탄이 캄사의 군령에 순순히 따른 이유도 여기에 있었다. 만약 상대가 신격 존재라면 이탄은 굳이 군령이 없더라도 리헤스텐과 한번 부딪쳐 볼 요량이었다.

솔직히 이탄도 신격 존재와 싸우는 것이 부담스러웠다. 하지만 계속해서 피할 수는 없는 법이었다.

이어서 이탄이 두 번째로 중점을 둔 사안은 캄사의 미래였다.

'가까운 미래에 캄사는 비참한 죽음을 맞이하게 되어 있지.'

캄사가 죽은 뒤, 이탄과 사브아는 후퇴를 거듭한 끝에 대륙 서남부의 두 번째 반도로 넘어갈 예정이었다.

흑과 백의 전면전이 본격적으로 펼쳐질 주무대는 바로 그 두 번째 반도에서 시작될 터.

최소한 이탄이 읽은 미래는 그러했다.

'어서 시작되어라. 어서.'

이탄은 본격적으로 지옥의 문이 열리게 될 순간이 기대되었다. 그 생각만 해도 이탄은 온몸이 근질근질했다.

머릿속으로 대전쟁을 그리는 순간, 이탄의 입가엔 희미한 선이 그어졌다. 웃는 듯 마는 듯한 이탄의 표정에서는 어쩐지 진득하게 피 냄새가 풍겼다.

중앙 군막 안에서 짧은 회의가 끝난 직후, 캄사는 피처럼 붉은 양탄자를 타고 라임 협곡 상공으로 날아올랐다. 캄사의 목에 걸린 루비 박힌 은목걸이가 풍압에 밀려서 캄사의 가슴에 착 달라붙었다.

캄사의 오른쪽에는 부정 차원 여악마종과 결합한 힐다가

자리했다.

캄사의 양탄자 아래쪽에는 커다란 뇌조가 날개를 펄럭였다.

파직! 파직! 파지직!

고요의 사원 수도승들이 소환한 뇌조는 연신 노란색 스파크를 일으켰다.

캄사가 날아가는 방향에서는 방케르가 마주 날아오는 중이었다.

방케르는 검을 타고 하늘을 가로질러 라임 협곡 안쪽으로 파고들다가 캄사를 발견하고는 곧장 은빛 검기를 만들어내었다.

좌라락!

방케르의 등 뒤로 은빛 검 1,000 자루가 부채꼴 모양으로 펼쳐졌다.

"크흥. 방케르 늙은이, 어디 한번 얼마나 센지 겨뤄보자."

캄사는 엄지와 검지로 콧수염을 팽팽히 당겼다가 놓았다. 잔망스러운 동작으로 긴장을 풀어낸 다음, 캄사는 양탄자를 빠르게 몰아 방케르를 덮쳤다.

솔직히 캄사가 단독으로 방케르를 상대하는 것은 무리였다.

하지만 캄사에게는 여러 혈족들과 고요의 사원 뇌조가 함께 했다. 또한 캄사는 목숨을 걸고 방케르와 싸울 것도 아니었다.

'쳇. 적당히 싸우다가 후퇴하면 그만이지. 혈족 몇 놈과 뇌조를 방패막이로 삼으면 상대가 제아무리 방케르라고 할지라도 나 하나쯤 몸을 빼는 것은 가능할 게야.'

이게 캄사의 진짜 속셈이었다.

Chapter 2

캄사가 방케르를 맞아 접전을 시작할 즈음, 사브아는 수십 년 만에 되찾은 연검을 손에 꽉 움켜쥐고는 하늘로 날아올랐다.

사브아의 상대는 시시퍼 마탑의 탑주인 어스.

사브아가 연검을 길게 휘두르자 공간이 썽둥 베어졌다. 그 공간 속에서 장미 넝쿨이 우르르 피어났다.

놀랍게도 사브아의 장미 넝쿨은 땅을 타고 기지 않았다. 수만 가닥이 넘는 넝쿨들이 협곡 상공에 떠오른 팔색 고리를 향해서 쭉쭉 진격했다.

헤아릴 수 없이 많은 넝쿨이 하늘을 향해서 뻗어가는 장면은 그야말로 상상을 초월할 정도로 몽환적이었다.

위이이잉—.

사브아의 선공에 반응이라도 하듯이 팔색 고리가 회전 속도를 한층 높였다. 팔색 고리로부터 흘러나온 '생성'의 인과율이 어둠 속성인 장미 넝쿨을 빠르게 바스러뜨렸다.

"이이익."

사브아가 어금니를 꽉 물었다.

이윽고 사브아의 연검 전체에 회색 문자가 어렸다. 희미한 회색 문자의 힘이 더해지자 바스러졌던 장미 넝쿨이 다시 생생하게 되살아나 온 하늘을 장악했다.

피사노교의 제5 신인 캄사 .VS. 아울 검탑의 검치 방케르.

피사노교의 제7 신인 사브아 .VS. 시시퍼 마탑주 어스.

2개의 큰 싸움이 벌어지는 동안, 이탄은 협곡 입구까지 날아가 리헤스텐을 맞았다.

퍼엉! 펑! 펑!

사령마를 탄 이탄이 검푸른 연기가 되어 흩어졌다가 나타나기를 반복할 때마다 그 주변엔 죽음의 장, 즉 데쓰 필드가 물결치듯 확산되었다.

먹물과도 같은 기운이 퍼지면서 협곡 안에서 나뒹굴던 야스퍼 전사들이 언데드가 되어 일어섰다.

비틀비틀 죽은 자가 되살아나는 모습에 리헤스텐이 하얀 눈썹을 찌푸렸다.

"세상을 망칠 사악한 망종이로다. 내 너를 도저히 용서할 수가 없구나."

리헤스텐의 노여움은 곧 무력행사로 되돌아왔다.

푸화확!

리헤스텐의 손끝에서 솟구친 휘황찬란한 광채가 공간을 격하고 날아와 이탄을 베었다.

이탄은 고개를 갸웃했다.

'이거 이상한데?'

리헤스텐은 과연 지난 세기의 거물다웠다.

검치 방케르가 '멸법'이라는 언령의 권능을 미흡하게나마 깨우쳤던 것처럼, 리헤스텐의 검에서도 언령의 냄새가 은은하게 풍겼다.

그것도 하나가 아니라 2개의 언령이 포착되었다.

비록 다른 사람들은 언령의 냄새를 맡을 수가 없지만, 이탄은 달랐다. 이탄은 상대의 검이 품고 있는 두 가지 인과율을 정확하게 짚어내었다.

'뭐라고 할까? 리헤스텐 님이 깨우친 인과율 중 하나는 극한의 빠름과 관련된 것 같네.'

신속을 뛰어넘는 극한의 빠름.

여기에 군이 이름을 붙이자면 '극쾌' 라는 표현이 적합할 듯했다.

이 언령 덕분에 리헤스텐의 검은 빛조차 잡아먹을 수 있는 속도를 자랑했다. 리헤스텐이 검을 뽑을 때마다 엄청난 광휘가 휘몰아치는 이유도 여기에 있었다.

하지만 그뿐.

'극쾌' 가 제아무리 극한의 빠름을 다루는 인과율이라고 하지만, 그것은 시간을 다루는 인과율, 즉 '무한시' 의 하위 개념에 불과했다. 이탄이 오래 전 언령의 벽을 통해서 깨우친 '무한시' 가 최상격의 언령이라면, 리헤스텐의 '극쾌' 는 그보다 한참 격이 떨어지는 하격 언령에 불과했다.

이건 좀 이상한 일이었다.

물론 아울 검탑의 1검, 2검, 3검이 무력의 강하고 약함에 따라서 순서가 매겨진 것은 아니었다.

'하지만 아무리 그렇다고 해도 그렇지. 3검인 방케르 님이 최상격의 깨달음에 대한 실마리를 얻었는데 1검인 리헤스텐 님은 고작 하격에 그친다고?'

이탄은 일단 이 점이 의아했다.

여기까지는 그렇다고 치자.

이탄이 감지한 두 번째로 감지한 언령은 '균형' 이었다. 리헤스텐의 검은 '극쾌' 의 권능뿐 아니라 '균형' 이라는 인과율도 함께 담고 있었다.

'균형'은 무력과 직접적인 연광성은 적었다.

다만 이 언령 덕분에 리헤스텐의 자세는 늘 안정적이었다.

공격과 수비 사이에 균형이 기가 막히게 잡혀 있다고나 할까? 육체의 담금질이 완벽하다고나 할까?

비단 육체만이 아니었다. 리헤스텐의 정신은 지금까지 단 한 차례도 흔들려 본 적이 없을 만큼 단단했다. 리헤스텐의 정신세계 속에서는 진보와 전통, 변화와 안정이 기가 막히게 밸런스를 유지했다.

덕분에 수십 년 전 리헤스텐이 아울 검탑을 이끌 당시, 아울 검탑의 모든 행사에는 단 한 점의 모자람이나 과함도 없었다.

그래서 검탑의 모든 검수들이 리헤스텐을 우러러보았다.

예전에 아울 2검인 검노(劍奴) 우드워크가 "리헤스텐 형님은 모든 면에서 완벽하신 존재지. 형님의 검술도 형님을 닮아서 항상 완벽함을 추구한단 말이야."라는 평을 내린 적이 있는데, 이것 또한 리헤스텐이 깨우친 '균형'이라는 언령과 관련이 깊었다.

어쨌거나 지금 리헤스텐은 자신의 모든 깨달음을 검에

담아 이탄에게 쏘아 보냈다. 새하얗게 주변을 물들이며 날아온 광휘의 검 속에는 두 가지 인과율의 힘이 어른거렸다.

하격 언령인 '극쾌'.

중격 언령인 '균형'.

비록 최상격이나 상격은 아니지만, 이상 두 가지 언령 모두 이탄이 아직까지 깨우치지 못한 권능들이었다.

"하하하. 이게 웬 떡이냐."

이탄은 크게 기뻐하며 광휘의 검에 뛰어들었다.

눈부신 광휘가 이탄을 난도질하려 들었다. 인간이라면 감히 감지할 수도 없는 극쾌의 속도로 날아온 광휘의 검망들이 이탄의 몸뚱어리를 두드렸다.

검이 날아오는 속도가 빛보다 더 빠르면 균형이 무너질 법도 한데, 리헤스텐의 검은 공격과 수비, 에너지의 흐름 등 모든 면에서 완벽할 정도로 균형이 잘 맞았다.

이탄은 맨몸으로 리헤스텐의 검을 받았다. 검광이 이탄의 피부에 부딪칠 때마다 그 부위에서는 붉은 노을과도 같은 기운이 일어났다.

이탄은 적양갑주의 권능으로 상대의 검을 견뎌내면서 검에 어린 인과율의 권능만을 쏙쏙 뽑아먹었다.

'극쾌'의 언령이 먼저 이탄에게 다가왔다.

이탄은 '극쾌'의 상위 개념인 '무한시'를 이미 완벽하게 장악한 터라 리헤스텐의 검에 내포된 인과율을 손쉽게 뽑아낼 수 있었다.

깨달음은 찰나의 순간에 이루어졌다. 그렇게 또 하나의 언령이 이탄에게로 와서 이탄의 것이 되었다.

"아아아!"

이탄의 뇌 속에서는 오색불꽃이 요란하게 터졌다. 이탄은 무의식 중에 황홀한 탄성을 내뱉었다.

Chapter 3

그 모습을 지켜본 리헤스텐이 이마를 찌푸렸다.

"저놈이 돌았나?"

피사노교의 열 번째 신인이 범상치 않다는 소문은 리헤스텐도 익히 들었다.

'그래도 그렇지, 산도 허물어뜨릴 만한 나의 공격을 맨몸으로 받아내는 것만으로 모자라 저 희열에 찬 표정은 뭐란 말인가? 지금 저놈이 나를 놀리는 겐가?'

솔직히 맨몸으로 검을 받아내면서 전율하는 이탄의 모습은 누가 봐도 변태 같았다. 리헤스텐은 울컥하고 화가 치밀었다.

만약에 리헤스텐의 정신이 굳건하지 않았더라면 그는 아마도 앞뒤 가리지 않고 달려들어 이탄에게 마구잡이 공격을 퍼부었을 것이다.

"끄으응."

리헤스텐이 가까스로 화를 억누르는 사이 '극쾌'에 대한 리헤스텐의 깨달음은 허무하게 사라졌다.

이건 마치 손에 움켜쥔 모래알이 손가락 사이로 줄줄 새어나가는 듯한 현상이었다. 그렇게 리헤스텐이 잃어버린 깨우침은 이탄에게로 와서 오롯한 이탄의 소유가 되었다.

잠시 후, 이탄은 '극쾌'에 대한 깨달음에 이어서 곧바로 '균형'에 대한 깨우침으로 넘어갔다.

이탄을 두드렸던 광휘의 검은 어느새 자취를 감추었다. 다만 검에 내포되었던 리헤스텐의 깨달음만이 빛의 형태로 남아서 이탄을 후광처럼 감쌌다.

"아아아아아!"

환한 빛무리 속에서 이탄이 한 번 더 전율했다. 뇌를 녹이는 듯한 희열과 함께 또 하나의 언령이 이탄에게로 스며들었다.

이탄의 연달아 야릇한(?) 신음을 터뜨리자 리헤스텐의 인내심도 한계에 봉착했다.

"이런 미친놈, 그게 무슨 방자한 행동이냐?"

리헤스텐은 이탄이 자신을 놀리고 있다고 착각했다. 그래서 그는 발작하듯이 이탄을 공격했다.

지금 리헤스텐은 자신이 이탄에게 무엇을 빼앗겼는지도 알지 못했다.

당연히 모를 만했다.

세상에 다른 사람의 깨달음을 갈취해가는 방법이 어디 있단 말인가.

물론 세상에는 마나나 생명력을 강탈하는 방법이 존재했다. 예를 들어서 피사노교의 북극의 별 마법이 대표적인 경우였다.

하지만 마나도 아닌 깨달음을 강탈하다니?

이건 리헤스텐이 상상도 할 수 없는 일이었다. 따라서 리헤스텐이 평정심을 잃고 이탄에게 발끈할 이유도 딱히 없었다.

그런데도 리헤스텐은 괜히 기분이 나빴다.

'이상도 하구나. 마치 저 악마 놈에게 뭔가 소중한 것을 빼앗긴 느낌이야.'

리헤스텐은 알 수 없는 감정에 휩싸여 이탄에게 공격의 포문을 열었다.

그러자 어제 방케르가 겪었던 것과 동일한 현상이 리헤

스텐에게도 발생했다.

조금 전 이탄의 목숨을 노렸던 리헤스텐의 첫 번째 공격은 이탄이 적양갑주를 동원해서 막을 만큼 위력적이었다.

한데 두 번째 공격은 그렇지 못했다.

다른 사람들의 눈에는 두 공격이 비슷해 보일지 모르겠으나, 이탄의 눈에 비친 상대의 두 번째 공격은 형편없었다.

'극한의 쾌속을 가진 것도 아니고, 검의 밸런스도 이미 엉망이 되었구나. 역시 내가 언령을 깨닫자마자 리헤스텐 님의 격이 떨어졌어. 쯔읍.'

이탄은 리헤스텐에게 일말의 미안함을 느꼈다.

그 표정이 리헤스텐을 더욱 분노케 만들었다.

"크윽. 네놈이 지금 나를 동정하는 것이냐?"

어제 방케르가 그랬던 것처럼 리헤스텐도 속이 울컥했다. 리헤스텐은 오러가 고갈되는 것도 무시한 채 이탄을 향해서 전력을 다한 공격을 퍼부었다.

광휘의 검을 날리고 또 날리고.

라임 협곡 입구가 온통 휘황찬란한 빛으로 가득 찼다. 그 빛 속에서 리헤스텐은 시뻘겋게 충혈된 눈으로 오러를 끌어올렸다.

평소 산악처럼 무게감 있던 리헤스텐의 모습은 사라지고

없었다. 지금의 리헤스텐은 꼬리에 불이 붙은 황소와 같았다.

이탄은 적양갑주도 아닌 맨손으로 광휘의 검을 튕겨내었다.

"이노옴. 이런 못된 망종 놈."

그게 분하여 리헤스텐은 더더욱 적극적으로 공격했다.

이탄에게는 전혀 통하지 않는 공격이었다.

"허헉, 헉, 헉, 헉."

결국 리헤스텐은 빠르게 지쳐갔다. 바로 이 장면까지도 어제 방케르가 겪었던 현상과 동일했다.

파탄은 그 후에 일어났다.

마침 이탄은 고개를 갸웃거리던 중이었다.

'어제 방케르 님은 내 손에 죽지 않을 운명이었어. 천공 안으로 미래가 보였지. 그런데 왜 리헤스텐 님의 미래는 보이지가 않을까?'

이런 경우는 두 가지뿐이다.

첫째, 신격 존재가 리헤스텐의 운명에 개입하는 경우.

둘째, 리헤스텐이 신격 존재인 경우.

사실 이탄이 캄사의 억지스러운 명령을 순순히 따른 이유도 신격 존재의 등장을 짐작했기 때문이 아닌가.

그런데 리헤스텐이 신격 존재는 아닌 게 분명했다.

'그렇다면 첫 번째겠지? 신격 존재여, 언제 개입하는 거냐? 대체 언제?'

이탄은 혹시 모를 사태에 대비하여 긴장의 끈을 늦추지 않았다.

"크으윽. 이 사악한 악마여. 쿨럭."

급발진한 리헤스텐이 마침내 피를 토했다. 리헤스텐은 시뻘건 피를 토함과 동시에 자신의 모든 오러를 쥐어짜서 이탄에게 최후의 일격을 날렸다.

투확!

광휘의 검이 벼락처럼 이탄에게 날아들었다.

비록 '극쾌'의 인과율이 사라져서 빛보다 더 빠른 속도로 날아오지는 못했으나, 리헤스텐의 마지막 공격은 충분히 인정할 만했다.

다만 이 일격에는 이탄이 기대하던 신격 존재의 개입은 없었다.

Chapter 4

'내가 오판을 했단 말인가? 그렇다면 할 수 없지. 여기서 리헤스텐 님을 잠재워드릴 수밖에.'

이탄은 양손 가득히 검녹색 화염을 일으켰다.

화르륵! 일어난 검녹색 편린들이 이탄의 손바닥 위에서 요사하게 타올랐다. 〈화형을 시키는〉이라는 의미의 부정 차원 인과율이 검녹색 편린 주위에서 춤을 추듯 맴돌았다.

이탄은 나름 상대를 봐주지 않고 힘을 발휘할 요량이었다.

'그것이 지난 세기 거물에 대한 예우겠지. 리헤스텐 님, 부디 편히 가시도록 녹여드리리다.'

리헤스텐이 날린 광휘의 검이 이탄의 코앞까지 날아온 순간, 이탄도 양손에 응집한 검녹색 편린들을 한꺼번에 방출했다.

순간적으로 라임 협곡 입구가 둔중하게 흔들렸다. 리헤스텐과 이탄의 무력이 정면으로 충돌하면서 주변 공기가 확 끓어올랐다.

이어서 온 사방으로 그 여파가 몰아쳤다.

"안 돼! 피햇―."

협곡 입구에서 싸우던 자들이 비명을 질렀다.

야스퍼 전사들이, 피사노교 교도들이, 그리고 백 진영의 병력들이 기겁을 하며 절벽에 달라붙었다. 혹은 제자리에 납죽 엎드렸다.

쿠콰콰콰콰.

깜짝 놀라 엎드린 자들의 머리 위로 무지막지한 역도가 훑고 지나갔다. 협곡의 일부가 붕괴하면서 흙먼지가 뿌옇게 피어올랐다.

그 와중에도 검녹색 화염은 리헤스텐을 향해서 무섭게 뻗어갔다. 이탄이 방출한 다크 그린은 리헤스텐의 검을 단숨에 불살라버린 뒤, 수십 미터를 거슬러 올라가 리헤스텐마저 집어삼켰다.

"끄읏!"

리헤스텐이 반사적으로 검을 휘둘렀다. 하늘에서 땅까지 수직으로 내리꽂힌 리헤스텐의 검을 통해서 세상 밖의 세상이 열렸다.

삐이꺽.

이탄의 귀에 얼핏 이런 소리가 들린 듯했다.

엄밀하게 말해서 이건 귀로 들린 소리가 아니었다. 그저 차원이 틈새가 벌어지면서 발생한 파열 현상이 소리처럼 느꼈을 뿐이었다.

차원의 파열은 아무나 느낄 수 있는 게 아니었다. 생명이 유한한 필멸자들은 감히 감지할 수도 없었다.

이건 이탄이나 되니까 가능한 일이었다.

'오호라. 드디어 나타나는구나.'

이탄의 심장이 쿵닥쿵닥 뛰었다. 이탄은 긴장을 늦추지

않은 채 리헤스텐에게 모든 신경을 집중했다.

지금 리헤스텐은 쓰나미처럼 밀려오는 검녹색 화염에 기가 눌려서 고개를 살짝 옆으로 돌린 상태였다.

딱 그 상태로 리헤스텐의 모든 동작이 정지되었다.

'저렇게 위축된 모습을 보니 역시 차원의 틈을 벌린 장본인은 리헤스텐 님이 아니시구먼. 그렇다면 뭐지? 마르쿠제 대선인님이 그랬던 것처럼 리헤스텐 님도 신격 존재와 관련된 비장의 아이템이라도 가지고 있는 건가?'

이탄은 이런 의심과 함께 앞으로 벌어질 사태를 유심히 관찰했다. 그러면서 이탄은 신격 존재와 싸울 만반의 준비를 갖추었다.

이탄의 피부 위에는 붉은 노을이 한 겹 내려앉았다. 이 노을이 의미하는 바는 바로 적양갑주였다.

한편 이탄의 가슴 속 음차원 덩어리에서는 10,000개에 달하는 꽈배기 모양의 문자들이 언제든지 튀어나올 수 있도록 들썩거렸다.

동시에 이탄의 피부 바로 아래층에는 회색의 기운이 진득하게 어렸다. 이 회색 기운은 만자비문을 의미했다.

적양갑주와 만자비문은 시작에 불과했다.

이탄은 여차하면 아공간에서 아몬의 토템을 꺼내어 광목 시리즈의 음악을 탄주할 준비도 마쳤다.

아쉽게도 아몬의 토템은 완벽한 상태가 아니었다. 지난번 혈투 이후로 아직까지 수리가 완전히 끝나지 않아서였다.

'하지만 최후의 수단으로 한 번쯤 연주를 할 정도는 되겠지.'

이탄은 일단 아몬의 토템도 염두에 두었다.

한편 이탄의 아공안에는 신비로운 큐브 아조브도 들어 있었다. 이탄은 여차하면 오른손으로 광목 시리즈 악보를 연주하면서 동시에 왼손으로 아조브를 사용할 요량이었다.

그와 더불어서 이탄은 몇 가지 언령들도 함께 준비했다.

언제 어떤 상황에서든 유용하게 써먹을 수 있는 '무한시'와 '무한공'의 언령.

신격 존재마저 거뜬히 잡아먹을 수 있는 '구현'의 권능(신살의 병기 아가리 포함).

생명체에 대해서 압도적 위력을 발휘하는 '엑시큐션(Execution: 집행)'의 힘.

이탄은 이상 세 가지 주력 언령들을 준비해 놓았다.

'이놈. 어디 한번 고개만 들이밀어 봐라. 네가 여섯 눈의 존재이든, 파동으로 이루어진 여신이든, 블랙홀을 소환하는 정체불명의 신이든 상관없다. 아주 박살을 내주마.'

이탄이 이빨을 뿌드득 갈았다. 그의 머릿속에는 지금까지 그를 괴롭혔던 3명의 신격 존재들이 떠올랐다.

물론 이들 3명의 신이 아니라 전혀 다른 신이 등장할 가능성도 충분했다.

그래도 상관없었다. 이탄은 곧 등장할 적에게 총공세를 퍼부을 태세를 갖춘 다음, 마른침을 꿀꺽 삼켰다.

이탄이 지켜보는 가운데 차원의 틈이 1센티미터 간격으로 벌어졌다.

'과연 저곳이 어디냐?'

이탄은 눈매를 가늘게 좁혀서 틈새 속 환경부터 살폈다.

차원의 틈새 안에 검보랏빛 기운이 넘실거린다면? 그럼 아마도 그곳은 부정 차원일 터였다.

차원의 틈새에서 광활한 우주와 다수의 행성들이 보인다면? 그럼 아마도 그곳은 그릇된 차원일 가능성이 높았다.

차원의 틈새 저편에 시커먼 블랙홀이 존재한다면? 그럼 아마도 이탄은 희끄무레한 신과 다시 한번 부딪쳐야 할 것이었다.

혹은 틈새 속 환경이 언노운 월드와 비슷할지도 몰랐다.

'그럼 아마도 파동의 여신이 튀어나올 가능성이 높겠지.'

이탄은 여러 가지 가능성을 모두 염두에 두었다.

한데 이 모든 예상이 전부 빗나갔다.

살짝 벌어진 틈새를 통해서 보이는 풍경은 황량하기 이를 데 없었다. 그 메마른 풍경은 부정 차원이나 그릇된 차원과는 거리가 멀었다. 언노운 월드나 동차원, 혹은 간씨세가 세상도 분명 아니었다.

온통 척박한 황무지로 이루어진 세상.

그 세상에는 밤하늘의 별보다 더 많은 수의 검들이 거꾸로 꽂혀 있었다.

기다란 장검.

번쩍번쩍 빛나는 황금검.

낭창낭창한 연검.

말의 목을 베는 참마검.

짧은 단검.

거대한 대검.

날이 7개인 칠지검 등등등.

세상에 존재하는 온갖 종류의 검들이 이탄의 동공을 가득 채웠다.

아니, 그걸 뛰어넘어서 차원의 틈새 안쪽에는 세상에 단한 차례도 등장한 적이 없는 참신한 형태의 검도 존재했다.

Chapter 5

황무지 안에서 수조, 수십조, 혹은 수백조가 넘는 검들이 웅웅웅 진동했다. 온통 검으로 이루어진 세상에서 검들이 혼신의 힘을 다해서 울어댔다.

"허어, 저게 대체 뭐야?"

이탄이 놀라움으로 지켜보는 가운데 검의 울음이 하나로 합쳐졌다. 수백조 개의 울음이 하모니를 이루는가 싶더니, 어느새 하나의 강대한 신령(神靈)으로 변했다.

오래 전 이탄의 부인인 프레야는 이탄에게 이런 말을 한 적이 있었다.

"검의 구도자들 중에는 검에 담긴 령과 소통하는 자들도 있다고 해요. 나도 그렇게 되고 싶어요. 검을 진정으로 이해하여 결국엔 검과 소통할 수 있는 그런 구도자가 되고 싶어요."

지금 이탄의 머릿속에는 불현듯 프레야가 해준 이야기가 떠올랐다.

'설마 저게 검령이란 말인가?'

검에 속한 령이니 검령이 분명했다.

한데 하나의 검이 아니라 헤아릴 수 없이 많은 검, 거의 무한대에 가까운 검으로부터 흘러나온 령이 하나로 합쳐졌다.

그러니 이것은 단순한 검령이라고 볼 수는 없었다.

이것은 신격에 달한 령.

즉 검령이자 신령이었다.

혹은 신격 검령이나 검의 신령이라고 불러야 할지도 모르겠다.

그 신령이 차원의 틈새를 비집고 들어와 리헤스텐의 검 속에 녹아들었다. 이탄은 그 모습을 두 눈으로 똑똑히 목격했다.

주변의 시간은 이미 멈춰버린 상태였다.

리헤스텐은 허공에 떠서 검을 아래로 휘두르던 자세로 우뚝 굳어버렸다.

겁에 잔뜩 질려서 바닥에 머리를 처박은 피사노교의 교도들도 그 자세 그대로 조각이 되었다.

멀리 하늘 위에 떠 있던 팔색 고리도 더 이상의 회전을 멈추었다.

팔색 고리를 공격하던 사브아의 장미 군락은 액자 속 그림처럼 고정되었다.

검치 방케르는 은빛 검을 날리던 중에 동작을 멈췄다.

캄사는 방케르와 싸우다 말고 몸을 뒤로 빼려던 모양이었다. 그 상태에서 캄사가 조각처럼 몸이 굳었다.

우뚝 멈춰버린 세상 속에서 오로지 두 존재만이 자유롭게 움직였다.

이탄.

리헤스텐의 검을 통해 이곳 차원에 현현한 신격 검령.

이 둘만이 시간의 멈춤에 구애받지 않았다.

이탄이 고개를 절레절레 내저었다.

"하아. 이거 갈수록 태산이구먼. 세상에 대체 신격 존재가 얼마나 많은 거야?"

그런 이탄의 뇌리에 상대의 뇌파가 파고들었다.

[나는 십제다. 너는 누구냐?]

의외의 뇌파에 이탄이 눈을 동그랗게 떴다.

지금까지 이탄이 맞닥뜨렸던 신격 존재들은 모두 다 무례하고 오만하기 그지없었다. 여섯 눈의 존재도, 파동으로 이루어진 여신도, 블랙홀을 소환하는 희끄무레한 신도 모두 성격 파탄자들 같았다.

이들은 등장과 동시에 다짜고짜 이탄에게 공격부터 퍼부었다. 혹은 이탄을 도적놈이라 일컬으며 뭔가를 내놓으라고 다그치기만 하였다.

한데 이번 상대는 달랐다.

신격 검령, 혹은 검의 심령은 이탄에게 무례하게 굴지 않았다. 그는 이탄에게 무작정 공격을 퍼붓는 대신 대화부터 먼저 시도했다.

이탄은 눈곱만큼이나마 상대에게 호감을 느꼈다.

[십제라고? 그게 너의 이름인가?]

이탄이 물었다.

스스로를 십제라고 밝힌 신격 검령은 아른거리는 빛을 뿜으며 대답했다.

[그렇다. 십제가 나의 이름이다. 그러는 너는 누구이기에 나를 이곳 차원으로 불러내었는가?]

[내가 너를 불러냈다고? 나는 그런 적이 없는데?]

이탄이 의문을 품었다.

[허! 그런 적이 없다고? 말도 안 되는 소리. 네가 검의 차원, 즉 검계를 열지 않았다면 내가 어떻게 이곳에 현현할 수 있겠나?]

[응?]

[나는 오래 전 인간이었으나 지금은 검의 령이 되었도다. 물론 나의 능력이라면 능히 차원의 벽을 베고 다른 차원으로 넘어갈 수도 있겠지. 혹은 세상 모든 차원의 수많은 검들을 통해서 나의 모습을 드러낼 수도 있음이다. 하되, 나스스로 어떤 의지를 가지고 다른 차원의 일에 개입한 적은 없도다. 그러니까 검계로 통하는 차원의 틈을 연 장본인은 내가 아니라 너다.]

[뭐?]

이탄은 여전히 어리둥절했다. 이탄은 지금 상대가 무슨 이야기를 하는지 하나도 알아들을 수 없었다.

이탄에게는 십제라는 이름도 낯설었다. 이탄은 세상에 검계라는 차원이 존재하는지도 몰랐다.

어쨌거나 이탄이 상대의 말을 분석해보니 다음 다섯 가지는 분명했다.

첫째, 세상에는 검의 차원, 즉 검계가 존재한다.

둘째, 검계는 무한대에 가까운 검이 꽂혀 있는 삭막한 황무지 같은 차원이다.

셋째, 그 검들의 령이 하나로 집약되어 신격을 이루었으며, 그 검령의 이름은 십제이다.

넷째, 십제는 차원의 벽을 베어 다른 차원으로 넘어올 수 있다.

다섯째, 십제는 다른 차원의 검을 통해서 현현하는 것도 가능하다.

'이거 참 신기하네.'

이탄이 머릿속으로 십제에게 들은 정보를 정리하는 동안, 십제도 이탄을 찬찬히 살펴보았다.

십제가 이탄을 스캔하는 동안 리헤스텐의 검은 끊임없이 아른아른한 빛을 내뿜었다.

그러기를 한참.

[허!]

이탄에게서 무언가를 발견한 듯이 십제가 반응을 보였
다.

Chapter 6

[왜 그러지?]

이탄이 십제에게 물었다.

십제는 놀랍다는 듯이 뇌파를 보냈다.

[너의 영혼에 결핍이 보이는구나.]

[결핍? 내가 뭔가 부족해 보이나?]

[다른 부족함은 내가 잘 모르겠다만, 원래 너의 영혼에는
사지가 멀쩡하게 붙어 있었도다. 그런데 지금은 그 팔 하나
가 사라지고 없어.]

[팔이 사라져? 그게 무슨 소리야? 내 팔은 이렇게 멀쩡
한데?]

이탄은 보란 듯이 자신의 팔을 빙글빙글 돌렸다.

십제의 빛이 밝아졌다 어두워졌다를 거듭했다.

[그런 뜻이 아니다. 나는 육체가 아닌 영혼을 말하는 거

다. 원래 검이었던 너의 팔이 지금은 사라져버렸구나. 영혼에만 그 흔적이 미세하게 남았을 뿐이야. 그런데 어엇?]

십제는 수수께끼 같은 이야기를 내뱉다가 말고 다시 한번 묘한 반응을 보였다.

[또 뭔데?]

이탄이 기분이 나쁜 듯 눈을 찌푸렸다.

십제는 독백하듯 뇌파를 이었다.

[묘하군. 묘해. 나는 예언자와는 거리가 멀다만, 검과 관련된 정보라면 과거와 현재, 미래와 상관없이 모두 알 수가 있다. 그런데 현재의 너는 검과 인연이 없구나. 반면 과거의 너는 검과 깊은 인연이 있었어. 그런데 미래의 너는…… 으으음. 으으음. 미래의 너는 검과 싸울 운명이로구나.]

연이은 뜬구름 잡는 소리에 이탄은 살짝 짜증이 났다.

[이봐. 십제 양반. 이왕에 말을 하려면 좀 알아듣게 설명을 해보라고. 과거의 나는 검과 인연이 깊었다고? 전생에 내가 검수였단 뜻이야 뭐야? 그리고 현재의 나는 검과 인연이 없단 말이지? 그야 당연하지. 나는 검을 무기로 사용하지 않거든. 그런데 미래의 나는 검과 싸운다고? 그 검이 혹시 십제 너를 뜻하나?]

이탄은 마지막 말을 내뱉을 때 자신도 모르게 전의를 드러내었다. 십제를 노려보는 이탄의 눈동자에는 '미래에 내 적이 바로 너냐?'라는 질문이 박혀 있었다.

이탄의 날 선 반응에도 불구하고 십제는 여전히 무덤덤했다.

[오해하지 마라. 거듭 강조하지만 나는 검의 령일 뿐이다. 어떤 의지를 가지고 세상사에 개입하지 않아. 분명히 말하는데 나는 너와 싸울 의도가 없다. 다만 미래의 너는 검과 싸울 운명이구나. 아하! 단순히 검과 싸우는 정도가 아니로다.]

십제는 비로소 무언가를 깨달은 듯 중얼거렸다.

[그렇군. 맞아. 한때 내가 인간이었던 적이 있었다고 했지? 그때 내가 인간 세상에 남긴 검술이 누군가에게 이어졌구나. 노란 털을 가진 자인가? 인간이 아니라 고양이과의 수인족인가? 뭐, 여하튼 간에 때가 되면 그자가 나타나 너와 대적을 하겠구나.]

이탄이 눈에 이채를 머금었다.

[고양이과의 수인족이라고?]

그러면서 이탄의 머릿속에는 몇 가지 정보가 떠올랐다.

가장 먼저 떠오른 것은 이탄이 그릇된 차원에서 귀동냥한 소문이었다.

'그릇된 차원의 외계 성역에는 다수의 초강자가 존재하

는데, 그 가운데 오래 전에 활약했던 고대 고양이족이 있었다지?'

이 생각이 이탄의 뇌리를 스쳐 지나갔다.

이탄은 단지 소문만 들은 것이 아니었다. 그릇된 차원에서 이탄은 고대 고양이족의 것으로 추정되는 털 한 가닥을 손에 넣었다.

지금 그 털은 아나테마의 별장, 즉 본 사이드(Bone Scythe: 뼈의 낫)를 만드는 재료로 들어갔다.

고대 고양이족의 노란 털 덕분에 아나테마의 본 사이드에는 9개의 노양이 눈 문양이 아로새겨졌다. 뿐만 아니라 아나테마가 본 사이드를 휘두를 때마다 아스라이 고양이 울음이 들리곤 했다.

뒤이어서 또 다른 정보가 이탄의 뇌리를 스쳤다.

이탄이 부정 차원 모드레우스 제국을 방문했을 때였다. 디아볼 제국의 성마인 스악골 공작이 자신의 분신을 보내 이탄을 공격했더랬다.

'그때 스악골의 분신이 최후의 발악이라도 하듯이 나에게 적회색 단검을 날렸었지.'

이탄은 잠시 과거를 회상해 보았다.

바로 그 단검에서 뿜어진 적회색 빛이 이탄에게 신비로운 영상을 하나 보여주었다. 건장한 사내와 금속 뱀 사이에 혈투가 벌어지는 영상이었다.

아니다. 솔직히 말해서 그건 혈투라고 볼 수 없었다. 건장한 체격의 사내는 일방적으로 금속의 뱀을 거꾸러뜨렸다. 그리곤 뱀의 눈 속으로 파고들어 상대를 통째로 소화시키기 시작했다.

금속 뱀은 제대로 된 저항도 못 하고 비참하게 먹이가 되었다.

한데 바로 그 영상 속에서 고대 고양이족에 대한 이야기가 잠깐 등장했다. 꼬리가 9개인 고양이족이 금속 뱀과 더불어 지저세계를 지배하던 사대환수라던가 뭐라던가.

'여하튼 거기에서도 고양이족에 대한 내용이 잠깐 등장했지. 그렇다면 과연 십제가 언급한 고양이족은 그릇된 차원의 고양이족일까, 아니면 지저세계의 고양이족일까? 그것도 아니면 이 둘이 동일인일까?'

이탄의 머릿속에서는 여러 가지 추측들이 어지럽게 뒤섞였다.

추측에 대한 답을 당장 구할 수는 없었다.

다만 한 가지 확실한 점은 이탄이 미래에 고양이족과 싸우게 된다는 것이었다. 이탄은 십제의 말이 사실일 것이라고 확신했다.

'그나저나 미래에 나와 싸우게 될 고양이족이 십제가 남

긴 검술을 익혔단 말이지?'

이탄은 문득 십제의 검술을 한번 견식하고 싶어졌다.

'미래를 대비하는 셈치고 지금 한번 이 신격 검령과 싸워봐?'

웅웅웅웅웅.

이탄이 의지만 일으켰을 뿐인데 주변 공기가 요동을 쳤다. 이탄의 손끝에서는 '구현'의 언령으로 만들어진 병기가 으스스한 모습을 드러낼 준비를 마쳤다.

스르륵, 쩝쩝.

신살의 병기 아가리가 어렴풋이 드러나면서 괴이한 소음을 내었다. 일단 이 아가리에게 잡아먹히면 신격 존재도 탈출이 불가능할 터.

이탄에게서 위험한 기운이 풍긴다 싶자 십제가 곧바로 반응했다.

[그만둬. 나는 너와 싸울 의향이 없다.]

[누가 뭐래? 그냥 너의 검술이 어떤 것인지 한번 보고 싶을 뿐이라고.]

이탄의 뇌파가 끝까지 이어지기도 전에 신살의 병기가 세상에 완전히 등장했다. 쩍 벌어진 아가리가 라임 협곡 상공 전체를 덥석 집어삼킨 것은 순식간에 벌어진 일이었다.

신살의 병기 특유의 특성상, 일단 한번 아가리에게 잡아먹히고 나면 돌이킬 수 없었다. 상대가 제아무리 시공간을 뒤트는 신이라고 할지라도 아가리로부터 벗어나기란 불가능했다. 상대가 제아무리 몸이 단단하다 하더라도 아가리 속에서는 금세 소화가 되어버리게 마련이었다.

　이것은 일찍이 이탄이 직접 경험해본 일이었다.

제3화
검계의 신령 Ⅱ

Chapter 1

'어휴. 다시 회상해도 끔찍하네.'

아가리에게 잡아먹혔던 순간을 떠올리자 이탄의 등에 소름이 돋았다.

한데 십제는 묘한 방법으로 아가리의 공격을 회피했다.

사실 십제는 세상 모든 차원의 모든 종류의 검을 통해서 현현이 가능한 검령이었다.

조금 전 십제가 언노운 월드에 처음 등장했을 때, 그는 리헤스텐의 검을 매개체로 이용했다.

그런데 아가리가 리헤스텐의 검을 덥석 삼켜버리자 그 즉시 십제는 다른 검으로 자리를 옮겼다.

협곡 바닥에서 둥실 떠오른 검 한 자루가 이탄 앞에서 밝아졌다 어두워졌다를 거듭했다.

[네가 강한 것은 알겠다. 네 손에 붙어 있는 그 괴상한 녀석이 신도 죽일 수 있을 만큼 끔찍한 괴물이라는 사실도 이해했어. 하지만 그 괴물로 나를 집어삼킬 수는 없다. 왜냐하면 지금의 나는 실체가 아니기 때문이다.]

십제의 말에 이탄이 공격을 멈췄다.

[실체가 아니라고? 그렇다면 네 본체는 검계에 남아 있단 말인가? 하면 너의 의지만 이곳에 나타난 거야?]

이탄의 추궁에 십제는 순순히 수긍했다.

[이해가 빠르구나. 그렇다. 지금 너의 눈앞에 보이는 검은 나의 의지에 불과하다. 그러니까 아무리 내 의지를 집어삼켜봤자 소용이 없어. 네가 진짜로 나를 소멸시키고 싶다면 검계로 넘어와야 할 것이다.]

어이없게도 십제는 자신을 소멸시킬 방법을 이탄에게 털어놓았다.

[허.]

이탄이 묘한 탄식을 뱉었다.

'이 신격 검령은 지금까지 내가 싸워온 신들과는 완전히 다르구나. 십제는 경쟁 신들을 누르고 더 강해지겠다는 의지가 전혀 없어. 뿐만 아니라 그는 세상에서 소멸되는 것도

아무렇지 않게 여긴다고.'

이탄의 짐작이 옳았다.

인간이었을 시절 십제는 더 높은 검의 경지를 추구하려
는 열망이 강했다. 활화산처럼 타오르는 열망 덕분에 십제
는 무수히 많은 검술을 창안해내었고, 그 검술 하나하나를
극한까지 발전시켰다.

마음으로 적을 베는 심검.

의지만으로 검을 움직이는 이기어검.

멀티플 샷(Multiple Shot)을 쏘듯이 다수의 검으로 펼치
는 군집검.

시간을 베는 검.

완벽한 균형에 치중된 검 등등.

이 모든 것들이 십제로부터 비롯된 검술들이었다. 살아
생전 십제는 인간의 한계를 벗어난 검술들을 수도 없이 만
들어내고 또 가다듬었다.

한데 인간의 틀을 벗어나 검령이 된 이후로 십제는 일체
의 감정을 버렸다. 전 차원을 통틀어서 가장 강한 검술을
만들겠노라는 열망도 버렸다. 세상의 모든 검을 집대성하
겠다는 집착도 접었다.

심지어 십제는 자기 자신조차 깃털처럼 가벼이 여겼다.

완벽한 무감정의 상태.

세상만사를 달관한 태도.

이게 바로 십제의 특성이었다. 이탄은 그제야 상대의 성향을 제대로 파악했다.

"쳇. 재미가 없구먼."

이탄이 투덜거림과 함께 '구현'의 언령을 거둬들였다. 언령이 거둬지자 아가리도 물거품처럼 자취를 감추었다.

십제는 이탄의 앞으로 둥실 떠오르더니 다시 한번 비슷한 질문을 던졌다.

[네가 차원의 벽을 허물고 나를 불러낸 게 아니란 말이냐?]

이탄이 어깨를 으쓱했다.

[당연하지. 나는 너라는 존재를 오늘 처음 알았다. 나는 검계라는 차원에 대해서도 오늘 처음 들었지. 그런데 내가 무슨 재주로 너를 불러내겠나.]

[그거 이상하군. 하면 내가 어쩌다가 이 세계로 불려온 거지?]

십제는 영문을 모르겠다는 듯 중얼거렸다.

그러다 십제는 조각상처럼 몸이 굳어 있는 리헤스텐을 유심히 살펴보고는 검신을 부르르 흔들었다.

[네 말이 맞아. 네가 나를 불러낸 게 아니었어. 여기 이 자가 나를 부른 장본인이야.]

이탄이 반문했다.

[리헤스텐 님이 너를 이곳으로 불러냈다고?]

막상 이렇게 묻기는 하였으나 사실 이탄도 마음속으로는 '리헤스텐 때문에 십제가 이곳 차원에 현현한 게 아닐까?' 라는 생각을 품고 있었다.

역시 그 짐작이 맞았다.

[그래. 어떻게 인연이 닿았는지 모르겠으나 이자는 내가 세상에 남긴 검술 중 하나를 이어받았어. 공수의 균형에 방점을 둔 검술이지.]

[호오? 리헤스텐 님이 너의 검술을 물려받았다고?]

이탄은 십제의 말에 흥미를 느꼈다.

십제가 이미 밝혔듯이, 그는 언노운 월드 출신이 아니었다. 십제의 고향은 동차원과도 거리가 멀었다.

굳이 십제가 살았던 세상을 설명하자면, 간씨 세가의 세상과 유사한 면이 많았다.

단, 양측은 비슷하기만 할 뿐이지 십제가 인간이었던 시절에 활동했던 세상과 간씨 세가의 세상은 전혀 다른 곳이었다.

한데 리헤스텐은 어떻게 다른 차원에서 만들어진 검술을 습득했을까? 이탄은 이 점을 파고들었다.

'혹시 매개체가 있나? 차원을 뛰어넘어 십제의 검술을

리헤스텐 님에게 전수해준 매개체?'

차원을 자유롭게 넘나드는 존재라면 이탄도 알고 있었다. 이탄의 뇌리에는 자연스럽게 쿤룬의 열쇠공들이 연상되었다.

'쿤룬이라면 능히 그런 일을 할 수 있겠지. 그런데 굳이 왜? 쿤룬의 조직원들이 엄청난 위력의 검술을 손에 넣었다고 치자. 그럼 제 놈들이나 익힐 일이지 그걸 왜 아울 검탑에 넘겼을까?'

이탄이 파고들면 들수록 새로운 궁금증들이 꼬리에 꼬리를 물고 이어졌다.

호기심이 발동한 이탄과 달리 십제의 태도는 심드렁했다.

[어쨌거나 나를 부른 자가 네가 아니면 되었다.]

이 말을 끝으로 십제가 다시 검계로 돌아가려 했다.

이탄이 십제를 불러 세웠다.

[아니, 이렇게 그냥 가려고?]

[가지 않으면? 네가 나를 부른 것도 아니지 않나.]

십제의 말이 정곡을 찔렀다.

[허험. 뭐, 그거야 그렇지.]

이탄은 괜히 민망하여 손가락으로 콧잔등을 긁었다.

Chapter 2

[내가 부른 게 아니긴 한데. 그래도 이렇게 그냥 가버리면 리헤스텐 님이 서운할 것 아냐. 아마도 리헤스텐 님은 네 도움을 바라고 소환한 것 아닌가?]

[이자는 나를 부를 자격이 없다.]

십제가 리헤스템을 폄하했다.

[응?]

[그렇잖아. 신격 존재도 아닌데 어찌 나를 소환할 수 있겠나. 너라면 또 모르겠지만.]

십제는 이런 말로 리헤스텐을 깔아뭉갰다.

[허어.]

이탄도 딱히 십제의 말을 반박할 수 없었다. 확실히 리헤스텐은 십제를 소환하기에는 격이 떨어졌다.

십제가 부연설명을 덧붙였다.

[이자가 연마한 검술이 나와 인연이 있다고 말했지. 아마도 그 인연이 검계까지 연결되어 나를 소환했을 거다. 평소의 나라면 격이 낮은 자의 부름에 응하지 않았을 텐데, 내가 착각을 한 거야. 너의 기운을 감지하고서는, 네가 나를 부른 것이라 착각했던 거지.]

십제의 추측은 그럴듯했다.

이탄은 그제야 모든 인과관계를 파악했다.

[어쨌거나 네가 나를 소환한 게 아니라면 내가 더 이상 이곳에 머물 이유는 없군.]

십제의 의식은 이 말을 남기고는 스르륵 사라졌다.

이탄의 앞에 둥둥 떠 있던 검은 힘을 잃고는 지상으로 뚝 떨어졌다. 살짝 열렸던 차원의 틈새도 어느새 다시 닫혔다.

십제가 사라지자 멈췄던 시간이 다시 째깍째깍 흘렀다.

"흐으으음."

이탄은 잠시 동안 딴생각을 했다.

그런 이탄이 다시 정신을 차린 것은 리헤스텐이 지른 고함 탓이었다.

"내 검. 내 검이 어디로 갔어?"

리헤스텐은 손에 쥐고 있던 검이 갑자기 사라지자 깜짝 놀랐다. 리헤스텐의 입장에서 보면 이건 정말 귀신이 곡할 노릇이었다.

잠시 얼떨떨해 있던 리헤스텐이 이글거리는 눈으로 이탄을 노려보았다.

"이런 사악한 놈. 네놈이 술수를 부려 나의 애병을 빼앗아갔구나."

리헤스텐은 분노로 인해 수염을 부르르 떨었다.

이탄은 나름 억울했다.

뭐, 그렇다고 해서 이탄이 리헤스텐에게 구차하게 이런저런 설명을 해줄 이유는 없었다. 십제가 사라진 덕분인지 이탄의 천공안에는 리헤스텐의 미래가 다시 보였다. 이탄이 상대의 미래를 읽고는 고개를 주억거렸다.

'흐음. 방케르 님도 그랬지만, 리헤스텐 님도 오늘 이 자리에서 내 손에 죽을 운명은 아니네. 조금만 쉬고 계쇼.'

펑!

이탄이 검푸른 연기로 흩어졌다.

리헤스텐이 화들짝 놀라 주변으로 감각을 뿌렸다.

그 순간 이미 이탄은 리헤스텐의 오른쪽에 나타났다. 이탄의 손이 봄바람처럼 부드럽게 날아가 상대의 복부를 밀었다.

뼈엉!

"꾸웩."

가죽 북 터지는 듯한 소리와 함께 리헤스텐이 협곡 밖으로 날아갔다.

엄청나게 멀리 날아간 것과 달리 리헤스텐이 입은 피해는 생각보다 크지는 않았다. 비록 리헤스텐의 갈비뼈가 몇 대 부러지고 뱃가죽도 터지긴 했으나, 그래도 생명에는 지장이 없었다. 이탄이 정교하게 힘 조절을 한 덕분이었다.

단숨에 귀찮은 혹을 날려버린 뒤, 이탄은 전황을 다시 살폈다.

라임 협곡 상공에서는 사브아가 어스를 상대로 힘겨운 전투를 벌이는 중이었다.

"쯧쯧쯧."

이탄이 가볍게 혀를 찼다.

이탄이 판단컨대 사브아는 오래 버티기 힘들 것 같았다.

그럴 만도 한 것이, 상대는 백 진영 삼대 거물 중 한 명이었다. 그러니 이 정도면 사브아도 할 만큼은 한 셈이었다.

협곡 안쪽에서는 캄사와 방케르의 접전이 이어졌다.

원래 실력대로라면 방케르가 캄사를 압도해야 정상이었다. 그런데 어제 이탄에게 당한 탓인지 아니면 다른 이유 때문인지 방케르의 공격이 영 시원치 않았다.

덕분에 캄사는 방케르의 공격을 꾸역꾸역 받아내는 데 성공했다.

이탄은 라임 협곡 입구 쪽으로 시선을 돌렸다.

입구 쪽에서는 무수히 많은 사람들이 죽어나가는 중이었다. 특히 흑보다는 백 진영의 피해가 좀 더 커 보였다.

이것은 흑 진영이 유리한 지형을 선점하고 있기 때문이었다.

"하지만 일단 방어선이 무너지고 나면 그때는 백이 더 유리해지겠지. 백 진영의 숫자가 더 많으니까."

이탄은 백의 우세를 예상했다.

실제로도 흑 진영의 방어선 가운데 일부가 허물어지면서 야스퍼 전사탑의 피해가 늘어나는 추세였다.

"살짝 도와줘 볼까?"

이탄이 라임 협곡 입구로 몸을 날렸다. 이탄의 몸뚱어리는 검푸른 연기로 변해서 흩어졌다가 백 진영의 중심부에서 다시 모습을 드러내었다.

"헉, 적이다."

"놈을 막앗."

이탄의 갑작스러운 침투에 모레툼 교단의 추심 기사들이 화들짝 놀랐다. 추심 기사들은 이탄의 정체도 제대로 파악하지 못한 채 무조건 달려들었다.

펑!

이탄은 한 줄기 연기가 되어 달려드는 추심 기사들을 회피했다. 그런 다음 줄무늬 갑옷을 걸친 노인 앞에 나타나 상대의 얼굴을 손바닥으로 타격했다.

노인은 비명도 지르지 못하고 머리가 터져서 즉사했다. 이탄의 손바닥이 피와 뇌수로 질퍽하게 젖었다.

"일단 한 놈 해치웠고."

이탄이 한쪽 입꼬리를 비스듬히 끌어올렸다. 조금 전 이 탄의 손에 죽은 노인이야말로 모레툼 교단의 추기경들 중 한 명이었다.

펑!

이탄의 몸뚱어리가 또다시 연기가 되어 흩어졌다. 이탄 은 수십 미터 떨어진 곳에서 나타나더니 갈색 수염의 중년 인의 목줄기를 와득 잡아 뜯었다.

"커헉."

거구의 중년 사내는 피가 콸콸 쏟아지는 자신의 목을 두 손으로 움켜쥐다가 앞으로 고꾸라졌다.

이 중년 사내도 모레툼 교황청 소장파에 속하는 추기경 이었다.

Chapter 3

"어엇? 저놈은 피사노교의 신인이다."

"저 악마가 추기경님들을 집중적으로 노린다. 어서 놈을 막아라."

추심 기사들은 그제야 이탄의 목표를 파악하고는 악을 썼다.

추심 기사단의 조장들이 이탄의 주변을 포위했다. 이 가운데는 애꾸눈 하비에르도 포함되었다.

이탄은 추심 기사들을 상대하지 않았다. 그는 애초에 점 찍어 두었던 추기경들만 악착같이 노렸다.

눈 깜짝할 사이에 추기경 6명이 목숨을 잃었다. 바로 이어서 또 한 명의 추기경이 이탄의 손에 얼굴 상판을 통째로 잡아 뜯겼다.

추심 기사들은 이탄의 압도적인 무력과 유령 같은 움직임에 당황하여 계속 우왕좌왕했다.

그 사이 이탄은 추기경에 이어서 일부 대주교들의 목숨까지 앗아갔다. 이탄의 손에 죽은 자들 중에는 레오니 추기경을 따르는 세력과 반대파가 골고루 섞여 있었다.

단, 은화 반 닢 기사단에 우호적인 대주교들은 죽지 않고 살아남았다.

이탄은 레오니의 목숨도 붙여 두었다.

이탄이 백 진영을 한바탕 휘젓고 다닌 게 불과 12분 남짓. 이 짧은 시간 동안 모레툼 교단은 7명의 추기경과 15명의 대주교를 잃었다.

하비에르는 더 이상 이탄을 뒤쫓지 않았다. 그는 이탄을 잡는 것을 포기하고는 레오니 추기경의 곁에 딱 달라붙었다.

'추기경님만 지키자.'

이게 하비에르의 생각이었다.

솔직히 하비에르는 거칠게 날뛰는 저 악마를 꺾을 자신이 없었다. 피사노교의 열 번째 신인은 글자 그대로 재앙과도 같았다. 인간의 힘으로는 도저히 막을 수 없는 재앙.

그래서 하비에르는 어떻게든 레오니가 이탄의 눈에 띄지 않도록 머리를 썼다.

"추기경님, 어서 이것을 뒤집어쓰십시오. 어서요."

하비에르가 거적 같은 것을 구해와 레오니의 머리 위에 씌워주었다.

레오니는 눈치가 빨랐다. 재빨리 추기경의 복장을 벗어던진 뒤, 레오니는 얼굴에 검댕까지 묻혔다.

하비에르의 심복들이 그런 레오니의 주변을 물 샐 틈 없이 둘러쌌다. 그들 모두 허름하게 위장했다.

잔머리를 굴린 자는 비단 하비에르만이 아니었다. 몇몇 추기경과 대주교들도 체면을 불사하고 일반 병사로 위장했다.

그래 봤자 소용없었다. 이탄은 귀신처럼 상대의 신분을 파악하고는, 살생부에 이름을 올린 대주교들만을 골라서 차곡차곡 목을 땄다. 반면 앞으로 쓸모가 있을 법한 상대는 죽이지 않고 봐주었다.

이 생존자 명단 중에는 당연히 레오니도 포함되었다.

마침내 이탄이 일방적인 학살을 멈췄다.

"이쯤 솎아내었으면 되려나?"

이탄은 제자리에 서서 주변을 휙 둘러보았다.

"으윽."

이탄의 주변을 둘러싼 추심 기사들이 질린 표정을 지었다. 기사들은 이탄을 완전히 포위했음에도 불구하고 함부로 달려들지 못했다.

하긴, 기사들도 느꼈을 것이다. 상대가 대적 불가능한 재앙이라는 사실을.

'으으으. 저 하얀 가면의 악마는 감히 우리가 감당할 수 있는 자가 아니다.'

'저자와 맞서 싸우면 안 돼.'

'자비로우신 모레툼이시여, 부디 저 악마가 더 이상의 학살을 멈추고 물러나도록 기적을 베풀어 주소서.'

추심 기사들 모두 간절한 표정을 지었다.

다행히 신이 기사들의 간청을 들어준 모양이었다. 이탄은 피범벅이 된 손으로 자신의 머리카락을 뒤로 쓸어 넘긴 뒤, 한 줄기 연기로 변해 사라졌다.

"나중에 또 보자."

이게 이탄이 남긴 한 마디였다. 사방에 자욱했던 죽음

의 기운도 이탄의 증발과 함께 씻은 듯이 자취를 감추었다.

"휴우우."

추심 기사들은 그제야 놀랬던 가슴을 쓸어내렸다.

일반 병사들 틈에 숨어서 벌벌 떨던 교단의 수뇌부들도 겨우 긴장이 풀린 듯 제자리에 털썩 주저앉았다.

레오니도 철퍼덕 바닥에 앉아서 후들거리는 다리를 두 손으로 주물렀다. 레오니의 등과 얼굴에는 식은땀이 송글송글 맺혀 있었다. 조금 전 피사노교의 신인이 보여준 무력은 그만큼 무시무시했다.

협곡 입구를 벗어난 이탄이 다시금 모습을 드러낸 곳은 협곡 안쪽 깊숙한 곳이었다. 이탄은 이제 슬슬 1차전을 마무리 지을 요량이었다.

'감사를 정리할 때가 되었어.'

이탄의 눈이 섬뜩하게 빛났다.

마침 지금 상황은 이탄이 천공안으로 미리 보아두었던 미래와 유사했다. 감사가 죽을 즈음의 미래 말이다.

이탄이 검푸른 연기가 되어 협곡 안쪽으로 스며들 즈음, 방케르는 수백 개의 은빛 검을 하나로 응축하여 감사에게 날렸다.

쭝!

은빛 섬광이 일직선으로 날아가 캄사의 가슴을 뚫었다.

위기일발의 순간, 캄사와 결합한 악마종이 캄사의 목숨을 살려내었다. 악마종의 발 빠른 캐스팅 덕분에 캄사의 몸뚱어리는 수십 미터 옆쪽으로 순간이동했다. 방케르의 천검일섬은 빈 허공만 훑고 지나갔다.

그때 방케르가 코웃음을 쳤다.

"흥. 뻔한 수작이로다."

방케르는 캄사의 움직임을 예측이라도 한 것처럼 천검일섬의 방향을 틀었다. 은빛 섬광이 둥근 궤적을 그리며 날아가 캄사의 심장을 집요하게 노렸다.

섬뜩한 섬광이 가슴을 뚫으려는 순간, 캄사의 몸 앞에 붉은 계통의 반투명한 육각형 패치가 몇 개 나타나 빙글빙글 공전했다.

이 육각형 패치들은 피사노교의 흑마법이 아니라 부정차원 모드레우스 제국의 비법이었다. 이른바 레드 터틀 배리어(Red Turtle Barrier: 붉은 거북 장벽)라 불리는 극강의 방어마법이 캄사를 보호했다.

대신 캄사의 악마종도 크게 지쳤다.

Chapter 4

캄사의 악마종이 거칠게 숨을 몰아쉬었다.

[허허헉. 헉헉.]

레드 터틀 배리어는 진마급 악마종도 쉽게 펼칠 수 없는 난해한 마법이었다.

물론 악마종의 본체가 현신했다면 레드 터틀 배리어를 한 번 썼다고 이렇게까지 지치지는 않았을 것이다.

하지만 캄사와 결합한 상태로는 한계가 있었다. 그만큼 레드 터틀 베리어는 마나 소모량이 막대한 마법이었다.

놀랍게도 방케르의 천검일섬은 레드 터틀 배리어를 넘어서 캄사에게 직접적인 데미지를 주었다. 비록 캄사의 심장이 뚫리지는 않았으나 둔중한 충격과 함께 갈비뼈 몇 대에 금이 갔다.

캄사의 몸 주변에서 공전 중인 육각형 패치 가운데 서너 개에도 방사형 모양으로 실금이 생겼다.

"크윽. 제기랄."

캄사가 가슴을 꽉 움켜쥐고는 답답한 신음을 흘렸다.

그나마 레드 터틀 배리어쯤 되니까 천검일섬을 이 정도로 막아내었지, 다른 마법 같았으면 이미 뚫리고도 남았을 것이다.

또 한 가지.

캄사가 죽지 않은 것은 이탄의 덕분이기도 했다.

만약 이탄이 어제 방케르의 깨달음을 강탈해가지 않았더라면? 그럼 캄사는 이미 죽은 목숨이었다.

"허어, 목숨이 질기구나."

방케르가 눈썹을 깊게 찌푸렸다. 방케르는 상대를 단숨에 해치우지 못한 것이 마뜩지 않은 듯 다시 한번 검기를 끌어모았다.

촤라라락.

방케르의 머리 위에 700개가 넘는 은빛 검이 부채꼴 모양으로 돌아났다.

"이런 지독한 늙은이 같으니라고. 대체 나에게 무슨 억하심정이 있기에 그리도 집요하게 군단 말인가."

캄사가 이빨을 뿌드득 갈았다. 그런 다음 캄사는 무시무시한 눈으로 뒤를 돌아보았다.

"너희는 뭣들 하는 게냐? 어서 저 늙은이를 막지 않고."

"네?"

날벼락과 같은 캄사의 재촉에 힐다가 얼굴을 잔뜩 구겼다.

힐다뿐 아니라 슐라이어도 난감하기 이를 데 없었다.

그들의 무력으로는 도저히 방케르를 맞상대할 엄두가 나지 않아서였다.

하지만 목숨이 아까워 뭉그적거렸다가는 캄사의 손에 죽을 판이었다. 힐다가 어쩔 수 없이 앞으로 나섰다.

슐라이어는 정수리를 활짝 열어 뇌조를 소환했다.

그보다 한발 앞서 방케르가 캄사에게 천검일섬을 날렸다.

"제기랄."

힐다가 자신의 불운을 한탄하며 울며 겨자 먹기로 캄사의 앞을 가로막았다.

퍽!

방케르의 천검일섬은 벼락보다 더 빠르게 힐다의 복부를 뚫고는 그대로 캄사를 향해서 날아갔다.

이번에는 뇌조가 천검일섬을 향해서 달려들었다.

은빛 섬광은 뇌조가 접근하기도 전에 이미 공간을 돌파하여 캄사의 이마에 박혔다.

"우와아악."

천검일섬에 머리가 뚫리기 전, 캄사는 발작하듯 음차원의 마나를 끌어올렸다. 캄사와 결합한 악마종도 최선을 다했다.

흥흥흥흥.

캄사의 이마 앞에 레드 터틀 배리어가 나타났다. 붉고 반투명한 육각형 패치들은 수면 위로 부상하는 빙하처럼 스르륵 빈 허공에 돋아나더니, 이내 견고한 벽이 되어 방케르의 천검일섬을 가로막았다.

이번 방케르의 공격은 이전 샷(Shot)과 위력이 비슷했다.

그러니까 이 정도 공격으로는 캄사의 배리어를 깨뜨리는 데는 성공하겠지만 목숨까지 앗아가기에는 역부족이었다.

바로 그 순간에 이탄이 개입했다.

딱!

이탄은 멀리서 손가락을 가볍게 튕겼다.

그 즉시 세상의 모든 법칙을 무효로 돌리는 '멸법'의 인과율이 발동했다. '멸법'은 어제 이탄이 방케르로부터 빼앗은 바로 그 언령이었다.

아니, 표현이 잘못되었다. 좀 더 엄밀하게 말하자면, 이탄이 방케르의 권능을 빼앗은 것은 아니었다.

왜냐?

'멸법'에 대한 방케르의 깨달음은 지극히 기초적인 수준에 불과했다.

반면 이탄의 깨달음은 완성형이었다.

그러니까 이건 강탈이 아니라 각성의 계기에 불과했다. 이탄이 방케르로부터 영감을 얻어서 '멸법'의 언령을 각성한 셈.

여하튼 간에 이탄이 발휘한 인과율이 방케르의 천검일섬에 스며들었다. 이 엄청난 권능 앞에선 세상 그 무엇도 버티기 힘들었다.

푸스스스.

이탄의 권능은 레드 터틀 배리어를 입자 단위로 해체시켜 버렸다. 제아무리 부정 차원의 흑마법이라 할지라도 언령 앞에서는 힘을 잃을 수밖에 없었다.

[헉?]

캄사와 결합한 악마종이 먼저 경악했다.

"뭐, 뭐야?"

뒤이어 캄사도 심장이 굳었다. 그때 이미 방케르의 천검일섬은 캄사의 이마를 부왁 찢고 지나갔다.

이탄이 미리 손을 써서 천검일섬의 방향을 살짝 틀어놓지 않았더라면 캄사는 진즉에 죽었을 터.

"끄아아아악."

피투성이가 된 캄사가 긴 비명과 함께 지상으로 추락했다.

방케르가 또 한 발의 천검일섬을 쏘아 확인사살을 하려

고 들었다.

그보다 한발 앞서 이탄이 캄사의 곁에 나타났다.

"캄사 형님."

이탄은 안타까운 목소리로 캄사의 이름을 부른 뒤, 손을 뻗어 캄사의 어깨를 낚아챘다.

수십 미터 밖으로 날아가는 이탄을 천검일섬이 뒤쫓았다.

이탄은 오른손으로 캄사를 안고, 왼손을 뒤로 휘둘렀다. 이탄의 왼손바닥이 천검일섬과 부딪치면서 핏물이 확 튀었다.

"크윽. 제기랄."

이탄은 허공에서 한 차례 휘청거린 다음, 다시 한번 검푸른 연기가 되어 멀리 도망쳤다.

당연히 이건 연기였다. 왼손에 부장을 입은 척한 것도, 간신히 도망치는 척한 것도 모두 이탄의 연기에 불과했다.

이탄의 연기가 어찌나 그럴듯했던지 주변이 모두 속았다.

'허. 저 괴물 같은 놈이 내 공격에 부상을 입었다고?'

심지어 방케르마저 살짝 헷갈려서 고개를 갸웃거렸다.

Chapter 5

전쟁터에서 제법 떨어진 협곡 깊숙한 곳.

이탄은 협곡 한구석에 벌어진 크래바스 속으로 캄사를 끌고 왔다.

캄사는 이마에서 철철 흐르는 피를 가까스로 지혈하며 이탄을 올려다보았다.

"크으흑. 잘했다. 막내. 네가 몸을 던져 나를 구한 건 잘한 일이다. 나중에 내가 쌀라싸 형님께 말씀드려 네 공을 치하해주마."

이탄은 캄사의 말에 아무런 대꾸가 없었다.

후웅, 샤라랑~.

이탄이 손을 몇 번 휘젓자 크래바스 위쪽에 투명한 막이 생겨났다. 그 위쪽으로 상서로운 기운이 응집했다.

무광택의 기운 덕분에 크래바스 안쪽은 철저하게 차단되었다. 세상의 그 어떤 권능으로도, 심지어 신격 존재들조차도 크래바스 안에서 벌어지는 일은 들여다보기 힘들 것이다.

이탄은 철저하게 사전준비를 마친 뒤, 비로소 캄사와 눈을 마주쳤다.

'!!!'

칸사가 두 눈을 부릅떴다. 칸사의 등골을 타고 오싹한 기운이 스쳐 지나갔다.

"막내야, 헙."

이탄은 피투성이인 왼손으로 칸사의 입을 막았다.

방케르의 검에 크게 베인 줄 알았던 이탄의 왼손은 멀쩡했다. 왼손에 가득한 핏물은 이탄의 것이 아니라 타인의 선혈이었다.

이탄의 손에 턱이 붙잡힌 순간, 칸사는 이탄의 괴력이 얼마가 강한 것인지 비로소 실감했다. 이건 사람의 손에 잡힌 게 아니라 산맥과 산맥 사이에 꽉 끼인 기분이었다.

게다가 이탄의 손바닥은 사람답지 않게 차가웠다.

'뭐, 뭐야?'

칸사가 발버둥 쳤다.

칸사와 결합한 악마종이 순간이동 마법으로 칸사를 구해내려 들었다.

그 전에 이탄은 악마종의 머리부터 뜯어내었다.

사실 칸사의 몸에 돋아난 악마종의 머리는 진짜 머리가 아니었다. 진짜 머리는 부정 차원에 있고, 이건 가짜 형상에 불과했다.

따라서 이탄이 머리를 뜯어버린다고 해도 악마종이 진짜로 죽을 리는 없었다. 그래야 마땅했다.

한데 웬걸?

이탄이 악마종의 머리통을 뜯어낸 순간, 이탄의 손끝에서 회색 문자들이 툭툭 튀어나왔다. 부정 차원의 인과율이 작동했다.

[끄악.]

그 즉시 부정 차원에 머물고 있던 악마종의 본체가 이탄의 손에 붙잡혀 강제로 끌려왔다. 이탄은 땅 속에서 무를 잡아 뽑는 것처럼 진마급 악마종의 본체를 뽑아내더니 그대로 북극의 별 마법을 사용했다.

[안 돼애. 제바알―.]

뭔가를 깨달은 듯 악마종이 발버둥 쳤다.

이미 한발 늦었다.

쭈와악, 쭈왁, 쪼르르륵.

단 세 호흡만이었다. 이탄은 단 세 번의 흡입만으로 악마종의 모든 생명력과 마나를 갈취했다.

알맹이는 모두 빼앗긴 채 껍질만 남은 악마종이 벌레처럼 비비적거리다가 결국 가루로 부서졌다.

"마, 말도 안 돼."

캄사가 하얗게 질린 얼굴로 말을 더듬었다.

그나마 캄사가 지금 말을 할 수 있는 것은 이탄이 캄사의 입을 막았던 손을 치워준 덕분이었다.

이탄은 캄사를 무감정한 눈으로 내려다보았다.

캄사가 세차게 도리질을 했다.

"으으으. 이건 꿈일 거야. 도저히 말이 안 된다고. 세상에 북극의 별이라니? 그 금단의 마법이 세상에 다시 나타나다니? 그건 오직 처형사도, 아니 처형신인만이 사용할 수 있는데?"

캄사가 망연자실하여 중얼거렸다.

이탄은 처형신인이라는 표현을 듣고도 별로 놀라지 않았다. 예전에 이탄은 피사노교의 총단에서 초마의식을 치른 뒤, 부정의 요람에 들어갔다가 처형신인과 문자신인에 대한 비밀을 알게 되었다.

원래 피사노교에는 다음과 같이 여섯 개의 별이 존재한다고 알려져 있었다.

1. 호교사도는 피사노교를 지키는 수호자들이며, 이들을 육성하는 곳이 콥스(Corps: 군단)의 별이다.

2. 제례사도는 피사노교의 제사와 의식을 주관하며, 이들을 육성하는 곳이 카코(Caco: 빙의)의 별이다.

3. 잠행사도는 적진에 침투하는 것이 목적이며, 이들을 육성하는 곳이 키르케(Kirke: 첩자, 위장)

의 별이다.

4. 교리사도는 피사노교의 철학과 이론을 정립하며, 이들을 육성하는 곳이 도그마(Dogma: 주의, 교리)의 별이다.

5. 포교사도는 피사노교를 전파하여 교세를 확장하며, 이들을 육성하는 곳이 히프노스(Hypnos: 잠)의 별이다.

6. 신탁사도는 피사노교를 위해 미래를 예지하며, 이들을 육성하는 곳이 아리만(Arimanius: 신탁)의 별이다.

이상은 피사노교의 신전 내부에 우뚝 서 있는 비석의 후면에 새겨진 내용이었다. 이탄은 피사노교의 보고에서도 이와 동일한 내용을 보았다.

한데 부정의 요람에는 두 가지 별이 추가로 존재했다.

이 추가 별들은 비석의 아래 면에 새겨져 있어서 일반 교도들과 사도들은 볼 방도가 없었다.

다만 신인들은 부정의 요람을 통해서 2개의 추가 별을 인지하고 있었다.

Chapter 6

두 별의 역할은 다음과 같았다.

　7. 처형신인은 동료를 포식하여 강해지며, 이를
키워내는 곳이 북극의 별이다.
　8. 문자신인은 읽을 수 없는 바이블을 읽어내며,
이를 위해 준비된 곳이 톤의 별이다.

그러니까 피사노교에는 기존 6개의 별에 이 두 가지를
더하여 총 8개의 별이 전해져 내려오는 셈이었다.

이 8개의 별은 피사노교가 후대를 육성하기 위한 교육장
역할을 했다. 단, 북극의 별과 톤의 별은 지금까지 제대로
된 교육장 역할을 한 적이 드물었다.

그나마 북극의 별 마법을 익힌 처형사도는 불완전한 상
태로나마 한두 차례 등장한 사례가 존재하였다.

반면 톤의 별을 통과한 문자신인은 역사에 정식으로 이
름을 올린 적이 단 한 차례도 없었다.

왜냐하면 읽을 수 없는 바이블을 읽어내어야 비로소 톤
의 별에 진입할 수 있기 때문이었다. 부정 차원의 인과율인
만자비문을 해석할 수 있어야 비로소 문자신인이 될 자격

이 있기 때문이었다.

아쉽게도 역대 피사노교의 그 어떤 인물도 문자신인의 자격을 얻지는 못하였다. 역대 신인들 중에 다섯 손가락 안에 꼽을 정도의 극소수만이 톤의 별에 들어갔으나, 그들도 제대로 된 문자신인이 되지는 못했다.

그나마 당대에는 이쓰낸만이 톤의 별에 들어갔을 따름이었다. 이탄을 제외하면 말이다.

"설마 네놈이 처형신인이었느냐? 전에는 톤의 별에 들어갔다고 우리를 속이더니, 지금까지 네놈이 진면목을 숨기고 있었구나."

캄사는 잡아먹을 듯이 이탄을 노려보았다.

처형신인이란, 다른 신인들을 처형하는 자를 의미했다. 동료 신인을 죽이고 그 생명력을 흡수하여 홀로 강하지는 대악마가 바로 처형신인이었다.

따라서 만약에 처형신인이 무럭무럭 성장하게 되면, 다른 신인들은 결국 모두 그 대악마에게 흡수를 당할 수밖에 없었다.

이를 우려한 역대 신인들은, 혹시라도 처형신인으로 의심되는 자가 탄생하면 그 즉시 무슨 수단을 써서라도 대악마의 싹을 잘랐다.

피사노교의 신인들이 네트워크를 통해서 혈족들의 대화

에 불쑥불쑥 참여하는 데는, 소통을 위한 의도도 있었으나 그 이면에는 처형신인이 될 법한 싹을 미리 찾아내어 발본 색원하기 위한 의도도 분명히 존재했다.

"크흐흐. 싸마니야 녀석이 태만했구먼. 여덟째가 평소에 그렇게도 네놈을 감싸고돌더니, 내 뭔가 사고가 터질 줄 알았지. 싸마니야 녀석, 이런 대악마의 싹을 발견하지도 못하다니 죽어 마땅해. 큭큭큭."

캄사는 핏물이 낀 이빨을 으스스하게 드러내었다. 그리곤 이탄을 강하게 윽박질렀다.

"큭큭큭. 네놈이 실수했구나. 지금까지 처형신인의 그 지독한 본성을 드러내지 않고 잘 숨겨온 점은 칭찬해 줄 만해. 하지만 내 앞에서 섣불리 네 정체를 드러낸 게 네놈의 실수였어. 크크크큭."

"내가 실수를 했다고?"

이탄이 고개를 갸웃했다.

캄사가 키득키득 웃었다.

"큭큭. 네놈은 내가 방케르 늙은이에게 부상을 당하자 옳거니 무릎을 쳤겠지. 이틈을 노려서 내 정혈을 갈취하려 들었을 게야. 하지만 그게 바로 네놈이 스스로 발등을 찍을 게다. 크크큭. 지금 이 모든 상황이 영상으로 저장되어 쌀라싸 형님께 전달되고 있음을 네놈이 짐작이나 하겠느냐?

비록 나는 억울한 희생양이 될 테지만, 기다려라. 네놈도 결코 무사하지 못할 게야. 위대하신 와힛 님과 쌀라싸 형님께서 분명히 나의 복수를 해줄 테니까 말이다. 크크크큿."

캄사는 약을 올리듯 웃음을 터트렸다.

이탄이 피식 입꼬리를 비틀었다.

그 비릿한 웃음에 캄사의 동공이 흠칫 흔들렸다.

"뭐냐? 그 비웃음은?"

"이보쇼, 캄사. 헛된 희망은 버리는 게 좋아. 이곳에서 벌어지는 모든 일들은 절대 밖으로 새어나가지 않는다고. 쌀라싸 님이 아니라 와힛 님이라 할지라도 여기서 벌어지는 일을 들여다볼 수는 없거든."

이탄은 자신감이 넘쳤다.

캄사가 머리를 가로저었다.

"거짓말 마라. 그럴 리가 없다."

막상 입으로는 부정을 하면서도 캄사의 눈동자는 파르르 떨렸다.

'거짓말을 하는 것치고는 이 개자식의 표정이 너무나 여유롭잖아? 이놈이 정말로 영상 송출을 막았단 말인가?'

캄사는 심장이 덜컥 내려앉았다.

캄사가 부들거리는 가운데 이탄은 상대의 오른팔을 붙잡아 가볍게 틀었다. 끔찍한 소리와 함께 캄사의 팔뚝 뼈가 비스듬히 깨졌다.

"끄아아악."

캄사가 자지러졌다.

이탄이 무덤덤하게 뇌까렸다.

"그러게 왜 그렇게 나를 긁었어? 이건 모두 당신의 잘못이라고."

이탄은 능청맞은 웃음을 흘렸다.

캄사가 두 눈을 부릅떴다.

"뭐라고?"

"사실이잖아. 요 며칠 사이에 형이 내게 한 행동을 한번 되짚어 보라고. 내가 부아가 치밀겠나, 아니겠나."

캄사와 대화를 나누면서 이탄은 느긋하게 상대의 왼팔을 붙잡아 비틀었다.

또다시 끔찍한 소리가 울렸다.

"끄아아아악."

캄사는 더욱 크게 울부짖었다. 그러다 이탄이 그의 오른쪽 다리뼈까지 비틀어 깨자 캄사는 이빨을 딱딱딱 맞부딪쳤다.

"안 돼. 제발 그만. 제발 그마안―."

캄사는 상대에게 왼쪽 다리까지 붙잡히자 하얗게 질린 얼굴로 흐느꼈다.

이탄은 캄사의 애원을 듣지 않았다.

빠각!

결국 캄사는 왼쪽 다리마저 잃어야 했다.

이탄이 울부짖는 캄사를 무표정하게 내려다보았다.

"에이. 선심 썼다. 그냥 팔다리를 4개 부러뜨린 것만으로 용서해줄게. 요 며칠 사이에 당신이 내게 무례하게 굴었던 죄는 이것으로 사해주겠어."

이건 그저 말뿐인 위로였다. 막상 이탄의 이어지는 행동은 너그러운 이야기와는 거리가 있었다.

이탄이 캄사의 심장 부위에 손바닥을 얹었다.

"헉."

캄사는 상대가 이제부터 무슨 일을 저지를 것인지 짐작했다.

Chapter 7

"아으으으. 아으으으윽."

캄사가 잇새로 가느다란 신음을 흘렸다.

이탄은 손끝으로 캄사의 뺨을 툭툭 건드렸다.

"금방 끝낼게. 오래 안 걸려."

이탄은 (진)마력순환로 속을 대나무 속처럼 텅텅 비웠다. 그 즉시 이탄의 손바닥에서 강한 흡입력이 발생했다.

쭈와악.

이탄이 캄사의 모든 정혈과 마나와 생명력, 심지어 영혼까지 흡수하는 데 걸린 시간은 찰나에 불과했다.

"흐으어어~."

캄사의 입에서 바람 빠지는 소리가 새어나왔다. 캄사는 가죽이 쪼글쪼글하게 오그라들었다가 공기 중에 호르륵 흩어졌다. 피사노교를 지배하던 10명의 신인 가운데 한 명이 그렇게 허무하게 가버렸다.

이탄이 볼을 살짝 부풀렸다가 입 안을 채운 공기를 내뱉었다.

"푸후우우. 역시 천공안으로 본 캄사의 최후와 완전히 일치하는구나."

이탄의 나른한 독백이 숨소리와 함께 바닥에 내리깔렸다.

이탄이 캄사를 해치우고 전장에 복귀할 즈음, 사브아는 어스에게 크게 일격을 당한 상태였다.

"크윽. 제기랄."

피투성이가 된 사브아가 어스를 피해서 협곡 후방으로

허둥지둥 도망쳤다.

"캄사 오라버니는 어디서 뭘 하는 거야? 이제 그만 후퇴해도 되잖아. 여기서 다 함께 죽을 게 아니라면 그만 후퇴명령을 내려달라고. 퉤에."

사브아가 피 섞인 침을 바닥에 탁 뱉었다. 그녀의 구불구불한 머리카락은 온통 핏물로 떡이 졌다.

사브아의 말대로였다. 피사노교는 라임 협곡에서 옥쇄할 계획이 전혀 없었다. 캄사와 사브아, 그리고 이탄의 목적은 백 진영 놈들에게 적당히 밀리면서 적들을 함정으로 유인하는 것이지 여기서 죽는 게 아니었다.

사브아가 주변을 두리번거려 이탄을 찾았다.

"그나저나 막내는 어디에 있는 거야? 캄사 오라버니가 꾸물거리면 막내라도 챙겨서 빨리 후방으로 물러나야 해. 꾸물거리다가 피해가 너무 커진다고."

딱 그 타이밍을 맞춰서 이탄이 등장했다.

"누님, 괜찮으십니까?"

"빌어먹을. 너는 또 어디 있다가 이제야 기어 나온 거야? 내 꼴을 좀 보라고. 이게 괜찮아 보이니?"

사브아가 이탄에게 신경질을 부렸다.

"이런. 상태가 안 좋으시군요."

이탄은 그제야 사브아의 모습을 확인하고는 미안한 표정

을 지었다. 엉망진창인 사브아에 비하면 이탄의 모습은 상
대적으로 양호해 보였다. 게다가 이탄의 몸에 묻어 있는 피
는 이탄의 것이 아니었다.

사브아가 이탄을 독촉했다.

"크윽. 저 시시퍼 탑주 늙은이, 아주 지독하더라고. 어서
이 자리를 피해야 해."

이탄도 사브아의 말에 맞장구를 쳤다.

"맞습니다. 제가 상대했던 아울 검탑의 늙은이도 지독하
기 이를 데 없었습니다. 정말 겨우 겨우 도망을 쳤지요. 상
황이 이런데 왜 캄사 형님은 후퇴 명령을 내리지 않는 겁니
까? 계획은 이쯤 하면 되었지 않습니까?"

이탄은 일부러 발을 세게 굴러 화난 척을 했다.

"내 말이 바로 그거야. 대체 이 오라버니는 어디 처박힌
거냐고."

사브아도 곧바로 씩씩거렸다.

이탄과 사브아가 대화를 주고받는 와중에도 백 진영의
파상공세는 계속되었다. 시간이 갈수록 피사노교의 패색이
짙어졌다.

이탄이 참다못해 두 팔을 걷어붙였다.

"누님, 안 되겠습니다. 나중에 제가 군령을 어긴 죄로 벌
을 받는 한이 있더라도 전군에 후퇴명령을 내려야겠습니다."

"막내야 그건!"

사브아가 멈칫했다.

지금 이탄은 캄사의 지휘권을 무시하는 태도를 내비쳤다.

"막내야."

사브아가 걱정스러운 눈빛을 드러내었다.

이탄이 비통하게 외쳤다.

"누님, 이러다가 아군의 피해가 더 심각해지면 안 됩니다. 지금 전쟁터에서 개죽음을 당하는 이들이 누구입니까? 이들은 검은 드래곤의 피를 이어받은 우리의 혈족들과 교도들이 아닙니까? 어찌 그들에게 불필요한 희생을 강요하겠습니까."

이탄의 열변에서는 사도들과 교도들에 대한 마음씀씀이가 진솔하게 드러났다. 그 말을 듣자 사브아의 눈동자가 미세하게 흔들렸다.

이탄은 좀 더 강하게 의견을 밀어붙였다.

"게다가 여기서 아군이 전멸한다 생각해 보십시오. 그럼 누가 적들을 함정으로 유인하겠습니까? 저는 와힛 님과 쌀라싸 님의 계획을 망칠까 봐 두렵습니다."

이탄의 말이 옳았다. 사브아가 마침내 결단을 내렸다.

"좋아. 그렇다면 나도 함께 후퇴 명령을 내리는 것으로 하자."

"누님?"

"그런 표정 짓지 마라. 당연히 나도 함께해야지. 내가 어디 막내에게 모든 책임을 떠넘길 사람으로 보이냐?"

사브아가 짐짓 장난스러운 표정을 지었다.

"사브아 누님."

이탄이 감격한 듯 사브아를 바라보았다.

사브아는 이탄에게 찡긋 윙크를 날렸다.

"호호호. 나중에 캄사 오라버니가 못되게 굴면 내가 확 들이받을 거야. 그러니까 막내는 아무 걱정 마."

씩씩하게 말하는 사브아의 표정은 어쩐지 신나 보였다.

고요의 사원 공방전 I

Chapter 1

그날 피사노교는 라임 협곡에서 물러나 수십 킬로미터 서쪽으로 후퇴했다.

"크흑."

부슬부슬 내리는 비 속에서 패잔병들의 어깨가 축 처졌다. 피사노교의 교도들은 패배가 분한 듯 주먹을 꽉 움켜쥐었다.

사실 교도들보다 어깨가 더 쳐진 이들도 있었다. 바로 야스퍼 전사탑과 고요의 사원 생존자들이었다.

두 세력이 입은 피해는 피사노교보다 훨씬 더 컸기에 그만큼 분한 마음도 더 클 수밖에 없었다.

하긴, 야스퍼 전사탑과 고요의 사원이야말로 라임 협곡 입구에서 백 진영의 공세를 정면으로 받아낸 장본인들이 아닌가. 그 와중에 야스퍼 전사탑은 서열 4위인 모이라이와 5위인 케레이가 죽었다.

고요의 사원의 원주인 슐라이어도 오른팔과 왼쪽 눈을 잃어 들것에 실려 갔다.

후퇴하는 와중에 이탄이 애써 생포했던 아울5검과 7검도 탈출했다.

피사노교는 그야말로 엉망이었다.

그나마 흑 진영 생존자들의 사기가 완전히 꺾이지 않은 것은 이탄이 보여준 놀라운 활약 덕분이었다.

흑 진영 사람들이 라임 협곡에서 도망치듯 빠져나올 때였다. 백 세력들은 적들이 그냥 도망치도록 내버려두지 않았다.

우선 쿠샴 부탑주가 결계 마법을 펼쳐서 도주로를 가로막았다. 시시퍼 마탑의 마법사들이 우왕좌왕하는 흑 진영을 향해서 각종 공격마법을 퍼부었다.

피사노교의 교도들은 협곡 출구에 갇힌 상태에서 그 마법들을 온몸으로 받아야 했다.

그 와중에 아울 검탑의 검수들까지 쫓아왔다. 검수들은 집요하게 검기를 날려 피사노교의 교도들을 도륙했다.

모레툼 교단의 추심 기사들도 우르르 쫓아와 공격을 퍼부었다.

사방에서 비명이 난무했다. 분명히 눈으로는 출구가 보이는데, 결계 때문에 협곡 밖으로 벗어날 수가 없었다. 피사노교 교도들의 얼굴이 하얗게 질렸다.

바로 그때 이탄이 등장했다.

"이놈들!"

이탄은 우렁찬 고함과 함께 쿠샴의 결계를 찢어버렸다. 이탄의 한 방 덕분에 피사노교에는 도망칠 활로가 열렸다.

그게 끝이 아니었다. 이탄은 아군 병력이 무사히 도망칠 수 있도록 협곡 출구를 단독으로 막아섰다.

그런 이탄을 향해서 수천만 명, 혹은 그 이상의 대군이 밀려들었다.

그래도 이탄은 비키지 않았다. 그는 사령마 위에 꼿꼿이 앉은 채 밀려드는 적들을 향해 두 팔을 활짝 벌렸다.

화르르륵!

이탄의 가슴께에서 검녹색 편린들이 무수히 일어났다.

"오오오, 신인이시여."

"으흐흐흑."

피사노교의 사도와 교도들이 피눈물을 흘렸다. 그들은 선혈에 흠뻑 젖은 이탄의 뒷모습을 눈에 담으며 발걸음을 멈칫거렸다. 차마 이탄을 홀로 남겨두고 갈 수가 없었던 것이다.

교도들의 동공에 맺힌 이탄의 뒷모습은 무척 피로해 보였다. 잇단 전투로 인한 고단함과, 홀로 대군을 막아야 하는 고독함이 이탄의 등 뒤에서 물씬 풍겼다.

다른 한편으로 이탄의 뒷모습은 거대한 산악과 같았다. 혹은 온갖 비바람으로부터 아군을 보호해주는 방풍림을 연상시켰다.

순간, 모든 흑 진영 병사들의 가슴이 뭉클해졌다. 그들의 눈시울이 벌겋게 변했다.

사브아가 목청을 높였다.

"뭣들 하는 거냐? 쿠미 신인의 희생을 물거품으로 만들 셈이냐? 다들 서둘러라. 절대 뒤돌아보지 말고 어서 뛰란 말이다. 그게 쿠미 신인을 돕는 길이다."

사브아의 말이 옳았다. 쿠미 신인(이탄)이 무사하려면 하루빨리 교도들이 안전한 곳으로 피해야 하리라.

"옙, 알겠습니다."

"으흐흑. 명을 따르겠습니다."

피사노교의 교도들은 손등으로 눈물을 쓱 훔치고는, 뒤도 돌아보지 않고 서쪽으로 치달렸다.

그런 교도들의 귓가에 연달아 폭음이 들렸다. 금속 부딪치는 듯한 소음과 우렁찬 고함이 뒤섞였다.

하늘에서는 천둥번개가 마구 떨어지는 것 같았다. 시끄러운 소음이 교도들의 귀를 어지럽혔다.

"이놈들, 여기서 한 발도 더 나가지 못한다. 아군을 추격하려면 우선 나부터 넘어야 할 것이야."

이탄의 우렁찬 목소리가 교도들의 귀에 때려 박혔다.

"크흑, 쿠미 신인님."

교도들은 한 번 더 울컥했다.

단지 소리만 교도들을 괴롭히는 게 아니었다. 교도들의 등 뒤에선 번쩍번쩍한 빛이 휘몰아쳤다. 휘황찬란한 광휘도 연신 터져 나왔다. 교도들은 뒤를 돌아보고 싶은 마음을 꽉 억누르고는 쉴 새 없이 달렸다.

"헉헉헉, 허허헉."

교도들은 숨이 목구멍 끝까지 찼다.

잠시 후였다. 어마어마한 굉음과 함께 라임 협곡 출구 일대가 붕괴하기 시작했다. 쏟아지는 빗줄기를 뚫고 흙먼지가 수 킬로미터 상공까지 솟구쳤다.

이 엄청난 붕괴 속에 모든 것이 다 파묻혔다. 아울 검탑의 상위권 검수들도, 시시퍼 마탑의 지파장들도, 심지어 리헤스텐이나 방케르, 쿠샴 부탑주도 끝내 이탄이라는 벽을 넘지 못한 듯했다. 협곡 출구가 통째로 붕괴할 동안 단 한

명의 백 진영 사람들도 출구 밖으로 나오지 못한 것을 보면 말이다.

스스로 철벽이 되어 백 진영의 진격을 막아낸 영웅.

그게 바로 이탄이었다. 이탄의 숭고한 희생 덕분에 피사 노교는 최대한 멀리 물러날 시간을 벌었다.

사흘 뒤인 3월 22일.

백 진영의 대군은 도망치는 흑 세력을 몰이사냥을 하듯 이 뒤쫓아 대륙 서남단 두 번째 반도에 도착했다.

대군이 잠시 행진을 멈춘 가운데, 리헤스텐이 턱을 들어 먼 곳을 살폈다.

리헤스텐의 흙투성이 의복에는 사흘 전 협곡의 붕괴를 헤쳐 나온 고생의 흔적이 역력하게 묻어 있었다.

"저 앞에 보이는 곳이 고요의 사원인가?"

리헤스텐은 독백을 하듯이 말을 웅얼거렸다.

전방의 짙은 물안개 속에는 수백 개의 사원 건물들이 그림처럼 자리했다. 그 뒤쪽에 뾰족뾰족한 산이 사원 건물들을 감싼 형상이었다. 이 모습을 하늘에서 내려다보면, 마치 커다란 새(산악)가 사원을 품은 것 같았다.

한편 고요의 사원 앞에는 바다처럼 넓은 호수가 위치했다.

이 호수에는 사시사철 바람 한 점 불지 않았다. 덕분에 호수의 수면은 늘 거울면처럼 고요했다.

Chapter 2

"이렇게 눈으로 직접 보니 고요의 사원이라는 이름이 저 호수와 잘 어울리는구먼."

리헤스텐은 서늘한 눈으로 고요의 사원 일대의 풍경을 더듬었다.

옆에서 레오니 추기경이 리헤스텐의 말을 받았다.

"리헤스텐 님, 사원의 겉모습만 보면 정갈하고 평온해 보이지요. 하지만 저 속에는 악랄한 수도승 놈들이 똬리를 틀고 있답니다."

레오니의 뒤를 이어 쿠샴 부탑주도 말을 보탰다.

"어디 수도승들만 똬리를 틀었겠습니까. 지금은 잔당들과 야스퍼 전사탑의 패잔병들도 저곳으로 들어갔다는 첩보입니다."

쿠샴은 사실에 근거하여 이렇게 주장했다.

요 며칠 새 시시퍼 마탑의 마법사들은 패밀리어 마법을 통해서 적들의 움직임을 하나도 놓치지 않고 감시 중이었다.

마법사들이 새나 곤충의 눈을 통해서 확보한 정보에 따르면, 라임 협곡에서 도망친 흑 진영의 패잔병들은 어제 저녁 고요의 사원에 들어갔다고 한다.

리헤스텐이 쿠샴을 쳐다보았다.

"쿠샴 부탑주, 더 기다릴 필요가 있겠는가? 아울 검탑이 앞장을 설 테니 곧바로 호수를 건너 놈들을 공격함이 어떠한가?"

리헤스텐은 한 시라도 서둘러서 흑 진영의 싹을 꺾어버리고 싶은 심정이었다.

리헤스텐의 마음이 조급할 만도 했다. 지난해 10월, 아울 검탑의 본진이 피사노교의 대대적인 공격을 받아서 날아갔다. 리헤스텐이 아꼈던 후배들도 여럿 상했다. 아군의 처참한 모습에 리헤스텐의 분노가 들끓어 올랐다.

한데 쿠샴이 반대했다.

"리헤스텐 님, 송구하오나 조금만 더 기다리시지요."

"더 기다려라?"

"대략 12시간만 기다려 주시면 그 안에 라웅고 부탑주를 비롯한 아군 병력이 충원될 것입니다."

"흐으음."

리헤스텐은 꾸물거리는 것이 싫은 듯 팔짱을 꼈다. 그러다 리헤스텐이 고개를 돌려 방케르의 의견을 물었다.

"셋째의 생각은 어떤가?"

방케르는 겨드랑이에 검 한 자루를 끼고서 꾸벅꾸벅 졸던 중이었다. 그러다 리헤스텐의 물음에 무거운 눈꺼풀을 살짝 들었다.

리헤스텐은 속으로 한숨을 내쉰 다음, 좀 더 상세히 풀어서 방케르의 의견을 요구했다.

"셋째의 의견이 중요할 것 같네만. 어떤가? 당장 호수를 건너 흑 진영 놈들을 공격하는 게 낫겠나? 아니면 여기서 조금 더 기다릴까?"

"기다리시죠."

방케르는 망설이지 않고 대답했다.

리헤스텐이 고개를 갸웃했다. 평소 방케르의 성격이라면 바로 공격하자고 할 줄 알았는데, 의외였다.

"기다리자고? 왜?"

리헤스텐은 방케르의 속이 궁금했다.

방케르가 졸린 눈으로 답했다.

"조금 전 우드워커로부터 연락이 왔습니다. 곧 합류할 거라더군요."

"둘째가 여기에 온다고?"

리헤스텐이 반색했다.

"호오?"

쿠샴도 눈을 반짝 빛냈다.

검노 우드워커.

아울 2검이라 불리는 전대의 검수가 합류한다면 백 진영은 그야말로 천군만마를 얻은 셈이었다.

"흐음. 그렇다면 조금 더 기다리지. 라웅고 부탑주에 이어서 둘째까지 합류한다면 확실히 피사노교 놈들을 부숴버릴 수 있겠어."

리헤스텐은 흡족하게 고개를 주억거렸다.

시시퍼 마탑의 어스 탑주와 부탑주들, 그리고 아울 검탑의 1, 2, 3검이 한 자리에 모이면 아무리 적이 강하다고 하더라도 단숨에 뭉개버릴 수 있는 전력이었다.

'설령 적진에 와힛 놈이 합류했다 하더라도 우리가 유리할 게야.'

방케르는 이렇게 자신했다.

그런데 과연 방케르의 자신감이 타당할까?

지난 세기 말, 아울 검탑과 시시퍼 마탑, 그리고 마르쿠제 술탑이 힘을 합쳐서 와힛과 이쓰낸을 간신히 상대했었다.

그런데 지금은 삼대 탑 가운데 마르쿠제 술탑이 전력에서 빠졌다. 백 진영은 피사노교의 우두머리인 와힛의 위치를 제대로 파악하지도 못했다. 뿐만 아니라 쌀라싸나 싸마니야와 같은 강자들도 시야에서 놓쳤다.

만에 하나 고요의 사원 내부에 마신이라 불리는 와힛이 웅크리고 있다면?

쌀라싸나 아르비아, 싸마니야 등도 와힛의 곁에 함께하고 있다면?

라임 협곡에서 피사노교가 패퇴한 게 백 진영을 이곳으로 끌어들이기 위한 술책이었다면?

그렇다면 이건 보통 일이 아니었다.

거기에 더해서 언노운 월드 하늘에 떠 있는 저 괴상한 행성에 대한 우려도 아직까지 해결되지 않았다.

행성에서 우르르 쏟아져 나왔던 악마종들은 백 진영 사람들의 마음을 무겁게 짓누르는 걱정거리였다.

사람들은 검보랏빛으로 물든 하늘을 올려다볼 때마다 가슴이 답답했다. 비록 지금은 그 악마종들이 무슨 이유에서인지 잠잠하지만 말이다.

방케르라고 해서 이러한 변수들을 모를 리 없었다.

그럼에도 방케르는 승리를 자신했다.

'와힛 녀석이 고요의 사원 안에 함정을 파놓았을지도 모르지. 하늘에 둥둥 떠 있는 저 수상한 행성도 와힛이 만들어낸 사악한 술수 중 하나일 게야. 흥! 그렇게 바둥거려봤자 소용없다. 피사노교가 제아무리 요란하게 함정을 파고

부정 차원의 악마종들을 전쟁에 끌어들였다손 치더라도 결국 너희들의 패배는 정해져 있음이야.'

사실 방케르는 따로 믿는 구석이 있었다. 이것은 세상에서 방케르와 우드워커만이 알고 있는 비밀이었다. 리헤스텐조차 모르는 비밀.

Chapter 3

백 진영이 호수 건너편에서 진군을 멈추고 숨을 고를 동안, 고요의 사원 내부에는 피사노교의 병력들이 속속 충원 중이었다.

물론 아직까지는 라임 협곡에서 후퇴한 캄사의 혈족들과 사브아의 병력, 그리고 이탄의 병력이 흑 진영의 주력이었다.

거기에 더해서 야스퍼 전사탑과 고요의 사원 병력들도 전열을 가다듬고 각자의 자리를 지키는 중이었다.

피사노교에서는 이들을 3군으로 분류했다.

한데 이 3군 외에 새로운 병력들이 마법진을 타고 조금씩 넘어오고 있었다. 이들은 1군, 즉 쌀라싸와 싸마니야에게 소속된 병력이었다.

또한 고요의 사원 지하부터 시작하여 호수 밑바닥에 이르기까지 어마어마한 넓이의 초대형 마법진이 이미 설치 완료되었다.

검녹의 마군 쌀라싸는 '적당한 때가 되면 초대형 마법진을 가동하여 1군 본진을 통째로 끌어오겠다.'는 전략을 세웠다.

이처럼 만반의 태세를 갖추고 함정을 파놓았음에도 불구하고 피사노교의 사기는 들쭉날쭉했다.

백 진영 놈들과의 전투를 벼르다가도 다시 축 처지고.

이빨을 악물었다가 다시 어깨를 늘어뜨리고.

피사노교 교도들 사이에선 이와 같은 씁쓸한 행동이 반복되었다.

원인은 이탄의 실종에 있었다.

라임 협곡 전투에서 이탄은 홀로 백 진영의 대군을 맞아 끝까지 싸웠다. 협곡 출구를 붕괴시키는 초강수를 두어서 수백만 교도들의 목숨을 구한 영웅이 바로 이탄이었다. 이탄의 활약 때문에 적들은 피사노교의 패잔병들을 쫓지 못했다.

'크으윽. 쿠미 신인님께선 우리처럼 별 볼 일 없는 교도들을 위해서 희생하셨어.'

'으흐흑. 그분 덕분에 지금 내 목숨이 붙어 있는 거라

고.'

교도들은 이탄을 떠올릴 때마다 속이 울컥했다.

그런 교도들이 주먹을 불끈 쥐고는 '백 진영 놈들을 다 죽여 버릴 테다.'라는 각오를 다짐했다.

그러다가 다시 이탄의 사망을 예감할 때면 교도들의 사기가 푹 꺼졌다.

'진짜로 쿠미 신인님께서 전사하셨으면 어떻게 하지?'

'그건 안 돼. 검은 드래곤이시여, 제발 우리의 신인님을 보우하소서.'

이 자리에 있는 모든 교도들이 이탄을 위해서 간절히 빌었다. 누구의 혈족이건 상관없었다. 다들 한마음 한뜻으로 이탄의 무사생환을 기도했다.

지금으로부터 몇 달 전, 은화 반 닢 기사단에서도 이와 비슷한 일이 벌어졌었다. 은화 반 닢 기사단의 정보요원들이 이탄에게 감동하여 자발적으로 원로기사들을 젖히고 이탄을 꼭대기에 세운 것이다.

이와 마찬가지로 피사노교의 일반 교도들과 사도들의 마음속에는 이탄이 점점 더 크게 자리를 잡기 시작했다.

서서히 증폭되기 시작한 이탄의 영향력은 교의 그 어떤 신인보다도, 심지어 제1 신인인 와힛보다도 더 강하게 자라났다.

미래에서 되돌아보면, 이때야말로 이탄이 몇 년에 걸쳐서 뿌린 씨앗들이 신인들 모르게 서서히 자라서 땅 위로 하나둘 드러나기 시작한 시기였다. 이탄이 몇 년간 음흉하게 웅크리고 있다가 은화 반 닢 기사단을 단숨에 집어삼켰던 것처럼, 피사노교도 이제 이탄의 통제권 안으로 완전히 들어왔다.

그날 밤.

라웅고 부탑주가 백 진영에 합류했다.

시시퍼 마탑의 탑주인 어스부터 시작하여, 릴, 쿠샴과 같은 부탑주들이 진심으로 라웅고의 등장을 반겼다.

마탑의 세 부탑주들 가운데 라웅고가 가장 강했다.

그 다음이 쿠샴, 마지막이 릴의 순서였다.

또한 라웅고는 용과 인간 사이의 용인인 동시에 언령의 힘을 일부 깨우친 초월자이기도 했다. 라웅고처럼 강한 동료가 참전을 하였으니 다른 부탑주들도 마음이 든든할 수밖에.

라웅고는 시시퍼 마탑의 동료들로부터 열렬한 환영을 받은 이후, 따로 시간을 내서 아울5검을 만났다.

아울5검 또한 라웅고와 마찬가지로 용인이었다.

라웅고와 아울 5검이 만나는 자리에는 노아의 신전 힐러인 가이르도 함께 했다. 가이르도 용인, 즉 그들과 동족이었다.

3명의 용인들은 오랜만에 회포를 풀면서 많은 이야기를 나누었다.

— 작년 10월에 발생했던 아올 검탑 전투.
— 그 후 며칠 뒤 발생한 레온 가문(용인들의 가문) 멸망 사건.
— 사흘 전 라임 협곡 전투.

주로 이런 것들이 대화의 주제였다.

이 주제들 가운데 어느 것 하나 가벼운 게 없었다. 세 용인들은 밤을 새워가며 의견을 나누고 또 대응방안을 모색했다.

그러는 사이 새벽 동이 터왔다. 동녘하늘이 핏빛으로 붉게 물들었다.

며칠 새 뜨문뜨문 내리던 비는 서서히 그칠 기미를 보였다. 잔뜩 물기를 머금은 풀잎들이 물방울을 똑똑 떨궜다.

시시퍼 마탑 쎄숨 지파장의 제자인 씨에나가 꼭두새벽부터 라웅고를 방문했다.

"부탁주님, 리헤스텐 님께서 찾으십니다."

씨에나는 이 이야기를 전하려고 라웅고를 찾았다.

라웅고는 두 손으로 의자 손잡이를 잡고 몸을 일으켰다.

"나를 찾으신다고? 무슨 일이시지?"

한데 라웅고만 대상이 아니었다. 씨에나는 나머지 두 용인에게도 말을 전했다.

"두 분도 함께 가시지요. 모두 함께 모셔오라고 하셨습니다."

아울 5검과 가이르가 서로의 얼굴을 마주 보았다.

"우리도 말이오?"

"허어, 어째 리헤스텐 님께서 본격적으로 판을 벌이시려나 보군."

라웅고에 이어서 아울 5검과 가이르도 자리를 털고 일어섰다.

3명의 용인이 백 진영의 중앙 군막에 도착했을 때, 그곳에는 주요 인사들이 모두 착석한 상태였다.

"어서들 오시게."

리헤스텐이 고개를 들어 세 용인을 반겼다.

같은 시각.

고요의 사원 지하의 초대형 마법진에서는 핏빛 번개가

번쩍번쩍 뛰놀았다. 사브아가 지켜보는 가운데 번개 속에서 쌀라싸의 모습이 언뜻언뜻 드러났다.

쌀라싸는 피사노교의 네트워크를 통해서 사브아와 대화를 나누었다.

　∞ [피사노 쌀라싸] 아직까지도 막내아우님의 소식은 없는고?
　∞ [피사노 사브아] 없습니다.

사브아는 처연한 표정으로 고개를 가로저었다.

Chapter 4

사브아의 얼굴에는 이탄에 대한 걱정이 한가득이었다. 덩달아 쌀라싸의 얼굴도 심각해졌다.

　∞ [피사노 쌀라싸] 허어. 이거 큰일이로다. 캄사아우도 무소식인데 막내아우님마저 소식이 끊겼으니. 으으음.
　∞ [피사노 사브아] 그래도 막내의 희생 덕분에

아군의 전멸을 막을 수 있었습니다. 거기에 비하면
다섯째 오라버니는 뭘 했는지 모르겠어요.

사브아의 말투에는 날이 잔뜩 섰다. 그녀는 캄사에 대한
불만을 노골적으로 드러냈다.
쌀라싸가 눈가를 깊게 찌푸렸다.

　∞ [피사노 쌀라싸] 일곱째 아우님, 지금은 전시
라네. 적들이 코앞에 있는데 우리끼리 서로의 등에
칼을 꽂아야 하겠는가? 그런 말씀은 삼가시게.
　　∞ [피사노 사브아] 으음. 송구합니다.

사브아는 쌀라싸의 충고를 잠시 곱씹어 보다가 사과했
다.
쌀라싸가 사브아를 달랬다.

　∞ [피사노 쌀라싸] 내 일곱째 아우님의 마음은
충분히 알겠네. 리헤스텐이나 방케르와 같은 전대
의 노물들이 등장했으면 곧바로 병력을 빼는 게 옳
았을 것인데, 캄사 아우님이 공을 탐하다가 실수를
저지른 모양이지?

∞ [피사노 사브아] ……

∞ [피사노 쌀라싸] 하지만 결과가 나쁘다고 해서 아군을 비난하는 태도는 옳지 않아. 일곱째 아우님, 내 말이 무슨 뜻인지 알겠나?

쌀라싸의 지적은 송곳처럼 날카로웠다.

사브아는 입술을 한 번 꼭 깨문 다음, 쌀라싸에게 고개를 숙여서 사죄했다.

∞ [피사노 사브아] 죄송합니다. 제 생각이 짧았습니다. 용서하셔요.

쌀라싸가 손을 휘휘 저었다.

∞ [피사노 쌀라싸] 흘흘흘흘. 아우님이 사과할 것은 없네. 내 일곱째 아우님의 처참한 심정이야 충분히 이해하지. 그나저나 다섯째와 막내가 무사해야 할 터인데. 쯧쯧쯧.

∞ [피사노 사브아] 그게 말입니다.

사브아의 어깨가 아래로 축 처졌다.

쌀라싸는 잠시 침묵했다가 화제를 돌렸다.

　⊗ [피사노 쌀라싸] 그나저나 백 진영 녀석들이 고요의 사원 바로 코앞까지 진격해 들어왔다지?

　⊗ [피사노 사브아] 마법 영상으로 찍어서 보내드린 바와 같습니다. 다행히 놈들을 여기까지 유인하는 데는 성공했습니다.

　⊗ [피사노 쌀라싸] 장하군, 장해. 이게 다 아우들이 애를 써준 덕분이라네. 내가 신탁사도들을 통해서 미래를 점쳐본 결과, 아마도 조만간 백 진영 놈들이 호수를 건널 게야. 흘흘흘흘흘.

쌀라싸가 의미심장하게 웃었다.
사브아도 눈을 번쩍 빛냈다.

　⊗ [피사노 사브아] 하면 곧 전쟁이 시작되겠군요?

　⊗ [피사노 쌀라싸] 그렇지. 곧 진짜 전쟁이 시작될 거라네. 그 즉시 나와 싸마니야가 1군을 이끌고 그곳으로 날아감세. 하니 아군 본진이 도착할 때까지 일곱째 아우님이 애를 좀 써주시게.

⊗ [피사노 사브아] 물론입니다. 저는 반드시 막내의 복수를 해줄 참입니다.

사브아의 눈꼬리가 표독하게 위로 올라갔다.

단지 말뿐만이 아니었다. 사브아는 연검의 손잡이를 꽉 움켜쥐고는 행동에 옮길 것처럼 굴었다.

이런 게 바로 평소에 쌀라싸가 입버릇처럼 강조하던 형제간의 우애였다.

⊗ [피사노 쌀라싸] 흘흘흘. 마땅히 그래야지.

쌀라싸는 흐뭇하게 고개를 주억거렸다.

그러는 가운데 새벽이 지나갔다.

전쟁이 개시된 것은 오전 7시 경이었다.

"후으읍, 읏차!"

쿠샴이 마나를 잔뜩 끌어올려 계외와 계내의 경계를 허물었다. 시시퍼 마탑의 라인 메이지들이 대규모로 마법진을 구축하여 쿠샴의 결계마법을 보조했다.

후오오오옹!

구름을 뚫고 어마어마한 기운이 요동쳤다.

라인계 마법이 대규모로 펼쳐지면서 상상을 초월하는 이적이 구현되었다. 백 진영이 주둔 중인 장소와 드넓은 호수 지역이 통째로 치환된 것이다.

이건 정말 상상을 초월하는 사건이었다.

고요의 사원과 맞닿아 있는 호수 지역이 뒤로 쭉 밀리고, 대신 백 진영의 주둔지가 고요의 사원 코앞에 나타나다니!

단 한 방의 마법만으로 이처럼 놀라운 이적을 불러올 수 있다면, 강이나 호수와 같은 지형지물이 무슨 소용이겠는가?

매복이 무슨 의미가 있겠는가?

적들은 말할 것도 없고, 백 진영의 사람들도 쿠샴의 엄청난 마법에 깜짝 놀랐다.

물론 모두가 놀란 것은 아니었다. 리헤스텐은 이때만을 기다렸다는 듯이 우렁찬 포효를 터뜨렸다.

"가자."

이 한 마디가 사람들의 귀에 들렸을 때 이미 리헤스텐은 검날을 밟고서 상공으로 휙 날아오른 상태였다.

Chapter 5

리헤스텐을 태운 검은, 단숨에 포물선 궤적을 그리며 고요의 사원으로 쳐들어갔다.

방케르도 뒤지지 않았다.

"같이 갑시다."

방케르 또한 리헤스텐처럼 두 발로 검을 밟고 저공비행하여 고요의 사원으로 돌진했다.

아울5검이 검 끝을 몸 뒤로 두고 무섭게 치달렸다.

"스승님보다 뒤처질 수는 없지."

아울 5검은 강한 의지를 내비쳤다. 리헤스텐이야말로 아울 5검의 선배이자 검을 가르쳐준 스승이었다.

아울 5검 이후로도 무수히 많은 검수들이 날아올랐다.

검환을 즐겨 사용하는 아울7검.

검에 공간의 권능을 담은 아울9검.

호리호리한 체격의 아울14검 등등등.

수많은 검의 구도자들이 목숨을 돌보지 않고 적진을 향해 돌격했다. 이 가운데는 아울99검인 피요르드 후작도 포함되었다.

그렇다고 해서 모든 검수들이 다 참전하지는 못했다. 작년 10월 전투 당시 쌀라싸에게 당해서 팔다리가 녹아버린 아울4검은 참전이 불가능했다. 최근에 이탄에게 팔을 잃은 아울6검이나 아울8검 등도 전투에 끼어들 수 없었다. 그들은 후방에 남아서 마음속으로 동료들을 응원할 뿐이었다.

아울 검탑이 전면에 나서자 노아의 신전 힐러들이 그 뒤를 바짝 쫓았다.

"우리도 가자."

가이르가 부하들을 독려했다.

신전의 힐러들은 가이르와 보조를 맞췄다. 아울 검탑의 검수들이 부상을 입는 즉시 상처를 치료해주는 것이 힐러들의 역할이었다.

시시퍼 마탑도 놀고 있지 않았다. 마탑의 마법사와 도제생들은 힘을 합쳐 원거리 마법을 준비했다.

근접 전투자들을 위해서 후방에서 엄호 마법을 난사하고 보호막을 덧씌워주는 것이야말로 마법사들이 가장 잘 할 수 있는 일이었다.

백 세력 중에서 가장 인구수가 많은 모레툼 교단의 성기사들은 한 박자 늦게 돌격할 예정이었다.

레오니 추기경이 목에 핏대를 세웠다.

"아울 검수들이 적진을 돌파하고 시시퍼 마탑에서 광역 마법으로 적진을 뒤흔들고 나면, 그때가 우리의 차례다. 모레툼님의 은혜를 받은 성기사들이여, 저 망할 놈의 사원을 철저하게 짓밟아버리자."

지난 라임 협곡 전투에서 추기경들 대부분이 이탄의 손에 죽어 나갔다. 그 후로 레오니의 발언권은 오히려 더 강화되었다.

하긴, 이건 이탄이 의도적으로 레오니를 도와준 거였다.

"우와아아아아—."

어쨌거나 레오니 추기경의 말 한 마디에 추심 기사단 소속 성기사들은 열렬한 환호로 응답했다.

콰앙!

리헤스텐의 검이 고요의 사원 정문을 박살 냈다.

그런데 막상 리헤스텐 본인은 정문을 통과하지 않았다. 대신 그는 유유히 정문 지붕 위를 타넘어 고요의 사원 중앙 건물로 날아갔다.

이에 대응이라도 하듯이 중앙 건물 뒤쪽에서 커다란 뇌조가 비상했다. 노란 번개를 온몸에 휘감은 뇌조는 리헤스텐을 향해서 부리를 쩍 벌렸다.

쩌저저저적!

뇌조의 부리 사이에서 방출된 노란 번개가 그물처럼 복잡하게 얽힌 채 리헤스텐에게 날아들었다.

"흥. 어림도 없다."

리헤스텐이 손끝에서 광휘로 이루어진 검을 뽑아내었다. 눈부신 광휘의 검이 뇌조의 번개에 맞섰다.

검기와 벽락이 맞부딪칠 때마다 사방으로 불똥이 튀었

다. 그리곤 그때마다 고요의 사원 수도승들은 입에서 피를 토해야만 했다.

"제기랄. 정말 지독하구나."

사원의 원주인 슐라이어가 치를 떨었다. 리헤스텐은 10,000명이 넘는 수도승들이 힘을 합쳐서 상대하는데도 밀릴 만큼 무지막지했다.

그보다 더 큰 문제는 적이 리헤스텐 한 명이 아니라는 점이었다. 뇌조가 리헤스텐을 가까스로 상대하는 사이, 검치 방케르가 1,000개에 육박하는 은빛 검을 날려서 고요의 사원 곳곳을 타격했다.

이른바 천검폭사였다.

방케르의 은빛 검이 날아들 때마다 사원 건물이 폭삭폭삭 주저앉았다. 사원에 설치한 흑마법진도 허무하게 부서졌다. 세상 그 무엇으로도 방케르의 검을 막을 수 없을 듯했다. 방케르의 검은 그만큼 강력했다.

리헤스텐과 방케르에 이어서 이번엔 오러로 이루어진 드래곤이 날아들었다. 아울 5검이 날린 드래곤 모양의 검기는 단숨에 고요의 사원 담장을 부수고 길을 크게 뚫었다.

뻥 뚫린 대로를 통해 아울 검탑의 검수들이 사원 안으로 난입했다.

"아아악. 적이 저지선을 돌파했다."

사원 곳곳에서 비명이 들렸다.

"씨팔. 앉아서 소리만 지를 거야? 막아. 온몸을 던져서라도 막으라고."

욕설이 뒤따랐다. 고요의 사원이 입은 피해는 눈 깜짝할 사이에 눈덩이처럼 불어났다.

야스퍼 전사들은 어떻게든 아울 검수들을 막아보려고 애썼다.

불가능한 일이었다.

검탑의 상위권 검수들은 야스퍼 전사들의 삼각방패를 오러로 썽둥썽둥 벤 다음, 전사들의 목까지 단숨에 날려버렸다.

야스퍼 전사들이 아무리 노란 빔으로 무기 강화를 하고 덤벼도 아울 검탑의 상위권 검수들을 막을 수는 없었다.

엎친 데 덮친 격으로, 하늘에서는 광역 마법까지 마구 떨어졌다.

커다란 불덩이가 유성처럼 꼬리를 매달고 날아와 고요의 사원 탑 하나를 붕괴시켰다. 다른 쪽에서는 얼음 화살이 벌 떼처럼 날아들었다.

쩌쩍! 소리와 함께 번개가 휘몰아쳤다. 우르르릉 토네이도가 발생했다. 사원의 돌바닥을 뚫고 금속 창이 뾰족하게 솟구치기도 하였다.

"사브아 님은 어디 계신가? 사브아 님은?"

슐라이어 원주는 애타게 사브아를 찾았다.

안타깝게도 사브아의 행방을 말해주는 이는 아무도 없었다. 피사노교의 사도들도 사브아가 지금 어디에 있는지 알지 못했다.

"으으으으읏."

슐라이어가 부들부들 몸을 떨었다.

상황은 정말 최악이었다. 피사노교의 신인들이 나타나서 힘을 쓰지 않는다면 오늘 고요의 사원은 종말을 맞이할 판이었다.

"설마 우리가 피사노교에게 이용만 당했단 말인가? 크우으."

순간적으로 슐라이어의 눈빛이 악독하게 변했다.

Chapter 6

슐라이어가 피사노교를 의심할 만도 했다. 백 진영은 아울 1, 2, 3검이라든가 시시퍼 마탑주와 같은 초거물급들이 속속 등장하는 반면, 현재 고요의 사원을 지키는 피사노교의 거물은 사브아 단 한 명뿐이었다.

그나마 그 사브아도 지금은 행방이 묘연했다.

슐라이어만 마음이 흔들린 게 아니었다. 야스퍼 전사탑의 탑주인 에레보스도 아울 14검의 공격을 힘겹게 받아내는 와중에 일말의 의심을 품었다. 어쨌거나 피사노교의 행동이 의심스러운 것은 사실이었다.

바로 그때 세상이 뒤집혔다.

후왕!

백 진영의 본진이 고요의 사원으로 완전히 밀고 들어온 직후, 잔잔하던 호수를 뚫고 휘황찬란한 빛이 솟구쳤다.

호수 바닥에서 치솟은 은빛 광채는 눈 깜짝할 사이에 수백 미터 상공에 망울을 맺더니 거대한 소환마법진을 구현했다.

쩌정!

상공에 그려진 소환마법진으로부터 아름드리나무보다도 더 두꺼운 번개가 내리쳤다. 은빛 번개 속에서 어렴풋이 마도전함의 모습이 드러났다. 검은 관을 연상시키는 마도전함의 옆면에는 상서로운 은빛 문자들이 아로새겨져 있었다.

처음에는 한 척.

이어서 10척, 100척, 1,000척……

눈을 한 번 감았다 떴을 뿐인데 호수 상공에는 헤아릴 수 없이 많은 마도전함들이 등장했다.

쭈웅―, 쭝―, 쭝―, 쭝―.

마도전함들은 등장과 동시에 지상을 향해서 광선을 쏘았다. 마도전함에서 쏘아진 광선들은 수천 도의 고온을 동반했다. 시시퍼 마탑 마법사들이 구축한 쉴드 마법은 다발로 쏘아지는 광선 공격을 막지 못하고 호르륵 타버렸다.

"으악. 적이 후방에서 공격한다."

"비상! 비상! 모두 뒤쪽부터 막아."

"아니야. 뒤가 아니라 위쪽이라고."

마법사들은 고요의 사원을 향해서 원거리 공격을 퍼붓다 말고 방어모드로 돌아설 수밖에 없었다.

도제생들이 스승을 도와서 공격마법진을 방어마법진으로 전환했다. 트루게이스 시에서 온 헤스티아 영애도 진땀을 흘리며 힘을 보탰다.

마탑의 지파장들은 각자 최강의 마법을 캐스팅한 뒤, 피사노교의 마도전함 함대를 향해서 포문을 열었다.

이 가운데 아시프 학장의 활약이 돋보였다.

바로 그때였다. 고요하던 호수를 가르며 거대한 마차가 등장했다. 마차 위에는 검녹의 마군 쌀라싸가 타고 있었다.

"일어나라."

쌀라싸가 손을 치켜들자 고요의 사원 주변의 풀과 나무들이 녹마병과 녹마장이 되어 일어났다. 쥐 떼들은 녹마사가 되었다.

손짓 한 방에 수만 대군을 일으켜 세울 수 있는 절대자가 바로 쌀라싸였다.

"쌀라싸! 크으윽."

아울 5검이 두 눈에 핏발을 곤두세웠다.

아울 7검도 고요의 사원 수도승들을 검환으로 학살하다 말고 방향을 돌렸다.

그때 호수면을 가르며 또 다른 신인이 등장했다. 머리에 뿔이 달리고 키가 10미터에 달하는 거인, 피사노 싸마니아의 등장이었다.

"움화화핫. 이놈들, 너희들의 상대는 나다."

싸마니야는 호통한 웃음과 함께 물살을 가르며 날아오더니, 그대로 용암의 악어를 소환해 버렸다.

고요의 사원 땅거죽이 흐물흐물 녹는다 싶더니, 주변이 늪처럼 변했다.

사실 이건 늪이 아니라 용암이었다. 아니, 용암으로 이루어진 거대 악어였다. 악마종의 일종인 용암악어는 형태를 알아보기 힘들 만큼 거대한 아가리를 쩌억 벌리더니, 백 진영의 병력 수천 명을 단 한 입에 삼켰다.

"으아아아악."

용암악어에게 잡아먹힌 자들은 악어의 이빨에 몸이 찢기기도 전에 온몸이 불길에 활활 타서 죽었다.

"싸마니야가 나타났구나."

아울 9검인 마제르가 이빨을 갈았다. 마제르뿐 아니라 다른 아울 검수들도 모두 크게 분노했다.

왜냐하면 쌀라싸와 싸마니야는 작년 전투에서 아울 검탑을 무너뜨린 원수 중의 원수인 까닭이었다.

"오호호호. 너희들의 상대가 어디 두 오라버니들뿐이겠느냐?"

쌀라싸와 싸마니야에 이어서 또 다른 신인이 모습을 드러내었다.

이 신인은 고요의 사원 안쪽에서 천천히 걸어 나왔다. 신인의 손에는 기다란 연검이 들려 있었는데, 그 연검이 사원 돌바닥을 긁으면서 기괴한 소리를 내었다. 그런데 신인이 한 걸음 한 걸음 발을 디딜 때마다 그 주변의 돌바닥을 뚫고 가시넝쿨이 돋아났다. 넝쿨 곳곳에서 화려한 장미가 피었다.

끔찍한 식인 장미 군락을 소환하여 적을 우아하게 죽이는 마녀, 피사노 사브아의 등장이었다.

"와아아아아, 위대하신 분들이 오셨다."

"이제 승리는 우리 피사노교의 것이다."

3명의 신인들의 등장에 흑 진영 전체가 환호했다.

"휴우, 피사노교가 우리를 버린 것은 아니었구나."

슐라이어 원주나 에레보스 탑주도 그제야 안도의 한숨을 내쉬었다.

반면 아울 검수들은 세 신인들을 향해서 강한 적의를 드러내었다.

하지만 검수들에게는 쌀라싸나 싸마니야, 사브아를 상대할 기회가 주어지지 않았다.

꾸어어어엉.

우렁찬 포효와 함께 구름 사이에서 황금빛 드래곤이 등장했기 때문이었다. 다름 아닌 라웅고 부탑주였다.

Chapter 7

시시퍼 마탑의 2인자인 라웅고는 신인들이 나타날 때만 기다렸다는 듯이 구름 아래로 본체를 드러내었다.

라웅고 부탑주의 동체는 무려 10 킬로미터에 육박했다. 어지간한 성을 한 바퀴 두를 만큼 체구가 거대하다 보니 사람들은 라웅고의 모습을 올려다보는 것만으로 숨이 막혔다. 심신이 압도당했다.

뿐만 아니라 라웅고는 '정화'의 언령을 불완전하게나마 깨우친 각성자였다. 세상의 모든 삿된 힘을 날려버리는 '정화'의 언령 덕분에 라웅고는 피사노교의 신인들에게는 천적이나 다름없었다.

실제로 라웅고의 위력은 작년 10월 아울 검탑 전투에서 증명되었다. 당시 피사노교의 신인들은 라웅고의 권능에 기겁하여 뒤도 돌아보지 않고 도망쳤다.

당시에 이탄이 제때 나서서 뒷수습을 하지 않았더라면 피사노교의 사도와 교도들은 떼죽음을 당할 뻔했다.

과거의 기억 때문일까?

라웅고가 등장하자 쌀라싸와 싸마니야의 안색이 돌변했다.

한데 어쩐 일인지 두 신인은 도망치지 않았다.

그렇다고 용감하게 라웅고와 맞서 싸운 것도 아니었다. 쌀라싸와 싸마니야는 라웅고를 무시한 채 다른 백 진영 사람들만 노렸다.

[이놈들이 감히 나를 무시해? 크흥.]

라웅고가 콧김을 거칠게 내뿜었다. 라웅고는 허공에서 거대한 동체를 한 번 뒤틀더니 싸마니야부터 덮쳐갔다.

바로 그 찰나에 노란 로브를 입은 노인이 허공에 등장했다. 유령처럼 불쑥 나타난 노인은 손바닥을 들어 라웅고의 앞을 막았다.

거대하기 이를 데 없는 드래곤의 앞을 한낱 인간 따위가 맨몸으로 막아서다니, 라웅고는 어이가 없었다.

[크흥, 미친놈 같으니.]

라웅고는 노란 로브의 노인을 육탄돌격으로 부숴버린 다음, 싸마니야부터 갈기갈기 찢어발길 요량이었다.

꽈드득!

그 순간 라웅고의 동체가 무려 일곱 번이나 비틀렸다.

드래곤 본(Dragon Bone)이라고 칭송을 받는 라웅고의 뼈대는 끔찍한 소리와 함께 부서졌다. 피부 위의 비늘들도 우수수 깨져나갔다. 라웅고에게 위기가 닥칠 때마다 자동으로 나타나 보호하던 반투명한 날개도 여지없이 뒤틀렸다.

[끄웨엑.]

라웅고는 외마디 비명과 함께 추락했다.

비록 사람들의 눈에 보이지는 않았지만, 추락하는 라웅고의 주변에는 꽈배기 모양의 회색 문자들이 둥둥 떠다녔다.

이 회색 문자들의 의미하는 바는 다음과 같았다.

〈뒤틀리는〉

그리하여 이 만자비문은 세상 모든 무형과 유형의 존재들을 빨랫감처럼 뒤틀어 버릴 수 있는 권능을 지녔다.

이 끔찍한 인과율이 적용되자 드래곤의 강인한 육체도 견디지 못했다.

[끄어어어.]

라웅고는 정신 못 차리고 추락하여 바닥에 머리를 세차게 들이받았다.

마도전함보다 훨씬 더 거대한 드래곤이 추락하자 그 여파는 어마어마했다. 고요의 사원 건물 수십 채가 라웅고의 동체 아래 깔려서 으스러졌다. 건물 잔해 밑에는 압사당해 죽은 자들이 한둘이 아니었다.

피해자들 중에는 꼭 흑 진영 사람들만 있는 것은 아니었다. 흑과 백이 한 덩어리로 뒤섞여서 툭탁거리다가 날벼락을 맞은 셈이니 피해자도 흑과 백이 골고루 섞일 수밖에.

한편 높은 허공에서는 노란 로브의 노인이 무심한 눈으로 라웅고를 내려다보았다.

"헉, 와힛이다!"

리헤스텐이 노인의 정체를 알아보았다. 리헤스텐은 상대의 이름을 외치기도 전에 이미 허공을 향해서 몸을 폭사했다.

리헤스텐뿐만이 아니었다.

"역시 네놈이 나타날 줄 알았다."

방케르도 당장 검에 올라타 허공으로 비상했다.

바로 뒤이어 어스도 행동에 나섰다. 여덟 색깔 고리가 위이잉 소리를 내면서 구름을 뚫고 솟구치더니 어느새 와힛의 주변을 에워쌌다.

리헤스텐, 방케르, 어스.

어느 하나 만만한 상대가 없었다. 이런 초인들에게 둘러싸이고 나면 아무리 와힛이라고 할지라도 긴장을 해야 정상이었다.

한데 와힛의 표정은 비상식적으로 여유로웠다. 긴장은커녕 와힛의 입꼬리에는 비릿한 미소만 가득했다.

"이렇게 자네들이 한 자리에 모인 모습을 보니 반갑구먼."

와힛은 서글서글한 인사를 건네더니 갑자기 하늘로 비상했다.

와힛이 도망치려는 기미가 보이자 어스가 나섰다.

위이이잉─.

어스의 팔색 고리가 빠르게 회전하면서 와힛을 잡아끌었다. 팔색 고리로부터 발휘된 흡입력이 어찌나 강했던지 멀리 있던 구름들까지 모조리 빨려왔다.

한데 와힛은 〈갈라치는〉이라는 의미의 만자비문을 사용하여 어스의 포위망을 단숨에 풀어내었다.

"와힛, 어딜 도망치느냐?"

빠아앙—.

리헤스텐이 폭발적으로 와힛을 뒤쫓았다. 그 속도가 어찌나 빨랐던지 리헤스텐이 지나간 경로를 따라 소닉붐 현상이 발생했다.

번쩍!

방케르도 한 줄기 은빛 섬광이 되어 와힛을 추격했다.

팔색 고리도 빠르게 상승하여 추격전에 가담했다.

거기에 더해서 지상으로 추락했던 라옹고도 다시 힘을 내어 하늘로 날아올랐다.

마지막으로 쿠샴 부탑주가 쏜살같이 솟구쳐서 추격대에 합류했다.

피사노교에서도 이 상황을 그냥 두고 볼 리 없었다.

"신인들은 모두 와힛 님을 따르라."

쌀라싸가 표독하게 소리쳤다. 그와 동시에 쌀라싸의 몸이 구름을 뚫었다.

다만 쌀라싸는 지상 전투를 위해서 녹마장과 녹마사, 녹마병 군단을 남겨놓았다.

"형님, 같이 가시죠."

싸마니야도 벼락처럼 상공으로 치솟았다. 싸마니야가 소환한 용암악어도 녹마장과 마찬가지로 지상에 남았다.

마지막으로 사브아가 다른 신인들과 보조를 맞췄다.

와힛을 포함한 4명의 신인.

백 진영을 대표하는 5명의 초인.

이들은 그렇게 눈 깜짝할 사이에 구름을 돌파하여 대기권의 끝자락에 도달했다.

Chapter 8

높은 상공에는 산소가 희박했다. 대신 손만 뻗으면 이질적인 공기, 즉 검보랏빛 대기가 손끝을 물들일 것 같았다.

와힛은 딱 그곳에서 도주를 멈췄다. 언노운 월드와 모드레우스 행성의 딱 중간지점에서 말이다.

팔색 고리가 강렬한 회전음을 내면서 와힛을 다시 포위했다.

와힛의 양옆에는 리헤스텐과 방케르가 버티고 서서 퇴로를 차단했다.

라웅고와 쿠샴 부탑주는 와힛의 아래쪽을 막아섰다.

그에 대응이라도 하듯이 쌀라싸와 싸마니야, 사브아가

각자 자리를 잡고 와힛을 보조할 태세를 갖췄다.

리헤스텐이 눈매를 가늘게 좁혔다.

"와힛. 기껏 생각해낸 꼼수가 우리를 이곳으로 유인하는 거냐? 부정 차원의 악마들과 손을 잡고 이곳에 매복이라도 숨겨두었나 보지?"

"훗."

와힛은 리헤스텐의 추궁에 말로 대꾸하지 않았다.

와힛이 오른손을 조용히 치켜들자 허공에 불곰처럼 생긴 악마종이 희미하게 모습을 드러내었다.

생김새는 곰인데 이마 정중앙에 뿔이 길게 돋은 모습은 흡사 전설의 동물인 유니콘을 연상시켰다. 그런데 또 입 주변만 보면 입술이 메기의 그것처럼 두꺼워서 능글능글하고 역겨운 느낌이었다.

곰과 유니콘과 메기를 합쳐놓은 듯한 이 악마종의 체격은 라웅고보다 몇 배는 더 컸다.

다만 악마종은 실체가 뚜렷하지 않았다. 그는 마치 환영이라도 되는 것처럼 반투명하여, 몸을 투과하여 뒤쪽 풍경이 훤히 비쳤다.

[키스 공작 저하, 오셨습니까?]

와힛이 곰형 악마종을 향해서 정중하게 인사를 건넸다.

[와힛 경, 잘 지냈소?]

불곰형 악마종도 와힛에게 아는 체를 했다.

이 악마종의 이름은 키스.

작위는 공작.

키스 공작이 속해 있는 가문은 모드레우스 제국 내에서 황실을 제외하면 가장 부유한 것으로 알려진 명문가였다.

키스 공작가가 운영하는 상단만 무려 12개에 달했다.

키스 공작가는 이탄과도 인연을 맺었는데, 예전에 이탄은 공작가를 직접 방문하여 와힛의 유희에 참여했었다.

그때 이탄은 키스 공작부인과도 안면을 텄다. 다만 기회가 없어서 키스 공작을 직접 만나지는 못했다.

한데 바로 그 키스 공작이 와힛의 곁에 나타난 것이다.

비록 눈에는 보이지가 않았으나 지금 키스 공작의 등 뒤에는 총 22개의 회색 문자가 둥둥 떠서 키스의 주변을 공전하듯이 맴돌았다. 이것은 키스 공작이 22개의 비문을 깨우쳤다는 것을 의미했다.

보통 부정 차원의 악마종은 몇 개의 단계로 나눠서 등급을 매기곤 했다. 〈일반마〉—〈역마〉—〈진마〉—〈성마〉로 이어지는 단계가 바로 그것이었다.

이 중에서도 진마와 성마를 가름하는 기준이 바로 만자 비문에 대한 깨달음이다. 총 10,000개의 비문 가운데 단 하나의 비문이라도 깨우쳐야 비로소 벽을 넘어서 성마가 되는 것이었다.

한데 성마가 된 이후로도 갈 길은 멀었다.

일단 한 개부터 시작해서 10개까지의 만자비문을 깨우친 악마종은 성마 최하급으로 취급되었다. 성마는 성마이되 가장 낮은 존재라는 뜻이었다.

11개 이상 20개 이하는 성마 하급.

21개 이상 30개 이하는 성마 중하급.

그 이후부터는 갑자기 난이도가 높아져서 31개부터 60개까지 만자비문을 깨우친 악마종은 성마 중급으로 분류되었다.

마찬가지로 61개부터 100개까지는 성마 중상급, 101개부터 199개까지는 성마 상급에 해당했다.

200개 이상부터는 성마 최상급으로 분류되는데, 이 단계에 도달한 악마종은 부정 차원의 역사 상 존재하지 않는다는 것이 정설이었다.

단, 태초의 마신 피사노는 예외였다. 여섯 눈의 존재나 탈룩처럼 세상에 알려지지 않은 마신들도 당연히 예외에 속했다.

그런데 당대에 이르러서는 성마 상급은커녕 중급도 보기 드물었다.

예를 들어서 부정 차원 일곱 제국 중 한 곳의 군주이자 이탄의 손에 소멸을 당한 세불은 총29개의 비문을 깨우친 성마 중하급의 악마종이었다.

세불의 라이벌이자 이탄에게 굴복하여 강제로 일수도장을 찍게 된 클루티의 경우는 28개의 비문을 깨우친 상태였다.

한편 와힛은 18종의 부정 차원 인과율을 사용했다. 이는 와힛이 성마 하급에 올라섰다는 의미였다.

음험하게도 와힛은 자신의 수준을 겉으로 드러내지 않았다. 그래서 모드레우스 제국의 악마종들 가운데 대부분은 와힛이 성마라는 사실을 알지 못했다.

[와힛이 아무리 잘나 봤자 인간족 아냐? 그렇다면 진마 최상급이 그놈의 한계겠지.]

[맞아. 인간족 주제에 진마 최상급만 되어도 훌륭한 거라고.]

모드레우스의 귀족들은 와힛의 뒤에서 이런 뒷담화를 주고받았다.

와힛은 남들이 뭐라고 하건 신경 쓰지 않았다. '겉포장보다는 실력'이라는 모토 아래 와힛은 부정 차원의 지식과 기운을 받아들여 빠르게 강해졌다. 그리곤 와힛은 다른 악마종들의 편견을 깨뜨리고 당당히 성마의 경지에 올랐다. 그것도 최하급을 넘어서 단숨에 하급 수준에 도달했다.

제5화
고요의 사원 공방전 Ⅱ

Chapter 1

성마 하급.

이건 정말 엄청난 경지였다. 이 수준이면 부정 차원을 다스리는 일곱 군주들을 제외하면 아무도 적수가 없을 정도였다.

모드레우스 제국을 통틀어 살펴보더라도 성마급의 악마종은 정말 손에 꼽았다.

일단 공식적으로 모드레우스 제국의 성마는 2, 3명 정도인 것으로 알려져 있었다.

군주인 모드레우스.

제국의 2인자인 무츠 대공.

이상 2명은 성마가 확실했다.

군주와 대공에 이어서 서열 3위의 권력자인 키스 공작은 성마인지 아닌지가 애매모호했다.

몇몇 악마종이 호기심을 참지 못하고 키스 공작에게 직접 물어보았다.

키스 공작은 묘한 미소만 지을 뿐 딱 부러지는 답을 주지 않았다.

그 후로 모드레우스 제국이 보유한 성마는 2, 3명 수준일 거라는 추측만이 떠돌았다.

하지만 실제로 제국의 전략급 병기, 즉 성마는 세상에 알려진 것보다 훨씬 더 많았다. 당장 군주가 파악하고 있는 성마만 따져도 무려 8명이나 되었다.

이 가운데는 인간족인 와힛과 이쓰낸도 포함되었다.

키스 공작도 당연히 성마였다. 키스는 와힛보다도 더 많은 만자비문(총 22개의 비문)을 깨우친 성마 중하급의 존재였다.

그 밖에도 3명의 비밀병기들이 모드레우스 제국 각지에 웅크리고 있는 상태였다.

와힛은 이 8명의 성마 가운데 2명을 이번 전쟁에 끌어들였다.

키스 공작.

이쓰낸.

여기에 와힛까지 포함하면 총 3명의 성마가 이번 고요의 사원 공방전에 참전할 예정이었다. 이것이야말로 와힛이 피사노교의 승리를 위해서 준비한 최강의 노림수였다.

'쳇. 원래는 이런 노림수 따위는 필요 없었는데.'

와힛이 처음에 세운 계획대로라면 굳이 성마급 악마종을 동원할 일도 없었다.

'처음엔 모드레우스 제국의 압도적인 힘을 동원하여 백 진영을 단숨에 쓸어버릴 계획이었는데, 일이 꼬이다 보니 어렵게 가네. 쯧쯧쯧.'

와힛이 씁쓸하게 혀를 찼다.

와힛의 원대한 계획은 아주 오래 전부터 기획되었다. 와힛이 키스 공작가에서 유희를 베풀 때에 이미 계획은 발동 중이었다.

'차원 간 어프로칭 현상을 일으켜서 부정 차원의 모드레우스 행성을 통째로 언노운 월드와 연결시켜 버리겠다.'

이게 바로 와힛이 세운 계획의 뼈대였다.

인연이라는 게 참으로 묘했다.

와힛이 세운 계획이 성공하려면 부정 차원과 언노운 월드를 연결할 필요가 있었다. 좀 더 정확히는 두 차원 사이를 특별한 실로 연결해야만 했다.

와힛은 이를 위해 키스 공작가에서 유희를 베풀었다. 악마종의 유희를 통해서 두 차원 사이에 실을 연결하겠다는 것이 와힛의 의도였다.

한데 우연인지 필연인지 그 중요한 역할을 이탄이 맡았다.

이탄은 세불 제국의 외교관 자격으로 와힛의 유희에 참석했다가 의도치 않게 두 차원 사이에 실을 연결하는 역할을 하게 되었다.

그 후 와힛은 손수 언노운 월드에 강림하여 시시퍼 마탑 인근에 고대의 흑마법진을 설치했다. 그리곤 와힛은 수많은 마법사들의 목숨을 제물로 바쳐서 고대 흑마법진을 활성화시키는 데 성공했다.

와힛의 계획이 톱니바퀴처럼 척척 맞아떨어지자 엄청난 일이 발생했다. 역사 이래 최초로 차원 간 어프로칭 현상이 실현된 것이다.

언노운 월드 상공에 모드레우스 행성이 떡하니 등장한 순간, 와힛이 얼마나 기뻐했던가.

한데 제대로 기쁨을 만끽하기도 전에 일이 꼬였다.

그 무렵 부정 차원과 언노운 월드의 시간 축은 서로 어긋난 상태였다.

이런 어긋남이 발생한 이유는 이탄 때문이었다. 이탄이

차원을 오갈 때마다 발생하는 타임 프리징(Time Freezing) 현상이 문제를 일으켰다.

이게 원래는 큰 문제로 비약할 가능성은 없었다.

솔직히 두 차원의 시간이 좀 어긋나더라도 무슨 문제가 되겠는가. 각 차원마다 시간은 서로 독립적으로 흘러가는데 말이다.

한데 와힛이 어프로칭 현상을 일으키는 바람에 파탄이 일어났다. 임시적으로나마 두 차원이 하나로 합쳐진 것이다.

차원이 하나로 연결되었으나 어긋난 시간 축부터 다시 맞춰야 할 터.

결국 양 차원의 인과율이 나섰다. 두 인과율은 차원 사이에 어긋나 있던 시간 축을 아주 과격한 방법으로 맞춰버렸다.

그 바람에 모드레우스 제국의 악마종들 가운데 절반가량이 그대로 지워졌다.

악마종들은 죽은 것도 아니고, 소멸한 것도 아니었다. 글자 그대로 세상에서 지워져 버렸다. 원래부터 존재하지 않았던 것처럼 삭제당했다.

이 과격한 현상은 악마종에게만 국한되지 않았다. 모드레우스 행성 자체가 반쪽이 나버렸다. 제국의 수도인 신마목도 와락 쪼그라들었다.

이런 엄청난 사태를 겪고도 모드레우스 제국의 악마종들은 아무런 위화감을 느끼지 못했다. 아무리 잘난 체를 해봤자 악마종들은 한낱 피조물에 불과할 뿐이며, 인과율의 움직임을 깨닫기에는 너무나도 하찮은 존재들이었다.

모드레우스 제국뿐 아니라 다른 제국의 악마종들도 무지하기는 마찬가지였다.

오직 혈해의 신인 탈룩만이 외눈으로 이 엄청난 사건을 지켜보았다.

탈룩이 고민 끝에 모드레우스 제국에 신탁을 내렸다.

인과율이 지각변동을 일으켰도다.
조심하고 또 조심할지어다.

이상 2개의 문구가 탈룩이 내린 신탁이었다.

제국의 군주인 모드레우스는 이 괴상한 신탁을 해석하느라 골머리를 앓았다. 모드레우스가 똑똑하다는 신하들을 모아놓고 회의를 해봐도 소용이 없었다. 신하들 가운데 그 누구도 탈룩의 신탁을 정확하게 해석하지 못했다.

[여하튼 하나는 분명하군. 다들 몸을 사리도록 하라.]

모드레우스의 입에서 지엄한 황명이 떨어졌다.

제국의 모든 악마종들은 군주의 금족령을 거역하지 못했

다. 다들 집 안에만 틀어박혀서 몸을 사렸다.

"이런 망할."

와힛의 입장에서는 미치고 팔짝 뛸 일이었다.

와힛은 수십 년간의 노력 끝에 간신히 차원 간 어프로칭에 성공했다. 그런데 막상 제국의 악마종들은 꼼짝 못 하고 집안에만 갇혀 있는 판국이라니.

"제국의 악마종들 가운데 일부만 전쟁에 나서줘도 언노운 월드의 백 진영을 지워버리는 것은 일도 아니건만. 이게 무슨 날벼락이란 말인가. 푸허어."

와힛은 답답한 심정을 참지 못하고 가슴을 쥐어뜯었다.

와힛은 모르겠지만, 사실 그의 계획을 망쳐놓은 장본인은 이탄이었다.

두 차원 사이에 실을 연결한 주인공도 이탄.

모드레우스 제국의 악마종들을 집 안에만 틀어박히게 만든 자도 이탄.

와힛에게 희망을 안겨준 장본인도 이탄.

와힛에게 절망을 선물한 자도 이탄.

인연이라는 녀석은 이처럼 교묘한 결과를 만들어내었다.

그러던 중 최근에 와힛에게 숨통이 트이는 일이 발생했다.

Chapter 2

원래 악마종들이란 참을성이 종잇장보다 더 얄팍한 족속들이었다. 시간이 흐를수록 악마종들에게 불만이 쌓여 갔다.

그럴 만도 한 것이, 악마종들은 원래 파괴적인 포식자 성향이었다.

그런 악마종들의 눈앞에 언노운 월드가 떡 하니 주어졌다. 언노운 월드라는 대륙 안에는 맛난 먹잇감인 인간족들이 우글우글 돌아다닌다.

[제기랄. 저 모습을 빤히 보면서 참으라고?]

[모처럼 인간족 대륙과 어프로칭 현상이 일어났는데 이 좋은 포식의 기회를 그냥 날려먹으라고?]

[이런 시기에 집안에만 틀어박혀 있으라고?]

제국의 악마종들이 부글부글 끓었다.

강렬한 원망의 감정이 황궁의 높은 벽을 타넘어 군주에게까지 전달되었다.

[끄응.]

모드레우스는 깊은 고민에 빠졌다. 모드레우스도 악마종들의 불만을 계속 억누르기만 해서는 안 된다는 사실을 잘 이해했다.

결국 모드레우스는 절충안을 내었다.

[우선 성마급부터 제약을 풀어주자. 성마라면 신탁을 좀 어긴 정도로 뒈지지는 않겠지. 그러다 아무 일도 발생하지 않으면, 진마나 역마들도 풀어주지 뭐.]

이게 모드레우스의 생각이었다.

덕분에 성마인 키스 공작은 금족령에서 풀려났다.

와힛이 그 사실을 알고는 키스를 작전에 끌어들였다.

원래부터 와힛은 키스 공작가와는 친분이 깊었다. 마침 키스도 몸이 근질근질하던 참이라 와힛의 요청에 곧바로 응했다.

와힛은 키스와 이쓰낸을 염두에 두고 전략을 짰다.

1. 백 진영 놈들, 특히 아울 검탑과 시시퍼 마탑의 수뇌부들을 고요의 사원으로 유인한다.

2. 그곳에서 성마들을 동원하여 적 수뇌부를 척살한다.

와힛이 세운 전략의 뼈대는 딱 이 두 가지였다. 와힛은 대략적인 큰 그림을 쌀라싸에게 귀띔했다.

쌀라싸가 전략에 살을 붙였다.

신인들을 3개의 파트로 나눈 것도 쌀라싸가 한 일이었다. 쌀라싸는 피사노교도 1, 2, 3군으로 분할하여 각자의 역할을 지정했다.

그 결과 오늘날의 이 대립 구도가 형성되었다.

흑과 백의 최고 수뇌부들은 언노운 월드와 모드레우스 행성의 딱 중간 지점에서 서로를 노려보았다.

흑의 대표는 와힛과 키스였다.

거기에 쌀라싸, 싸마니야, 사브아가 힘을 보탰다.

백의 대표로는 리헤스텐, 방케르, 어스, 라웅고가 나섰다.

거기에 쿠샴이 합류했다.

5대 5의 대결.

숫자상으로는 양측의 균형이 딱 맞았다. 실제 전력도 균형이 맞을지는 싸워봐야 아는 것이었다.

지상에서 흑과 백의 대군이 치열하게 싸움을 전개하는 동안, 구름 위 까마득한 상공에서는 차원이 다른 존재들의 전투가 시작되었다.

솔직히 말해서 지상에서의 전투는 크게 중요하지 않았다.

만약에 구름 위의 전투에서 와힛과 키스 등이 승리한다면, 지상의 남은 백 세력쯤은 와힛 혼자서 쓸어버리고도 남았다.

반대도 마찬가지.

구름 위의 전투에서 리헤스텐 등이 와힛을 꺾는다면, 그날로 피사노교는 문을 닫을 판국이었다.

선공은 와힛의 손끝에서 시작되었다.

와힛이 18개의 회색 문자 가운데 2개를 뽑아 던졌다. 이 가운데 와힛은 적의 견제용으로 〈뒤틀리는〉을, 공격용으로 〈영원히 지워지는〉을 사용했다.

콰드득!

구름 위의 공간이 통째로 뒤틀리면서 적들을 정신없게 만들었다. 그러는 사이 영원한 소멸과 관련된 무시무시한 인과율이 독사처럼 적에게 접근했다.

"하압—."

리헤스텐이 긴 기합과 함께 검을 휘둘렀다. 검신에서 폭발한 눈부신 광휘가 뒤틀리는 공간을 가로세로로 베었다.

방케르도 1,000개의 은빛 검을 하나로 모아 와힛에게 날렸다.

천검일섬 작렬!

벼락보다 더 빠르게 날아간 은빛 섬광이 와힛의 심장을 노렸다.

와힛이 공간을 뒤틀었다.

방케르의 천검일섬은 분명히 직선으로 진행 중이었다.

그런데 공간이 뒤틀리자 천검일섬도 나선형으로 빙글빙글 돌다가 엉뚱한 곳으로 날아가 버릴 수밖에 없었다.

와힛이 코웃음을 쳤다.

"흥. 어째 실력이 퇴보한 것 같구먼."

"뭐라?"

와힛의 놀림에 방케르가 인상을 썼다.

요 며칠 새 방케르가 고민하고 있던 점이 바로 이거였다. 정확한 이유는 모르겠으나 검에서 뭔가 미진함이 느껴진다는 것.

그런데 와힛이 그 점을 지적하자 방케르는 가슴이 뜨끔했다.

리헤스텐과 방케르가 주춤하자 이번에는 라웅고가 나섰다.

꾸워워어엉—.

라웅고는 우렁찬 포효와 함께 기다란 동체를 허공에서 한 바퀴 틀더니, 아가리를 쩍 벌리고 금빛 파동을 쏘아내었다.

이 파동 안에는 모든 삿된 힘을 분해해버리는 '정화'의 언령이 녹아 있었다. 와힛과 같은 마교의 신인들에게 가장 두려운 권능이 바로 이 '정화'였다.

한데 기다렸다는 듯이 키스가 나섰다.

[요런 미꾸라지 같은 놈. 네놈의 상대는 나다.]

키스가 거대한 손을 뻗어 라웅고를 움켜쥐려 들었다.

Chapter 3

키스의 주변에는 물빛 방패 같은 것들이 나타나 빙글빙글 공전했다. 이 물빛 방패의 한 귀퉁이에는 꽈배기 모양의 회색 문자가 정교하게 새겨져 있었다.

회색 문자의 의미는 다음과 같았다.

〈물 샐 틈 없는〉

그리하여 이 인과율의 보호를 받는 모든 존재는 그 어떤 미세한 틈도 허용하지 않았다.

상대가 제아무리 '정화'의 파동을 날려 보냈다 하더라도, 그 힘이 체내로 침투하지 않으면 아무런 타격도 없는 것 아닌가. 라웅고가 뿜어낸 금빛 파동은 키스의 물빛 방패를 통과하지 못하고 뒤로 반사되었다.

키스는 단숨에 라웅고의 권능을 무력화시킨 다음, 거대한 손으로 상대의 몸통을 꽉 움켜잡았다.

[허업?]

라웅고가 깜짝 놀랐다.

[요 미꾸라지 녀석. 이제 넌 죽었다.]

키스는 라웅고를 꽉 붙잡아 둘로 찢어버릴 요량이었다.

키스의 손아귀에서 강렬하게 회색빛이 퍼졌다. 부정 차원을 지배하는 인과율의 힘이 키스의 양손에 어렸다.

[크윽. 놔라.]

라웅고가 고통스럽게 몸부림칠 때였다. 팔색 고리가 위이이잉 날아와 키스의 머리통을 꽉 조였다.

빠카카캉!

어스의 팔색 고리와 키스의 물빛 방패가 부딪치면서 스파크가 사정없이 튀었다. 쇠가 갈리는 듯한 굉음이 귀청을 찢었다.

[이건 또 뭐야?]

키스는 신경질적으로 손을 휘둘러 팔색 고리를 잡아 뜯었다.

팔색 고리가 몇 배는 더 빠르게 회전하면서 키스의 머리통을 꽉 조였다.

[크워억, 제기랄.]

결국 키스는 라웅고를 다시 놓아줄 수밖에 없었다. 대신 키스는 양손에 회색빛을 잔뜩 일으킨 뒤, 머리를 조이는 팔색 고리를 뜯어내는 데 전념했다.

그러는 동안 라웅고는 다시 한번 에너지를 끌어모았다.

퍼엉!

라웅고가 브레스처럼 쏘아낸 금빛 파동이 키스의 가슴팍에 작렬했다. 라웅고의 공격은 거기서 끝나지 않았다. 라웅고는 상대의 가슴에 '정화'의 언령을 때려 박는 것만으로 멈추지 않고 육탄돌격하여 키스의 두 다리를 칭칭 휘감았다.

[이런 잡것들을 보았나. 크워억.]

키스는 불곰 같은 포효와 함께 두 주먹을 불끈 쥐었다. 키스의 주먹을 향해서 주변의 별빛들이 촤라락 빨려들었다. 키스가 손목에 착용하고 있는 물빛 팔찌가 순간적으로 별빛 색깔로 진하게 물들었다.

키스는 강하게 응집한 별빛을 파괴에너지로 전환한 다음, 라웅고의 등짝을 향해 세차게 내리찍었다.

콰창!

[꾸웍.]

라웅고의 척추가 아래로 푹 꺼졌다. 라웅코의 코에서는 선혈이 터졌다. 온 사방으로 별빛 불똥이 튀었다.

라웅고가 머리를 휘청거리며 지상으로 추락할 기미를 보였다. 라웅고의 눈동자는 이미 반쯤 돌아갔다.

[안 돼. 라웅고 부탑주.]

어스가 재빨리 아래로 하강하여 라웅고를 떠받쳤다. 그 바람에 키스도 팔색 고리로부터 벗어났다.

키스는 머리를 짓누르는 두통에서 해방되자마자 팔색 고리를 향해서 공격을 퍼부었다. 키스의 이마에 돋은 외뿔이 물빛으로 진하게 물든다 싶더니, 강렬한 빔이 쏘아졌다.

빔 주변에는 눈에 보이지도 않고 읽을 수도 없는 회색 문자가 나선형으로 칭칭 휘감겨 있었다.

이것은 〈막아도 관통하는〉이라는 의미의 비문이었다.

"위험합니다."

쿠샴이 재빨리 끼어들었다. 쿠샴은 자신의 장기인 결계 마법으로 계내와 계외의 경계를 허물었다.

공간이 둘로 나뉘었다. 그러면서 키스가 쏜 빔은 멀쩡히 날아오다 말고 뚝 끊겨서 엉뚱한 공간을 지나갔다.

쿠샴 덕분에 라웅고는 위기에서 무사히 벗어났다.

아니, 벗어난 것처럼 보였다. 실제로는 여전히 위기였다.

바웅!

〈막아도 관통하는〉이라는 부정 차원의 인과율은 놀랍게도 쿠샴의 결계마법마저 무산시켰다.

허공에서 쨍그랑 소리가 울리면서 공간을 나눴던 결계가 강제로 깨졌다. 다른 공간으로 이동했던 물빛 빔이 어느새 다시 제자리로 돌아와 라웅고의 몸통에 작렬했다.

[꾸웩.]

라웅고가 뇌파로 괴성을 질렀다. 라웅고의 동체에는 직경 3미터 크기의 구멍이 뚫렸다.

몇 겹의 방어막도 소용이 없었다. 우선 쿠샴의 결계마법이 가장 먼저 깨졌고, 이어서 어스가 팔색 고리를 통해서 발휘된 흡입력이 박살 났다. 라웅고가 자랑하는 반투명한 날개와 단단한 비늘도 물빛 빔을 감당하기엔 역부족이었다.

〈막아도 관통하는〉이라는 독특한 권능은 빔을 막는 모든 방해물들을 뚫고는 라웅고의 몸뚱어리에 구멍을 내버렸다.

[끄워워웍, 끄워웍.]

라웅고가 고통스럽게 울부짖었다.

그 와중에도 라웅고는 재빨리 '정화'의 언령을 발휘하여 상처 부위를 가라앉혔다. 비록 이 언령이 치료용은 아니었으나, 물빛 빔이 품고 있는 부정한 기운들을 해소하는 데는 효과를 발휘했다.

라웅고의 발 빠른 대응 덕분에 상처는 더 이상 악화되지 않았다. 그래도 부상을 입은 라웅고가 전투력을 크게 상실한 것은 사실이었다.

"옳거니."

아군이 승기를 잡자 와힛이 눈을 빛냈다.

"너희는 뭘 하느냐? 이참에 놈들을 끝내버리자꾸나."

와힛의 재촉에 피사노교의 신인들이 합세했다.

화르륵!

신인들 가운데 셋째인 쌀라싸는 양손 가득히 검녹색 편린, 즉 다크 그린을 피워올렸다. 〈화형을 시키는〉이라는 의미의 인과율이 검녹색 편린 속에서 요사하게 타올랐다.

일곱째인 사브아는 공기조차 희박한 높은 상공에서 장미 군락을 만들어내었다. 붉게 피어난 장미꽃 주변으로 〈우아하게 고통스러운〉이라는 의미의 만자비문이 떠다녔다.

여덟째인 싸마니야는 〈영원히 지워지는〉이라는 뜻을 가진 만자비문을 장갑처럼 두 주먹에 둘렀다. 이러면 싸마니야의 주먹에 스치는 즉시 몸이 와해되기 마련이었다.

Chapter 4

3명의 신인들은 라웅고를 최우선 타겟으로 삼았다.

이 순간 신인들의 머릿속에는 동일한 격언이 동시에 떠올랐다.

'적의 가장 취약한 고리부터 공략하여 끊어 버린다.'

이게 바로 피사노교에서 즐겨 사용하는 전략이었다. 3명의 신인들은 이 격언에 따라 라웅고부터 숨통을 끊어줄 요량이었다.

[크우욱. 이런 비겁한 놈들.]

라웅고는 가물거리는 눈을 가까스로 열었다. 그리곤 3명의 신인들을 향해서 금빛 파동을 쏘아냈다.

3명의 신인들은 기겁을 하면서 뒤로 물러섰다. 라웅고가 발휘한 '정화'의 언령이 두려워서였다.

하지만 신인들이 몸을 피한 것은 잠시뿐. 신인들은 라웅고의 언령이 많이 약화되었다는 사실을 곧 눈치챘다.

쌀라싸가 음산하게 웃었다.

"흘흘흘. 고상한 척하는 드래곤께서 기력이 뚝 떨어졌구먼. 그렇다면 우리가 이 좋은 기회를 놓칠 수 없지. 흘흘흘흘."

쌀라싸의 두 손에 맺혀 있던 검녹색 편린들이 허공을 가로질러 라웅고에게 날아들었다.

퉁. 퉁. 투웅.

싸마니야는 마치 글러브라도 낀 것처럼 회색 문자를 두른 두 주먹을 몇 차례 맞부딪쳤다. 그리곤 라웅고의 옆구리를 노리고 달려들었다.

사브아는 원거리에서 장미군락을 넓게 펼쳐서 라웅고가

도망치지 못하도록 막았다. 그러자 마치 높은 허공 전체가 장미의 영역으로 물드는 것 같았다.

꾸워어어엉—.

라웅고가 싸마니야를 향해서 금빛 파동을 확 쏘았다.

싸마니야는 흠칫하여 뒤로 물러났다. 제아무리 싸마니야가 회색 문자를 두 주먹에 둘렀다고 하더라도 '정화'의 언령에 노출되면 위험했다.

대신 그 틈을 노려서 쌀라싸의 검녹색 편린들이 집요하게 날아들었다.

[크윽. 귀찮은 것들.]

라웅고는 어쩔 수 없이 방향을 바꿔서 검녹색 편린들부터 상대해야만 했다.

그렇게 편린들이 정화되자 기다렸다는 듯이 싸마니야가 다시 접근전을 펼쳤다. 사브아의 장미군락도 틈틈이 뻗어왔다.

[헉헉, 헉헉, 비겁한 놈들.]

차륜전을 펼치는 세 신인 때문에 라웅고는 급격히 지쳐갔다.

어스가 라웅고를 보호하기 위해 방향을 틀었다. 팔색 고리가 소용돌이치듯이 회전하면서 3명의 신인들을 위협했다.

그러자 키스가 버럭했다.

[이놈이 어디서 감히 한눈을 팔아? 이 키스 님이 그렇게 만만해 보이냐?]

키스는 오지랖을 떠는 어스를 향해서 빔을 쏘았다. 키스의 뿔에서 쏘아진 빔 주변으로 회색 문자가 나선형으로 휘감겼다.

어스는 감히 성마의 공격을 맞받아칠 자신이 없었다. 팔색 고리가 황급히 사방으로 흩어졌다.

8개의 빛망울이 뿔뿔이 산개하는가 싶더니, 먼 곳에서 하나로 뭉쳐서 다시 팔색 고리가 되었다.

키스가 곧장 달려들어 팔색 고리를 주먹으로 후려쳤다.

"탑주님, 제가 돕겠습니다."

쿠샴이 결계마법을 사용하여 키스의 주먹질을 엉뚱한 곳으로 보냈다. 그 틈에 어스는 키스의 머리통을 팔색 고리로 꽉 조였다.

[어우 쌰.]

키스가 답답한 듯 머리를 쥐어뜯었다. 어스의 팔색 고리가 뿌드득 소리를 내면서 뜯겨나갈 기미를 보였다.

툭탁거리는 공방이 몇 차례 오가자 슬슬 전장의 우열이 드러났다. 전투는 총 세 덩어리로 나뉘어서 전개되었다.

와힛 .VS. 리헤스텐과 방케르.

키스 .VS. 어스와 쿠샴.

3명의 신인 .VS. 라웅고.

이중에서 첫 번째 전투는 와힛이 더 유리했다. 이건 리헤스텐과 방케르가 이탄에게 깨달음을 빼앗긴 탓이 컸다.

두 번째 전투도 키스가 우세를 점했다. 성마급 악마종의 전투력은 정말 무시무시하여 어스 탑주와 쿠샴 부탑주가 힘을 합쳐도 감당하기 어려웠다. 두 마법사는 정말 근근이 버티는 것만으로도 진땀을 뺐다.

마지막 세 번째 전투도 피사노교의 압승이었다.

원래는 라웅고 부탑주가 쌀라싸와 싸마니야, 사브아를 압도해야 마땅했다. 라웅고가 가진 '정화'의 언령이 피사노교의 신인들에게 치명적인 까닭이었다.

문제는 라웅고가 크게 다친 상태라는 점.

시간이 갈수록 라웅고는 빠르게 지쳐갔다. 그와 반비례하여 3명의 신인들은 더욱 악랄하게 라웅고의 약점을 파고들었다.

마침내 라웅고가 치명타를 맞았다. 라웅고의 드래곤 하트 부위에 검녹색 편린 3개가 정통으로 파고든 것이다.

[꾸웨엑. 웨에에엑.]

라웅고의 심장에서 불길이 치솟았다. 심장벽이 흐물흐물 녹기 시작했다. 라웅고는 고통을 견디지 못하고 온몸을 뒤틀었다.

그나마 라웅고가 가진 언령이 불길을 억제해주었다. 그게 아니었다면 이미 라웅고는 한 줌의 물로 녹아버렸을 것이다.

[라웅고 부탑주!]

어스가 황급히 라웅고를 도우려고 했다.

그럴 때마다 키스가 악착같이 방해했다. 키스가 인과율의 힘을 사용하여 무시무시한 공격을 퍼부을 때마다 어스의 팔색 고리는 끊어질 듯이 흔들렸다.

쿠샴도 어스를 돕기에 급급할 뿐 라웅고의 힘이 되어주지는 못했다.

'이러다 진짜로 라웅고가 죽게 생겼구나.'

결국 어스가 결단을 내렸다.

쫭!

갑자기 팔색 고리가 폭발했다.

조금 전처럼 팔색 고리는 8개의 빛망울로 산개한 게 아니었다. 어스는 진짜로 팔색 고리 전체를 터뜨리는 자폭공격을 감행했다.

어스가 터뜨린 8개의 색은 각기 빛, 어둠, 불, 물, 얼음, 번개, 흙, 바람이라는 여덟 가지 속성을 띠고 있었으며, 그 자체가 하나의 세상을 구성하는 요소들이었다.

그게 폭발하자 세상이 축을 뒤흔들 만한 파괴력이 튀어
나왔다. 이건 어지간한 언령으로도 감당 못 할 만큼 위력이
막강했다.

Chapter 5

폭발의 여파에 언노운 월드의 땅거죽이 뒤집혔다. 모드
레우스 행성도 축이 틀어졌다. 양측의 산봉우리 몇 개가 진
흙처럼 와르르 허물어졌다. 지진과 해일도 발생했다.

무엇보다 키스가 직접적인 타격을 받았다. 가장 가까이
에서 팔색 고리의 폭발을 감당해야 했던 악마종이 바로 키
스였다.

[쿠왁.]

폭발의 순간, 키스는 두 팔을 X자로 모아 얼굴과 가슴을
보호했다. 키스의 몸 주변에는 물빛 방어막이 거창하게 일
어났다.

그럼에도 키스는 무사하지 못했다.

우선 키스의 두 팔은 너덜너덜하게 헤졌다. 그의 팔뚝 뼈
도 우두둑 부러졌다. 키스의 몸뚱어리는 무려 수백 킬로미
터를 날아가 모드레우스 행성 한쪽 구석에 거칠게 처박혔

다. 키스의 방어막은 진즉에 뚫렸다. 키스의 몸 주변을 공전 중이던 22개의 회색 문자 가운데 무려 절반인 11개가 어둑하게 빛을 잃었다.

팔색 고리의 자폭공격이 키스의 무력 원천 가운데 절반을 날려버린 셈이었다.

거기에 더해서 조금 전의 대폭발로 인해서 키스의 보울(Bowl: 그릇, 단지)에 금이 쩍 갔다. 당장 치료를 하지 않으면 키스가 보유했던 마나가 줄줄 새어나갈 것이다.

[크우우욱. 젠장.]

키스는 피투성이가 된 머리를 부르르 흔들었다.

'아니, 이게 인간족의 힘이라고? 어떻게 인간족 따위가 이런 파괴력을 낼 수가 있지?'

키스는 믿어지지가 않는 듯 입만 쩍 벌렸다.

팔색 고리의 폭발은 키스뿐 아니라 와힛에게도 타격을 주었다.

"커헉."

와힛도 키스처럼 무려 수십 킬로미터를 밀려나서 휘청거렸다. 와힛의 턱을 타고 검붉은 핏물이 주르륵 흘러내렸다.

이어서 쌀라싸, 싸마니야, 사브아도 제법 큰 타격을 받았다.

쌀라싸의 등판은 온통 피투성이로 변했다. 그의 척추 뼈도 세 토막으로 끊겼다.

싸마니야는 뒤통수에서 피가 철철 흘렀다. 싸마니야의 뒷목에 결합된 악마종도 온통 피범벅이었다.

이 2명에 비해서 사브아의 피해는 상대적으로 미약했다. 폐허로 변한 장미군락을 헤치고 고개를 빠꼼 내민 사브아의 얼굴에는 긴장한 기색이 떠올랐다.

신기하게도 백 진영의 사람들은 거의 타격을 입지 않았다. 리헤스텐도, 방케르도, 쿠샴과 라웅고도 폭발의 여파에서 살짝 비껴갔다.

대신 이 모든 타격을 어스가 떠안았다.

팔색 고리를 폭발시켜서 온 세상을 쓸어버리는 것이야말로 어스가 최후의 수단으로 간직하고 있던 스킬이었다.

이 스킬의 장점은 크게 두 가지였다.

첫째, 성마급 악마종마저 휘청거리게 만들 만큼 엄청난 폭발력.

둘째, 아군과 적군을 구별하여 타격을 입힐 수 있는 표적 타겟팅 능력.

어스는 자폭 공격 한 방으로 흑 진영 거물들에게 치명타를 입히는 데 성공했다. 대신 어스도 전투불능이 되었다.

물론 어스의 생명이 끊어지지는 않았다. 그러나 앞으로

최소한 10여 년간은 어스도 활동이 불가능할 것이다.

폭발의 여파가 아직 가시지 않은 시점, 희미한 빛 덩이 하나가 유성처럼 긴 꼬리를 매달고 언노운 월드 북동쪽으로 날아갔다.

이 빛이 곧 어스였다.

어쨌거나 어스의 희생 덕분에 라웅고는 목숨을 건졌다.

"라웅고 부탑주, 괜찮으신가?"

리헤스텐이 라웅고에게 가까이 다가와 물었다.

방케르와 쿠샴도 라웅고의 곁으로 집결했다.

쿠샴이 그물망처럼 펼쳐 놓은 결계 덕분에 라웅고는 지상으로 추락하지 않고 허공에 둥실 떠 있었다.

아울 검탑의 두 검수가 지켜보는 가운데 쿠샴은 라웅고를 위해서 힐링 마법을 펼쳐주었다. 쿠샴은 라인계 메이지이지 힐러는 아니었으나, 기초적인 힐링 마법은 가능했다.

몇 차례 힐이 들어가자 뒤집혔던 라웅고의 눈동자가 다시 제자리로 돌아왔다. 그러나 여전히 라웅고의 상태는 위태로웠다.

그 와중에 피사노교의 신인들이 제정신을 차렸다.

와힛이 너덜너덜한 몸을 끌고 전장에 복귀했다. 뒤를 이어서 쌀라싸와 싸마니야, 사브아가 차례로 제자리를 찾았다.

리헤스텐이 검자루를 굳세게 움켜쥐었다.

"으으음."

방케르는 낮게 신음했다.

쿠샴이 라옹고를 치료하는 중이니 적들은 리헤스텐과 방케르가 막아야 했다.

'나머지 세 놈은 문제가 아닌데, 와힛이 마음에 걸리는구나.'

방케르는 와힛에게 온 신경을 집중했다.

조금 전 어스가 팔색 고리를 폭발시켰을 때 대부분의 파괴력이 키스에게 집중되었다. 덕분에 와힛은 아주 큰 피해를 입지는 않았다. 와힛이 건재하다는 것은, 백 진영 입장에서는 나쁜 소식이었다.

리헤스텐도 와힛을 집중적으로 노려보았다.

와힛이 리헤스텐과 방케르의 전면을 맡았다.

쌀라싸와 싸마니야는 두 아울 검수들의 측면으로 은근슬쩍 자리를 옮겼다. 두 검수가 와힛과 싸우는 사이 틈을 노리겠다는 계산이었다.

한편 사브아는 와힛의 곁에서 보조를 하려는 모양이었다.

하긴, 사브아의 주특기인 장미군락은 후방에서 적을 포위하기에 딱 적합했다.

"흐아압!"

선방은 리헤스텐이 날렸다. 리헤스텐의 검에서 폭사한 빛이 검의 형상이 되어 와힛의 몸을 베었다.

화려한 빛의 검 뒤에 숨어서 방케르의 천검일섬이 벼락처럼 날아갔다.

와힛은 공간을 뒤틀어 리헤스텐과 방케르의 공격을 엉뚱한 곳으로 흘려버렸다. 이어서 와힛은 〈갈라 치는〉이라는 만자비문을 동원하여 리헤스텐과 방케르를 양 갈래로 나눴다.

'두 놈을 나눈 뒤, 한 번에 한 놈씩 처리하자.'

이게 와힛의 의도였다.

와힛은 〈갈라 치는〉이라는 비문을 사용하기 전, 피사노교의 신인들에게 뇌파를 보내서 자신의 의도를 알렸다.

만자비문의 힘에 떠밀려 리헤스텐이 오른쪽으로 밀려났다. 방케르는 왼쪽 저편으로 휘말려 날아갔다.

Chapter 6

"이때다."

퓨퓨퓻―.

쌀라싸가 기다렸다는 듯이 빈 허공에 검녹색 편린을 쏘았다. 그의 편린은 리헤스텐이 밀려올 곳을 정확하게 노려서 공격했다.

싸마니야도 힘을 보탰다. 싸마니야는 펄쩍 점프한 뒤, 리헤스텐이 도착할 위치를 향해서 두 주먹을 날렸다. 〈영원히 지워지는〉이라는 의미의 비문이 싸마니야의 주먹에서 폭사되어 날아갔다.

두 신인들의 공격도 매서웠지만, 주 공격자는 어디까지나 와힛이었다. 와힛은 18개의 비문 가운데 무려 6개를 뽑아서 리헤스텐을 요격했다.

쿠콰콰콰콰.

꽈배기 모양의 회색 문자들이 리헤스텐을 향해서 거친 파도처럼 밀려들었다.

순간 리헤스텐의 안색이 하얗게 질렸다.

와힛을 비롯한 세 신인의 공격은 세상을 무너뜨릴 듯 무서웠다.

"우와아아악."

리헤스텐은 우렁찬 기합과 함께 젖 먹던 힘까지 쥐어짰다. 리헤스텐의 검에서 폭발한 오러가 주변에 둥그런 검막을 만들었다.

검막 위로 쌀라싸의 편린들이 퍽퍽 꽂혔다.

싸마니야의 주먹질이 틀어박혔다.

와힛이 날린 6개의 비문도 검막을 뒤흔들었다.

"크욱."

리헤스텐이 답답한 신음을 흘렸다. 리헤스텐이 제아무리 검의 주인이라 할지라도 여러 신인들의 합동공격을 막을 수는 없었다.

수백 겹의 오러로 만들어진 리헤스텐의 검막이 단숨에 찢어졌다. 이어서 세 신인의 공격이 리헤스텐의 몸에 직접 틀어박혔다.

"흘흘흘. 이제 끝났구나."

쌀라싸가 쾌재를 불렀다.

"리헤스텐, 저 지독한 늙은이가 드디어 죽는군."

싸마나야도 리헤스텐의 죽음을 확신했다.

"잘 가시게."

와힛은 지난 세기부터 악연을 맺어왔던 오랜 적수에게 작별인사를 날렸다.

바로 그 순간이었다. 와힛의 눈이 갑자기 휘둥그레졌다.

"커헉!"

와힛의 입에서는 검붉은 핏물이 왈칵 쏟아졌다.

"이, 이, 이건?"

와힛은 덜덜 떨리는 눈동자로 뒤를 돌아보았다.

와힛만 놀란 게 아니었다.

"안 돼애—."

쌀라싸가 리헤스텐을 공격하다 말고 괴성을 질렀다.

"와힛 님!"

싸마니야도 펄쩍 뛰어 와힛에게 날아왔다.

그때 와힛은 고개를 뒤로 돌려 시뻘건 눈으로 상대를 노려보았다.

와힛의 가슴을 뚫고 손 하나가 삐쭉 튀어나와 있었다. 피에 젖은 하얀 손의 주인이 와힛의 눈동자에 맺혔다.

경악에 가득한 눈동자에 맺혀 있는 자.

다름 아닌 사브아였다.

"사브아. 네년이 감히?"

와힛은 지금 이 상황이 믿기지 않았다.

사브아는 와힛의 혈족이자 동지였다. 수십 년 전에도 사브아는 와힛과 함께 피사노교를 위해서 백 진영 놈들과 싸워왔다.

그런 사브아가 배신을 하다니?

결정적인 순간에 와힛의 등을 찔러 심장을 타격하다니?

도저히 있을 수 없는 일이 벌어졌다. 이 엄청난 배신에 와힛뿐 아니라 쌀라싸와 싸마니야도 혼이 쏙 빠졌다.

"이런 미친년. 이런 돌아이 년."

쌀라싸는 사브아를 향해서 검녹색 편린을 날렸다.

"사브아 누님. 아니 사브아. 미쳤어?"

싸마니아도 버럭 소리쳤다. 그러면서 싸마니야는 한달음에 100여 미터를 날아와 사브아를 두꺼운 손바닥으로 후려쳤다.

사브아가 싸마니야의 손바닥을 마주 때렸다. 순간 사브아의 여린 손이 날카로운 검의 형상으로 변했다.

푹!

그 검이 찰나의 순간에 싸마니야의 손바닥을 뚫었다.

"크악, 아니?"

싸마니야가 황급히 사브아와 거리를 벌렸다.

사브아의 입꼬리가 위로 치켜 올라갔다. 사브아는 입가에 차가운 미소를 머금은 채 싸마니야에게 따라붙었다.

사브아의 손에는 어느새 연검 한 자루가 들려 있었다. 그 연검이 무시무시한 오러를 뿜어내었다.

한데 오러의 기질부터 완전히 달랐다. 이건 피사노교의 검술이 아니었다. 아울 검탑의 검술이었다.

서걱!

벼락처럼 뻗은 사브아의 검이 싸마니야의 왼쪽 허벅지부터 시작하여 종아리를 지나 발목까지 훑고 내려왔다.

싸마니야가 검에 베이기 전, 그와 결합한 악마종은 싸마니야의 몸뚱어리를 먼 곳으로 순간이동시키려 했다.

한데 악마종의 마법은 발현조차 되지 않았다. 사브아의 검기로 뒤덮인 권역 내에선 모든 종류의 마법이 무력화되기 때문이었다.

검으로 영역을 설정하고, 그 영역 내부에서 적의 마법과 술법을 무력화시키는 것.

세상에 이런 독특한 검술을 사용할 수 있는 자는 딱 한 명뿐이었다.

싸마니야는 그 한 명이 누구인지 누구보다도 잘 알았다. 지난 세기 말, 싸마니야가 그 상대와 지겹게 싸워본 덕분이었다.

아니, 솔직하게 말해서 싸마니야는 그자와 제대로 맞붙어 본 적이 없었다. 대부분의 경우 싸마니야는 상대를 피해서 치욕스럽게 도망만 다녔다.

"말도 안 돼. 이 검술은 우드워커의 특기인데?"

과거의 섬뜩했던 기억이 싸마니야의 뇌리에 퍼뜩 떠올랐다.

그때 이미 사브아는 싸마니야의 코앞까지 파고든 상태였다. 사브아가 휘두른 검이 섬뜩한 궤적을 그렸다.

Chapter 7

[안 돼.]

싸마니야와 결합한 악마종은 싸마니야를 구하기 위해서 다시 한번 순간이동 마법을 발휘했다.

그러나 순간이동 직전에 또 막혔다. 사브아의 검기로 뒤덮인 영역 내에서는 도무지 마법이 발동하지 않았다.

위기에 몰린 싸마니야는 화염을 뿜어서 상대를 막으려 시도했다.

이것 또한 무의미했다. 싸마니야의 화염은 강하게 앞으로 뻗지 못하고 허무하게 푸쉬쉭 사그라졌다.

꺼지는 불꽃을 뚫고 파고든 사브아의 검이 싸마니야의 얼굴을 깊게 그었다.

"끄왁."

싸마니야는 반사적으로 오른손을 들어 얼굴을 막았다.

사브아의 검은 싸마니야의 오른손과 얼굴이 함께 벤 다음, 아래쪽으로 화끈하게 훑고 지나갔다.

"끄아아악."

싸마니야가 찢어져라 비명을 터뜨렸다.

싸마니야는 다리를 크게 다친 데 이어서 오른손과 얼굴, 그리고 가슴과 배까지 쩍 갈라졌다. 썽둥 잘린 싸마니야의 갈비뼈 사이로 펄떡펄떡 뛰는 심장이 드러났다. 싸마니야의 찢어진 배에서는 선홍빛 선혈과 함께 내장이 줄줄 흘렀다.

때마침 사브아의 여린 체격이 건장하게 바뀌었다.

구불구불하던 사브아의 머리카락은 수세미처럼 빳빳해졌다. 어여쁘던 그녀의 얼굴은 무뚝뚝한 철혈의 사내로 변했다.

거짓말 같은 일이 신인들의 눈앞에서 벌어진 것이다.

쌀라싸가 비명을 질렀다.

"설마 검노 우드워커?"

그렇다.

사브아는 어디론가 사라지고 그 속에서 우드워커가 튀어나왔다.

아울 2검이라 불리는 절대검수. 지난 세기를 장식했던 거물급 무인 중 한 명이 깜짝 등장한 것이다.

피사노교의 제7 신인인 사브아가 곧 우드워커였다니!

충격적인 반전에 방케르를 제외한 모두가 기겁했다. 오직 방케르만이 이 사태를 예견하고 있었다.

'우드워커.'

방케르가 소리 없이 입술을 달싹여 상대의 본명을 불렀다. 사브아, 아니 우드워커를 바라보는 방케르의 표정은 감개무량했다.

'우드워커 형이야말로 오늘 전투의 최고 공신이자 피사노교를 무너뜨릴 비수인 게지.'

방케르가 속으로 중얼거렸다.

오늘 본격적으로 전투가 벌어지기 전, 방케르가 백의 승리를 자신했던 이유도 바로 우드워커 때문이었다.

이 엄청난 계획을 성공시키기 위해서 우드워커와 방케르는 인내심을 가지고 무려 수십 년의 세월을 기다려왔다.

지난 세기 말이었다. 피사노교의 제7 신인인 사브아는 검치 방케르에게 애병을 빼앗기고 겨우 목숨만 건진 적이 있었다.

이것은 피사노교의 신인이라면 누구나 다 알고 있는 사실이었다.

이탄도 예전에 사브아로부터 직접 이 이야기를 들었다. 사브아 스스로 이탄에게 당시의 치욕적인 사건을 밝혔었다.

한데 알고 보니 사브아의 말은 거짓말이었다. 당시에 방케르가 빼앗은 것은 사브아의 애병이 아니라 그녀의 목숨이었다. 게다가 사브아가 죽었을 당시 사건 현장에는 방케르뿐 아니라 우드워커도 함께 했다.

피사노교의 제7 신인을 슥삭 해치운 뒤, 방케르는 그녀의 애병을 전리품으로 취했다.

그러는 동안 우드워커는 자신의 골격을 축소하고 얼굴 모양과 몸, 심지어 성별까지 바꿔서 사브아로 변신했다.

우드워커는 타인의 모습으로 자유롭게 변신이 가능한 능력을 지녔다. 더불어서 우드워커는 검술만 뛰어난 것이 아니라 나무 속성의 마법이나 정령술에도 재능이 넘쳤다.

마침 사브아의 특기는 장미군락이었던바, 우드워커가 사브아인 척 연기를 하는 것은 불가능하지 않았다.

그러니까 이미 수십 년 전부터 사브아는 가짜였던 것이다. 무사히 피사노교로 침투한 우드워커는 무려 70년에 가까운 세월을 사브아인 척하면서 흑 진영을 무너뜨릴 기회만 엿보았다.

그러다 작년 10월에 좋은 기회가 생겼다. 그 무렵 피사노교는 아울 검탑을 향해 총공세를 펼쳤다.

우드워커는 고향인 아울 검탑이 피사노교의 신인들에 손에 의해 활활 타오르는 장면을 보면서 울분을 꾹 참았다. 그리곤 그 울분을 곁에 있던 싯다에게 풀었다.

기습 공격으로 싯다를 해치운 뒤, 우드워커는 시치미를 뚝 떼고는 다른 신인들에게 "여섯째 오라버니가 배신을 해서 저를 기습공격했어요. 그리곤 어디론가 도망쳐버렸죠."

라고 거짓말을 했다.

다른 신인들은 우드워커의 거짓말에 속아서 싯다를 배신자라고 여겼다. 어이없게도 신인들은 싯다의 목에 현상금까지 걸었다.

하지만 이 모든 것은 우드워커의 짓이었다.

쌀라싸도 비로소 그 사실을 깨달았다. 쌀라싸는 꼭지가 확 돌아버렸다.

"네놈이 우리를 속였구나."

분노한 쌀라싸가 곧장 우드워커를 공격했다. 쌀라싸의 손끝에서 방출된 검녹색 편린들이 피를 탐하는 나비처럼 날아가 우드워커에게 달라붙었다.

써걱, 써걱, 써걱.

놀랍게도 우드워커는 쌀라싸의 공격을 검으로 베어내었다.

사실 이건 말도 안 되는 일이었다. 검녹색 편린은 딱딱한 고체가 아닌 흑주술의 일종이었다.

'그런데 내 주술을 검으로 자른다고? 이게 말이 돼?'

쌀라싸는 이 사태를 믿을 수가 없었다.

그러나 주술이 잘리는 게 오히려 당연했다. 우드워커의 검에는 인과율의 힘이 담겨 있었다. 그 권능이 쌀라싸의 〈화형을 시키는〉을 무산시켰다.

검에 깨달음을 담고자 하는 노력.

우드워크의 오랜 열망이 드디어 결실을 맺었다.

아울1검인 검주 리헤스텐은 수십 년간의 노력 끝에 '극쾌' 라는 언령과 '균형' 이라는 언령을 부족하게나마 깨우쳤듯이, 아울3검인 검치 방케르가 오랜 고생 끝에 '멸법' 의 언령을 모사하는 데 성공했듯이, 아울2검인 검노 우드워크는 자신에게 주어진 시간과 피땀을 통째로 갈아 넣어서 '무산' 이라는 언령을 습득했다.

'무산' 의 언령 덕분에 우드워커의 주특기인 영역 설정은 완벽에 가까워졌다. 우드워커의 영역 내에서 모든 외력들은 힘을 잃고 무산되게 마련이었다.

여기에는 마법과 술법, 검술의 차이가 없었다. 마법사의 마법도, 술법사의 술법도, 검수의 검술도 일단 우드워커의 영역 안으로 들어오면 저절로 무효로 돌아갔다.

조금 전 우드워커가 와힛의 등을 찔러 심장에 구멍을 낼수 있었던 것도 바로 '무산' 의 권능 덕분이었다. 우드워커가 발휘한 언령의 힘이 와힛을 보호하던 모든 만자비문들을 무장해제 시켰던 것.

그 탓에 와힛은 손을 쓸 틈도 없이 치명상을 입었다.

Chapter 8

마신이라 불리던 와힛이 당했는데 하물며 싸마니야가 버텨내겠는가. 싸마니야는 상대가 우드워커라는 사실을 모른 채 그의 영역에 들어왔다가 낭패를 당했다.

사브아는 피투성이가 된 싸마니야를 내팽개치고는 쌀라싸에게 달려들었다.

'와힛과 싸마니야를 해치웠으니 이제 쌀라싸의 목만 따면 된다.'

이게 우드워커의 생각이었다. 우드워커의 눈이 섬뜩한 빛을 뿌렸다.

"헙?"

쌀라싸가 움찔했다.

우드워커는 상대가 주춤한 틈을 노려 근거리까지 접근하더니, 쌀라싸를 향해서 검을 크게 휘둘렀다.

우드워커의 연검이 영역을 설정했다.

쌀라싸가 미처 피할 새도 없었다. 쌀라싸는 아차 하는 사이에 이미 우드워커의 영역 안에 갇혀버렸다.

검기의 영역 안에 사로잡힌 순간, 쌀라싸의 마나가 뚝 끊겼다. 쌀라싸가 뽑아내었던 검녹색 편린들은 강풍 앞의 촛불처럼 파르륵 꺼져버렸다. 쌀라싸와 결합한 악마종도 더는 쌀라싸를 돕지 못했다.

벼락처럼 날아온 사브아의 검이 쌀라싸의 가슴을 길게 훑고 지나갔다.

"크아악."

쌀라싸는 고압전류에 감전이라도 된 것처럼 펄쩍 뛰었다.

[끼야악—.]

쌀라싸의 가슴에 결합되어 있던 악마종도 얼굴이 길게 베였다.

쌀라싸는 반사적으로 오른손을 앞으로 내밀면서 엉덩이부터 뒤로 뺐다. 겁에 잔뜩 질린 듯한 그 비루한 동작에 우드워커가 비웃음을 머금었다.

"비열한 늙은이여, 이제 그만 뒈져라."

우드워커는 쌀라싸를 향해서 바짝 다가서더니 왼손으로 상대의 머리카락을 움켜잡았다. 그리곤 오른손에 든 검으로 쌀라싸의 복부를 쑤시려 들었다.

"으으윽, 안 돼."

죽음을 앞둔 쌀라싸의 얼굴이 시커멓게 죽었다.

바로 그때였다. 우드워커의 귀에 세 마디 비명이 들렸다.

"커헉."

"아니 당신이 왜?"

[꾸워억.]

좀 더 정확히 말하자면 세 마디 비명 가운데 2개는 입에서 나온 목소리였고 하나의 뇌파였다.

불신에 가득 차서 비명을 지른 장본인은 리헤스텐과 방케르였다. 또한 뇌파를 내지른 자는 다 죽어가던 라웅고였다.

아울 1검과 3검은 두 눈을 부릅뜨고는 자신들의 배를 내려다보았다. 멀쩡한 배를 가르고는 2개의 손이 삐쭉 튀어나와 있었다.

피로 얼룩진 손은 리헤스텐과 방케르의 등을 뚫고 들어와 척추를 부수고는 배로 튀어나온 상태였다.

한편 라웅고의 목에는 시커먼 기운이 거대한 작살 모양으로 뭉쳐서 콱 틀어박혔다.

한 방에 아울 1검과 3검, 라웅고를 제압한 자의 정체는 놀랍게도 쿠샴이었다. 시시퍼 마탑의 부탑주이자 라인계 메이지들의 우상인 쿠샴이 기습공격으로 리헤스텐과 방케르, 라웅고의 뒤통수를 쳐버렸다.

우드워커가 버럭 고함을 질렀다.

"쿠샴 부탑주, 미쳤소?"

쿠샴은 유리 안경 너머로 우드워커를 힐끗 보더니 야릇한 미소를 입가에 머금었다.

"미쳤냐고? 아니. 난 멀쩡한데?"

쿠샴이 발랄하게 대꾸했다.

"크윽."

우드워커가 입술을 푸들푸들 떨었다.

쿠샴에게 예기치 못한 일격을 당해서 피를 콸콸 쏟는 두 희생자는 우드워커가 세상에서 가장 아끼는 사람들이었다.

리헤스텐.

방케르.

위대한 두 검수의 목숨이 지금 쿠샴의 손바닥 위에 놓여 있었다. 거기에 더해서 라웅고 부탑주의 목숨도 쿠샴에게 달렸다.

우드워커는 피를 토하듯이 항의했다.

"미치지 않았다면 어찌 그럴 수가 있소? 피사노교의 악마들과 싸우는 중에 우리 아울 검탑의 뒤통수를 때리다니. 설마 전쟁이 끝나고 백 진영의 세상이 오면 시시퍼 마탑이 우리 아울 검탑을 없애고 세상을 독차지할 작정이라도 한 거요?"

사실 우드워커의 항의는 모순투성이였다.

지금 쿠샴이 기습 공격을 한 대상에는 아울 검탑의 두 검수뿐 아니라 시시퍼 마탑의 라웅고 부탑주까지 포함되어 있지 않은가. 그러니까 쿠샴이 아울 검탑을 견제하기 위해서 이런 짓을 저지른 것은 아니었다.

한데 우드워커는 라웅고에 대해서는 아무런 지적도 하지 않았다. 그만큼 우드워커의 마음속에는 리헤스텐과 방케르만이 자리를 잡고 있었다.

쿠샴이 대답이 없자 우드워커는 한 번 더 그녀를 추궁했다.

"다시 한번 묻겠소. 진정 부탑주는 이 기회에 피사노교뿐 아니라 우리 아울 검탑도 제거할 속셈이었소?"

우드워커의 질문은 아주 위험한 지점을 파고들었다.

피사노교라는 거대 악이 존재할 때는 백 진영의 삼대 탑이 힘을 합쳐서 피사노교와 싸울 수밖에 없었다.

하지만 피사노교가 세상에서 사라지고 나면?

그럼 시시퍼 마탑과 아울 검탑, 마르쿠제 술탑이 세상을 사이좋게 나눠 가질까?

마르쿠제 술탑은 동차원이 있으니 제외한다고 치자. 그럼 언노운 월드를 쥐락펴락할 최강자는 과연 누가 될 것인가?

시시퍼 마탑?

아니면 아울 검탑?

백 진영의 그 누구도 겉으로는 이런 질문을 드러내지 않았다. 이것은 피사노교라는 강적을 앞에 두고 백 진영에 내분을 일으키는 아둔한 행위이기 때문이었다.

하지만 백 진영 사람들의 마음속에는 은근히 이 물음에
대한 호기심이 도사리고 있었다. 조금 전 우드워커가 쿠샴
에게 퍼부은 폭언을 분석해보면, 그 또한 흑과 백의 전쟁
이후를 염두고 두고 있음이 드러났다.

제6화
죽음의 강

Chapter 1

쿠샴이 생글거리는 낯으로 대꾸했다.

"백 진영의 세상? 그딴 게 어떻게 와? 이렇게 버젓이 내가 있는데."

영문 모를 이야기에 우드워크가 인상을 썼다.

"쿠샴 부탑주, 지금 그게 무슨 소리요? 당신이 살아 있는 거와 백 진영의 세상이 오는 게 무슨 상관이라고⋯⋯. 헉? 설마!"

무언가를 깨달았는지 우드워커의 얼굴이 흙빛으로 변했다. 우드워커의 동공은 폭풍이라도 만난 듯 흔들렸다.

우드워커가 지켜보는 가운데 쿠샴의 얼굴이 스르륵 변했

다. 그녀의 얼굴뿐 아니라 체형과 분위기, 그리고 입고 있는 복장도 모두 바뀌었다.

어디선가 뾰족하고 시커먼 모자가 바람을 타고 날아와 쿠샴의 머리 위에 안착했다. 끝이 지그재그로 구부러진 모자였다.

펄럭거리며 나타난 검은 로브는 쿠샴의 어깨 위에 걸쳐졌다.

쿠샴의 눈에는 장난기가 가득 차올랐다. 쿠샴의 입술은 도드라지게 붉은 색을 띠었다. 그녀의 머리카락은 밤색으로 풍성하게 자라서 엉덩이를 살짝살짝 터치했다.

오직 쿠샴이 쓰고 있던 유리알 안경만 그대로 남았다. 동그란 테두리의 안경 속에서 쿠샴의 두 눈이 귀엽게 반짝거렸다.

"헉? 너는!"

우드워커는 심장이 덜컥 내려앉는 줄 알았다.

그가 어찌 저 여자를 몰라보겠는가.

지난 세기 모든 백 세력들을 공포로 몰아넣었던 마녀.

홀로 수십억 언데드 군단을 일으켜 세워서 수많은 백 진영의 영웅들을 쓰러뜨렸던 마녀.

우드워커가 존경해 마지않던 아울 검탑의 전대 검수들 중 상당수가 저 마녀의 벽을 넘지 못하고 죽었다.

아울 검탑뿐 아니었다. 시시퍼 마탑과 마르쿠제 술탑의 마법사와 술법사들도 저 마녀 때문에 골머리를 앓았다.

저 마녀의 정체는 이쓰낸이다. 대적불가의 재앙, 살아 숨 쉬는 악몽이라 불리던 바로 그 이쓰낸이다.

피사노교의 제2 신인 이쓰낸이 시시퍼 마탑의 부탑주로 위장해 있었던 것이다.

이 얼마나 기가 막힌 일인지.

검노 우드워커가 사브아로 위장하여 피사노교의 가장 깊숙한 곳에 침투해 있었던 것처럼, 이쓰낸도 자신의 정체를 숨긴 채 시시퍼 마탑에 들어와 있었다.

"네, 네년이 어찌 시시퍼 마탑에……?"

우드워커가 말을 더듬었다.

쿠샴, 아니 이쓰낸은 고개를 삐뚤게 옆으로 기울였다.

"그러는 너는 어떻게 피사노교에 들어갔는데? 그나저나 우리 사브아는 어떻게 했니? 이미 죽였니?"

이쓰낸의 말투는 마녀답지 않게 나긋나긋했다.

하지만 봄바람처럼 부드러운 말이 끝나기도 전, 리헤스 텐과 방케르, 라웅고의 몸뚱어리는 시커멓게 썩어 들어갔다.

꾸득, 꾸득, 꾸득.

이쓰낸과 접촉한 복부 부위부터 시작하여 굵고 징그러운

핏줄이 퍼져나갔다. 검은 핏줄은 눈 깜짝할 사이에 리헤스텐과 방케르, 그리고 라웅고의 몸뚱어리를 장악해버렸다. 칠흑처럼 검은 핏줄이 퍼질 때마다 그 주변의 살이 썩으면서 고약한 냄새를 풍겼다.

살아있는 사람을 산채로 언데드화 시키는 이 비법이야말로 이쓰낸의 주특기 가운데 하나였다.

죽어서 언데드가 되는 것보다 이쓰낸의 비법으로 언데드가 된 자는 훨씬 더 강한 힘을 내게 마련.

이쓰낸이 독창적으로 개발해낸 이 비법을 사용하면, 살아생전보다 1.5배는 더 강력한 힘을 가진 언데드의 제작이 가능했다.

"네 이년, 당장 그 미친 짓을 멈추지 못할까."

우드워커는 미칠 것만 같았다.

그럴 만도 한 것이, 리헤스텐과 방케르는 우드워커에게 친형제와 같은 존재였다.

'그런데 그들이 언데드가 되어서 아군을 공격한다고?'

이런 상상을 하는 것만으로도 우드워커는 머리가 터질 듯했다.

"이 더러운 마녀야, 그 사악한 짓거리를 당장 멈춰라. 그렇지 않으면 너를 용서하지 않을 테다."

단지 말뿐만이 아니었다. 우드워커는 쌀라싸의 팔 한쪽

을 썽둥 베어내었다.

"끄아악. 씨팔!"

쌀라싸는 욕과 함께 머리를 좌우로 흔들었다.

"씨팔, 씨팔, 씨팔. 내 팔이 잘렸어. 내 팔이 날아갔다고.
으흐흑."

쌀라싸의 눈과 코에서는 정체불명의 액체가 주르륵 흘렀
다. 매끄럽게 잘린 쌀라싸의 어깨 단면에서는 검붉은 피가
콸콸 쏟아졌다. 쌀라싸의 팔뚝은 구름 저 아래 지면으로 떨
어진 지 오래였다.

우드워커가 쌀라싸의 목에 검을 들이밀었다.

"헙!"

거무죽죽하게 죽어 있던 쌀라싸의 얼굴이 이제는 하얗게
질렸다.

"사악한 마녀야, 이놈이 뒈지는 꼴을 보고 싶지 않으면
당장 리헤스텐 형님과 방케르 아우를 놓아줘라."

우드워커는 쌀라싸를 인질로 삼아 이쓰낸을 협박했다.

이쓰낸이 환히 웃었다.

"우웅. 싫은데."

"뭐?"

이쓰낸은 2명의 포로를 한 번씩 돌아보면서 계산을 했
다.

"리헤스텐과 방케르. 이 두 장난감의 가치가 쌀라싸보다 더 높잖아. 그러니까 바꾸면 내 손해잖아. 싫어, 싫다고."

도리질을 하는 이쓰낸의 태도는 어린아이의 그것처럼 순진무구했다.

하지만 그 모습을 보는 우드워커의 등에는 소름이 잔뜩 돋았다.

이쓰낸이 웃는 낯으로 쌀라싸에게 말을 걸었다.

"쌀라싸, 그냥 저 우드워커 녀석에게 네 목을 내줘. 그럼 내가 나중에 너를 다시 살려줄게. 그럼 되잖아?"

"으으으, 이쓰낸 님."

쌀라싸가 울상이 되었다.

이쓰낸이 신도 아닌데 어찌 죽은 자를 다시 살리겠는가. 그러니까 이쓰낸이 지금 한 이야기는 쌀라싸를 언데드로 만들어 주겠다는 뜻이었다.

'이성도 없이 온몸이 썩어 들어가는 언데드가 될 바에는 차라리 그냥 죽는 게 낫지.'

쌀라싸의 뇌리에는 이런 상념이 스쳐 지나갔다.

쌀라싸의 터지는 속을 아는지 모르는지 이쓰낸은 오히려 우드워커를 재촉했다.

"쌀라싸의 눈빛 좀 봐. 내 말에 동의하잖아. 그러니까 어서 그의 목을 치라고."

"뭣이?"

우드워커가 당황했다.

Chapter 2

그러는 동안에도 리헤스텐과 방케르의 몸은 점점 더 검은 핏줄에 잠식되어 갔다. 이건 라웅고도 마찬가지였다.

"끄억, 끄으으으."

리헤스텐이 고통에 겨워 신음을 흘렸다.

"커허헉, 헉헉."

방케르도 가쁜 숨을 몰아쉬었다.

아무런 소리도 내지 못했으나 라웅고도 동체를 마구 비틀었다. 급기야 두 검수와 용인은 몸통뿐 아니라 눈의 흰자 위에도 시꺼먼 실핏줄이 돋았다. 특히 라웅고는 가죽이 달라붙어 뼈만 남아갔다.

우드워커는 정말 미칠 지경이었다.

"크왁. 멈춰라. 당장 그 짓거리를 멈추라고."

우드워커가 절규하듯 소리쳤다.

"싫은데?"

끔찍한 행동과 달리 이쓰낸의 말투나 표정은 여전히 귀

엽기만 했다.

결국 우드워커는 인질을 바꿨다. 우드워커는 쌀라싸의 머리카락을 움켜쥔 채 옆으로 이동하더니 이번에는 싸마니야의 배에 검을 깊게 쑤셔 넣었다.

"끕."

싸마니야가 어금니를 꽉 물었다.

뭔가 부족하다 느꼈는지 우드워커는 싸마니야의 뱃속에 담긴 검을 마구 휘저었다.

"끄으읍."

싸마니야는 고개를 뒤로 한껏 젖혔다.

그렇지 않아도 싸마니야는 과도하게 피를 흘린 상태였다. 여기서 조금만 더 상처가 심해지면 싸마니야의 목숨이 위험했다.

우드워커는 이쓰낸을 향해서 으르렁거렸다.

"당장 포로들을 풀어줘라. 그렇지 않으면 네년 눈앞에서 이놈이 죽을 것이다."

상대의 협박을 듣고도 이쓰낸의 표정엔 아무런 변화가 없었다. 오히려 이쓰낸은 한술 더 떴다.

"싸마니야, 몸이 너덜너덜해져도 걱정 마. 내가 네 상처를 잘 꿰맨 뒤에 다시 살려줄게."

이쓰낸은 마치 찢어진 인형을 수선해주겠다는 듯이 중얼

거렸다.

"으으윽. 이쓰낸 님……."

싸마니야의 동공이 바르르 흔들렸다.

우두워커의 동공은 더욱 심하게 요동쳤다.

"크읏. 좋다. 그렇다면 이놈은 또 어떠냐."

우드워커가 다시금 상대를 바꿨다. 이번엔 와힛이 그 대
상이었다.

솔직히 우드워커가 와힛을 넘본다는 것은 말이 되지 않
았다. 평상시의 와힛이었다면 이미 우드워커쯤은 이미 거
꾸러뜨리고도 남았다.

문제는 조금 전 기습을 당해 와힛의 심장이 절반 이상 날
아갔다는 것.

와힛의 심장은 단순히 피만 순환시키는 장기가 아니었
다. 와힛은 자신의 심장을 마나의 원천인 보울로 만들었다.

따라서 심장에 문제가 생겼다는 것은, 와힛이 지금 마나
를 전혀 사용하지 못한다는 것을 의미했다.

푸욱—.

우드워커의 검이 와힛의 배를 뚫고 들어갔다.

"쿨럭."

와힛이 입에서 검붉은 피를 토했다.

검으로는 와힛을 찌르면서 우드워커의 눈은 이쓰낸을 돌

아보았다.

'자, 이 사악한 마녀야. 이젠 어쩔 테냐? 이래도 네년이 리헤스텐과 방케르를 괴롭힐 셈이냐?'

우드워커의 눈이 이렇게 물었다.

이쓰낸은 비로소 곤란한 듯 아랫입술을 깨물었다.

"우우웅. 안 되는데."

그 말에 우드워커의 얼굴이 살짝 펴졌다. 하지만 이어지는 이쓰낸의 말이 우드워커에게 더 큰 충격을 안겨주었다.

"와힛 오라버니는 너무 강해서 언데드로 만들려면 시간이 아주 오래 걸릴 텐데. 힘도 많이 들 테고 말이야. 우웅."

이쓰낸이 미친년 널 뛰는 소리를 해댔다.

지금 이쓰낸은 와힛의 목숨을 걱정하는 게 아니었다. 와힛을 언데드로 만드는 작업이 고될까 봐 고민하는 거였다.

"뭐라고?"

우드워커가 벙 찐 표정을 지었다.

잠시 후, 우드워커는 악귀처럼 얼굴을 일그러뜨렸다.

"크으윽. 이런 돌아이 년."

이제 우드워커도 깨달았다. 마녀 이쓰낸에게는 일말의 인간다움도 기대해서는 안 된다. 우드워커는 이 사실을 절실히 깨닫게 되었다.

그렇다면 남은 방도는 끝까지 가보는 것이었다.

"오냐, 좋다. 한번 해보자. 네년이 리헤스텐과 방케르를 놓아주기 싫다면 마음대로 해라. 대신 나도 이 검으로 와힛과 쌀라싸, 싸마니야의 목을 모조리 베어주마. 그런 다음 우리 둘이 끝장을 보자."

우드워커는 잇새로 뜨거운 악의를 토했다.

부왁!

와힛의 배에 박혀 있던 우드워커의 검이 와힛의 상체를 가르며 위로 올라가더니 끝내 정수리까지 둘로 쪼갰다.

"끄륵."

와힛의 상체가 좌우로 갈라지면서 피가 폭발적으로 솟구쳤다.

"아아악, 안 돼애—."

쌀라싸가 괴성을 질렀다.

"와힛 님. 허허헉."

싸마니야도 두 눈을 부릅떴다.

우드워커는 단숨에 와힛의 상반신을 쪼갠 뒤, 검의 궤적을 수직으로 틀었다. 우아한 선을 그리며 날아간 검이 쌀라싸의 목 절반을 그으며 지나갔다.

"끄어억."

쌀라싸의 폐에서 빠져나온 공기가 성대를 타고 대기 중으로 흩어졌다. 쌀라싸의 고개는 옆으로 픽 꺾였다. 잘린 단면에서 피가 폭포수처럼 쏟아졌다.

이제 이쓰낸을 제외한 신인들 중에는 한 명만 남았다.

우드워커는 검을 빙글 돌려 손잡이를 거꾸로 잡더니 그
것으로 싸마니야의 가슴팍에 찔러 넣었다.

Chapter 3

"우와아아악."

싸마니야가 죽을힘을 다해 블러드 쉴드를 소환했다.

하지만 피사노교가 자랑하는 최강의 방어마법도 우드워
커의 검에 내포되어 있는 '무산'의 권능을 막아낼 수는 없
었다.

블러드 쉴드는 우드워커의 검이 닿기도 전에 저절로 와
해되었다. 이어서 우드워커의 검이 싸마니야의 가슴을 뚫
고 등 뒤로 튀어나왔다.

"커헉."

싸마니야의 눈이 흐려졌다.

우드워커가 3명의 신인들을 연달아 해치울 즈음, 이쓰낸
의 손에서 뻗어 나온 검은 핏줄은 리헤스텐과 방케르의 발
끝부터 머리끝까지 통째로 장악했다.

두 위대한 검수들은 꾸륵 꾸륵 소리를 내면서 손과 발을 기괴한 각도로 뒤틀었다. 두 검수의 눈에는 이미 흰자위가 사라졌다. 온통 검게 물든 두 검수의 눈이 섬뜩한 느낌을 자아내었다.

이쓰낸이 갓 빚어낸 2명의 따끈따끈한 언데드는 요 몇 년 내 그녀가 만든 언데드들 가운데 단연 최강이었다.

인간이었던 때보다 1.5배는 더 빠르고 강력해진 두 검수들을 막을 수 있는 사람은 그리 흔치 않았다.

물론 1.5배 강화되었다는 것은 오러와 힘, 속도, 민첩성과 같은 물리적인 측면만 따졌을 때 그렇다는 뜻이었다. 리헤스텐과 방케르가 살짝 실마리를 잡았던 인과율의 깨우침은 강화가 불가능했다.

아니, 강화 여부를 따질 필요도 없었다. 두 절대검수의 깨달음은 이미 이탄에게 빼앗겨서 사라졌다.

결국 리헤스텐과 방케르는 정상이 아닌 상태에서 이쓰낸에게 당한 것일 뿐, 만약에 그들이 언령의 권능을 발휘할 수 있었다면 상황이 또 어찌 되었을지는 미지수였다.

다만 이쓰낸은 이러한 사실을 꿈에도 몰랐다.

"호호호. 확실히 재료가 좋으니까 결과도 우수하네."

이쓰낸은 흡족한 듯 자신의 역작들을 둘러보았다.

그러다 문득 무슨 생각이 들었는지 이쓰낸이 혀를 찼다.

"쯧쯧쯧쯧. 실은 몇 년 전에 더 뛰어난 역작을 탄생시켰
는데 말이야. 최고의 재질을 가진 소년의 목을 잘라 살아
있는 언데드, 그것도 언데드 군단의 총사령관인 듀라한으
로 만들었구먼, 그 찢어 죽일 아울 검탑 놈이 내 역작을 가
로채갔잖아."

이쓰낸의 독백에는 아쉬움이 한가득이었다. 솔직히 이쓰
낸은 9년 전 그날만 생각하면 자다가도 벌떡 일어날 만큼
속이 쓰렸다.

지금으로부터 9년 전.

이쓰낸은 부정 차원에서 모은 수많은 진마 최상급들의
보울을 약재로 갈아 넣어 최강의 역작을 하나 탄생시켰다.
거기에 더해서 당시 이쓰낸은 정말 어렵게 얻은 성마 최하
급의 보울마저 역작에 투입했다.

그렇게 이쓰낸이 빚어낸 역작 중의 역작이 바로 듀라한
이었다.

한데 이 최강의 언데드가 딱 완성될 시점에 도적놈이 등
장했다. 아울11검이 이쓰낸의 비밀 실험실에 쳐들어온 것
이다.

어떻게 알았는지 아울11검은 이쓰낸이 자리를 잠깐 비
운 틈을 타서 완성 직전의 듀라한을 훔쳐갔다.

"이런 쌍!"

이쓰낸이 고래고래 욕을 퍼부었다. 이쓰낸은 알람 마법이 발동하자마자 곧장 실험실로 되돌아왔을 뿐 아니라 부정 차원에서 포획한 미니 드래곤을 타고서 전력을 다해 도적놈을 추격했다.

곧이어 이쓰낸과 아울11검 사이에 맹렬한 추격전이 시작되었다.

긴 추격 끝에 이쓰낸은 아울11검을 따라잡는 데 성공했다.

한데 웬걸?

아울 11검은 놀랍게도 허공에 문을 그리더니 다른 차원으로 도망쳐 버리는 것이 아닌가.

이쓰낸이 제아무리 피사노교의 제2 신인이자 성마급의 초강자라고 할지라도 다른 차원으로 도망친 자를 쫓아갈 방도는 없었다. 결국 이쓰낸은 실험을 보조하던 타우너스 족을 미친 듯이 죽여서 화풀이만 해댔다.

그래 봤자 잃어버린 듀라한을 되찾기란 불가능했다.

'그게 벌써 9년 전의 일이구나.'

이쓰낸은 과거를 회상하면서 처연하게 한숨을 내쉬었다.

'하아아. 불쌍한 내 새끼, 어디서 빵 쪼가리라도 제대로 먹고 다니는지. 너를 생각할 때마다 가슴이 미어지는구나.'

이쓰낸이 안타깝게 그리워하는 대상이 바로 이탄이었다.

만약에 이탄이 이쓰낸의 속내를 듣는다면 아마도 뒷목부터 잡았을 것이다.

멀쩡히 산 사람의 목을 잘라 듀라한으로 만든 것부터 미친 짓거리가 아니던가.

그런데 뭐? 내 새끼라고?

게다가 빵 쪼가리 운운까지?

이탄은 듀라한이 된 이후로 음식이라는 것을 제대로 먹어 본 적이 없었다. 아무리 입안에 군침이 고이고 식욕이 돌아도 음식물을 먹을 수 없는 존재가 바로 듀라한이었다.

그 밖에도 이탄은 정체성에 대한 번민에도 한동안 시달렸다. 이탄은 인간다운 욕구를 하나도 해결할 수 없었다.

그리하여 이 모든 것들이 이탄에게는 지독한 상처로 남았다. 마녀에 대한 원한이 어찌나 깊었던지 이탄은 평소에 "나를 듀라한으로 만드는 그 개잡년, 어디 찾기만 해봐라. 네년 목도 비틀어 뜯어버릴 테다."라는 다짐을 뼈에 새기곤 했다.

다행인지 불행인지 이탄은 아직까지 원수의 정체를 밝혀내지 못했다.

이쓰낸이 잠시 옛 추억을 회상하는 동안, 우드워커는 피사노교의 신인들을 빠르게 정리했다.

우드워커의 손에 와힛의 상체가 쪼개졌다. 쌀라싸는 목이 절반이나 베였다. 싸마니야는 심장이 찔렸다.

세 신인들은 힘없이 지상으로 낙하했다.

"에이, 그건 아니지."

이쓰낸이 결계마법을 발휘했다.

시시퍼 마탑이 자랑하는 결계가 구름 위에 쳐지면서 추락한 세 신인의 몸뚱어리를 폭신하게 받아내었다.

그러는 동안 우드워커는 곧장 몸을 날려 이쓰낸을 덮쳤다.

"죽어라, 이 마녀야."

우드워커의 전면에 뭉게구름처럼 검기가 피어올랐다. 오러로 뒤덮인 영역 전체에 '무산'이라는 상격의 언령이 강하게 내려앉았다.

그리하여 이 영역 내에서 우드워커는 거의 무적으로 거듭났다. 마법, 술법, 검술, 그 어떤 외력도 영역 안에서는 우드워커에게 해를 입힐 수 없었다. 우드워커는 그야말로 인간의 한계를 벗어난 권능을 보여주었다.

그런 우드워커도 이미 언데드가 되어버린 리헤스텐과 방케르를 다시 인간으로 되돌리지는 못하였다.

Chapter 4

"크우우웍."

"우워어."

리헤스텐과 방케르가 짐승처럼 울부짖었다.

한때 세상 모든 검수들의 존경을 받았던 두 절대검수들이다. 그런 리헤스텐과 방케르가 지금은 이지를 상실하여 짐승만도 못하게 변했다. 두 검수의 머릿속에는 오로지 이쓰낸의 공격명령만이 메아리치듯 울려댔다.

일단 이쓰낸의 권속이 된 이상 리헤스텐과 방케르에게 미래는 없었다. 두 검수들은 무조건 이쓰낸의 명령을 따르는 처지로 전락했다.

지금 리헤스텐과 방케르가 우드워커를 공격한 것도 이쓰낸의 명령 때문. 두 검수는 괴성을 지르며 우드워커에게 달려들었다.

이들이 이성을 잃었다고 해서 무식하리라 생각하면 오산이었다. 비록 두 검수가 언데드가 되어 격이 낮아졌다고는 하지만, 그들의 공격력만큼은 여전히 막강했다. 언령의 권능만 제거되었다 뿐이지 두 검수가 펼쳐낸 오러검은 속도나 강도 면에서 살아생전보다 오히려 더 뛰어났다.

푸화확!

리헤스텐의 검으로부터 강렬한 빛이 터져 나왔다. 짙게 오염된 광휘의 검은 대번에 우드워커의 허리춤을 베어갔다.

방케르도 리헤스텐과 손발을 척척 맞췄다. 리헤스텐이 우드워커의 옆구리를 노리는 동안 방케르는 상대의 이마를 목표로 삼았다.

쭈웅—.

칙칙하게 빛이 바랜 은빛 섬광이 방케르의 손을 떠나더니 벼락보다도 더 빠른 속도로 우드워커의 머리를 향해서 쏘아졌다.

거기에 더해서 라웅고까지 가세했다. 라웅고가 토해놓은 브레스가 아래쪽에서 위로 솟구치면서 우드워커의 하체를 노렸다.

이마, 허리, 다리를 노리고 동시에 날아든 공격.

'큽.'

우드워커가 입술을 질끈 물었다.

솔직히 최상급 검수와 드래곤의 합동 공격을 받아낸다는 것은 보통 일이 아니었다. 더욱이 우드워커는 리헤스텐이나 방케르를 향해서 검을 겨누고 싶지 않았다.

하지만 저들을 넘지 않고서는 결코 이쓰낸에게 닿을 수 없는 것도 사실이었다.

"어쩔 수가 없구나."

우드워커가 입술을 질끈 깨물었다. 그가 휘두른 검이 주변 수백 미터를 특수한 영역으로 지정했다. 검기로 뒤덮인 영역 내에서 인과율의 힘이 강하게 일어났다.

리헤스텐과 방케르, 라웅고의 압박을 인과율의 힘으로 벗겨내겠다는 것이 우드워커의 의도였다.

그 의도가 효과를 발휘했다.

리헤스텐이 전력을 다해서 날린 광휘의 검은 우드워커의 영역 안으로 들어오자 빛의 입자로 흩어졌다. 방케르의 천검일섬도 모래알처럼 해체되었다. 라웅고의 브레스는 말할 필요도 없었다.

공격이 무산되자 그 반동이 리헤스텐과 방케르, 라웅고에게 가해졌다. 두 검수와 드래곤은 강한 타격을 받고는 추락할 듯이 휘청거렸다.

우드워커는 그 짧은 틈을 놓치지 않았다.

'옳지. 이때다.'

우드워커가 벼락처럼 몸을 가속했다.

2명의 검수와 드래곤은 그때까지도 정신을 못 차렸다. 그 사이 우드워커는 리헤스텐과 방케르의 사이를 지나쳐 이쓰낸을 직접 덮쳤다.

번쩍!

우드워커가 연검을 수직으로 내리그었다.

그보다 한발 앞서 우드워커의 언령이 뻗어나갔다. 우드워커는 이쓰낸의 방어마법들을 언령의 힘으로 미리 차단하고자 마음먹었다.

'그렇게 저 마녀의 손발을 묶은 뒤, 단숨에 머리를 쪼개 버리리라.'

이게 우드워커의 계획이었다. 우드워커의 두 눈이 형형한 빛을 뿜었다.

죽음을 코앞에 둔 순간, 이쓰낸은 습관처럼 검지를 들어 안경을 쓱 밀어 올렸다. 이쓰낸의 입꼬리가 살짝 위로 치켜 올라갔다.

'뭐야?'

상대의 입가에 걸린 희미한 미소를 목격한 순간, 한 줄기 불안감이 우드워커의 가슴에 작렬했다.

피사노교의 투톱(Two Top) 가운데 누가 더 강한가?

와힛인가? 아니면 이쓰낸인가?

흑 진영 내에서 이 질문은 금기였다. 이건 마치 백 진영의 삼대 탑 가운데 누가 으뜸인가를 묻는 것과 같은 종류의 질문이었다. 질문 자체가 피사노교의 단합에 해가 되므로 아무도 이 물음을 입 밖으로 내뱉지 못했다.

그러나 이쓰낸만큼은 이미 질문에 대한 답을 내린 상태

였다.

와힛과 이쓰낸 모두 피사노교의 역사상 유례가 없을 정도의 천재였다. 그 천재들이 무려 수십 년 동안이나 부정 차원에서 고된 수련에 전념했다.

그 결과 와힛은 부정 차원의 인과율을 깨달아 성마가 되었다.

이쓰낸도 와힛과 거의 시차를 두지 않고 성마로 거듭났다.

이때부터였을 것이다. 와힛과 이쓰낸이 서로 다른 길을 걷기 시작한 것은.

와힛은 끊임없이 새로운 인과율을 깨우치려 노력했다. 그 결과 와힛은 총 18개의 만자비문을 습득한 성마 하급에 올라섰다.

이쓰낸도 초기에는 와힛과 같은 길을 걸었다. 그녀 또한 인과율의 지평을 넓히는 일에 주력했다.

하지만 이쓰낸은 이내 방법을 바꿨다.

처음에 성마가 된 시점은 와힛이 이쓰낸보다 약간 더 빨랐다.

그러나 성마 하급의 경지에는 와힛보다 이쓰낸이 먼저 도착했다. 이쓰낸이 막 11개의 만자비문을 익혀서 성마 하급이 되었을 즈음, 와힛은 7, 8개 수준에 불과했다.

딱 이 지점에서 이쓰낸은 놀라운 결단을 내렸다.

"더 이상 새로운 인과율을 익히려고 애쓰지 말자. 기존에 알고 있다고 생각한 인과율을 더욱 깊게 파고들어 제대로 소화해 보자."

이게 이쓰낸이 내린 결정이었다.

Chapter 5

말이 쉽지, 부정 차원에서 이쓰낸과 같은 결정을 내리는 성마는 아무도 없었다.

왜냐하면 정해진 기한 내에 새로운 인과율을 깨우치지 못하면 결국엔 퇴보하여 소멸되고 마는 게 성마급 악마종들의 운명이기 때문이었다.

놀랍게도 이쓰낸은 소멸의 공포를 이겨내고는 만자비문 하나하나를 깊이 있게 연구하는 쪽으로 방향을 틀었다.

그 결과 이쓰낸이 깨우친 만자비문은 계속해서 11개에서 정체되었다. 대신 비문 하나하나에 대한 깨달음은 이쓰낸이 와힛보다 훨씬 더 깊고 풍부했다.

한 가지 더.

이쓰낸이 와힛보다 먼저 부정 차원을 떠나서 언노운 월

드로 돌아온 이유도 바로 여기에 있었다.

"내 생각에는 넓게 아는 것보다 깊이 아는 게 더 중요한 것 같아. 그리고 깊이가 깊어지는 데는 부정 차원의 환경이 꼭 도움이 되는 건 아닌 것 같아."

이쓰낸은 마음속의 이정표를 뚜렷하게 세운 다음, 자신만의 길을 걷기 시작했다.

그리하여 이쓰낸은 몇 년쯤 전 홀연히 언노운 월드로 돌아와 버렸다. 언노운 월드에서도 부정 차원 이상으로 충분히 강해질 수 있다는 게 이쓰낸의 믿음이었다.

이 독특한 시각이 이쓰낸에게 비약적인 발전을 안겨주었다.

언노운 월드로 복귀한 뒤, 이쓰낸은 11개의 만자비문 가운데 특히 두 가지를 집중적으로 파고들었다.

〈강을 거스르는〉

이 만자비문은 원래 죽음의 강을 거슬러 망자를 되살리는 권능이었다. 이 비문을 깨우친 이후로 언데드를 만들어 내는 이쓰낸의 능력도 비약적으로 발전했다.

한데 이쓰낸은 거기서 만족하지 않았다. 이쓰낸은 〈강을 거스르는〉을 깊이 연구한 끝에 새로운 활용법을 찾아내었다.

"강을 거스르는 권능을 꼭 한쪽 방향으로만 사용할 필요가 있을까? 죽음의 강을 거슬러 망자를 다시 이 세상으로 데려올 수 있다면, 거꾸로 산 사람을 강제로 죽음의 강 저편으로 보내버릴 수도 있는 것 아냐?"

이런 궁금증에서 시작된 이쓰낸의 연구가 마침내 결실을 맺었다.

그 결과 이쓰낸은 산 사람을 죽음의 강에 왕복시켜서 강제로 언데드화하는 새로운 비법을 창안해 내었다.

이쓰낸의 방식으로 제작된 언데드는 기존의 언데드보다 훨씬 더 강했다.

보통 언데드가 되면 힘은 세지고 두려움을 모르는 반면, 지능이 저하되고 민첩성도 떨어지게 마련 아닌가.

그런데 이쓰낸의 비법으로 제작된 언데드에게는 지능과 민첩성 저하 현상이 발생하지 않았다. 오히려 살아 있을 때보다 더 두뇌 활동이 활발해지고 민첩성도 50퍼센트나 증가했다.

리헤스텐, 방케르, 라웅고의 경우만 보더라도 이쓰낸의 권능이 얼마나 특별한지 증명이 되었다. 만약에 우드워커가 언령을 사용할 수 없었다면 세 언데드를 상대로 크게 고생을 했을 것이다.

언데드 제작에 이어서 이쓰낸이 두 번째로 집중한 만자 비문은 다음과 같았다.

〈반복을 깨는〉

얼핏 생각하기에 이 만자비문을 활용도가 별로 없어 보였다. 반복을 깬다는 것의 의미도 모호했다.

그래서 부정 차원의 악마종들 중에는 이 독특한 인과율에 집중한 자가 없었다. 오직 이쓰낸만이 〈반복을 깨는〉의 중요성을 파악했다.

반복, 혹은 되풀이.

'이게 뭘까?'

몇 년쯤 전, 이쓰낸은 자연의 여러 현상들 가운데 반복적으로 되풀이되는 게 무엇이 있을까를 먼저 고민하게 되었다. 그리곤 그게 곧 파동이라는 사실을 깨달았다.

바닷물이 위아래로 반복하여 움직이는 것을 파도라 부르고, 악기의 현이 위아래로 반복하여 진동하는 것을 파동이라 부르는 등 각자 명칭은 다르지만, 이 모든 현상에는 반복이라는 행위가 공통적으로 포함되었다.

그러다 이쓰낸은 아주 중요한 반복 행위 하나를 발견하였다.

"심장! 모든 생명체의 심장이야말로 일정한 시간 간격을 두고 반복해서 뛰잖아. 사람도, 몬스터도, 악마종도 예외 없이 심장의 반복적 활동에 기대에 살아가고 있는 거잖아."

이쓰내는 이 단순한 깨달음에 크게 환호했다.

'그렇다면 반복을 깨트리는 권능이야말로 모든 생명체 위에 군림할 수 있는 비법이 아닐까?'

이 생각이 이쓰낸의 뇌리를 퍼뜩 스치고 지나갔다.

그때부터 이쓰낸은 〈반복을 깨는〉이라는 만자비문에 깊이 매달렸다. 그리하여 지금 그녀는 의지를 일으킨 순간 시야가 닿는 곳에 위치한 모든 생명체의 심장을 멈춰버릴 수 있는 경지에 도달했다.

적들이 아무리 강력한 방어마법을 두르고 있더라도 상관없었다. 적들이 아무리 강력한 술법으로 심장을 보호해도 의미가 없었다.

심지어 아울 검탑의 검수들이 검막으로 몸을 보호한다고 하더라도 이쓰낸의 권능을 막을 길은 전무했다.

이쓰낸이 발휘하는 〈반복을 깨는〉은 적들의 모든 방어기제를 무시한 채 작동하여 적의 심장을 꺼트릴 수 있는 절대적 비술이었다.

이 비술 앞에서는 종족이 무의미했다.

언노운 월드의 인간도, 자존심이 강한 드래곤도, 그릇된 차원의 왕급 몬스터도, 부정 차원의 성마급 악마종도 이쓰낸에게 무릎을 꿇을 수밖에 없었다. 심장을 가진 존재라면 절대로 이쓰낸의 권능을 벗어나지 못했다.

물론 성마 중하급 이상, 즉 부정 차원 군주급의 악마종들은 심장이 멈춰도 꽤 오래 활동이 가능했다.

그런 악마종들이 심장이 완전히 굳어버리기 전에 이쓰낸의 목을 딸 수만 있다면 이쓰낸도 무적은 아니었다.

하지만 이쓰낸이 수천만, 수억 언데드 군단 뒤에 숨어서 시간을 질질 끈다면 어떻게 할 것인가?

그럼 심장이 멈춰버린 상태에서 군주들이 얼마나 오래 버틸 수 있을까?

한 달? 1년? 10년? 100년?

이쓰낸은 주변에 시체가 없더라도 산 자를 언데드로 만들어낼 수 있는 마녀 중의 마녀였다. 이쓰낸은 마나가 아니라 만자비문의 권능으로 언데드를 만들 수 있으므로 중간에 마나가 고갈될 일도 없었다.

따라서 이쓰낸이 작정을 하고 장기전을 각오하면 부정 차원 군주급 악마종들도 그녀를 이길 수 있다고 장담하기 어려웠다.

하면 와힛은 이쓰낸의 권능을 버틸 수 있을까?

이쓰낸은 이 질문에 대한 답을 이미 오래 전에 내렸다.

"와힛 오라버니라고 해서 어디 심장이 없을까? 와힛이 듀라한이나 리치가 되어서 심장에 의존하지 않게 된다면 모를까, 그 전에는 내 상대가 아니야."

이게 이쓰낸이 내린 결론이었다.

Chapter 6

"설령 와힛 오라버니가 듀라한이나 리치가 되었다고 해도 문제는 없지. 세상의 모든 언데드는 내 지배를 받으니까."

결국 와힛이 이쓰낸을 이길 수 있는 방법은 딱 세 가지뿐이었다.

첫째, 생명체의 한계를 뛰어넘어 심장이 없는 마격 존재, 즉 마신이 되든가.

둘째, 〈반복을 깨는〉이라는 만자비문을 이쓰낸보다 더 높은 수준으로 깨우치든가.

셋째, 이쓰낸이 미처 알아차리기도 전에 기습공격으로 그녀의 숨통을 단숨에 끊어놓든가.

오직 이 방법 외에는 답이 없었다.

안타깝게도 우드워커는 이상 세 가지 가운데 어느 경우에도 해당하지 않았다.

우선 우드워커는 신격 존재가 아니었다.

우드워커는 만자비문을 익히지도 않았다. 우드워커가 깨우친 언령도 이쓰낸의 만자비문을 무산시키지 못했다. '무산'의 언령은 마법이나 검술, 술법에는 효과가 탁월하였으되 인과율을 막기엔 역부족이었다. 우드워커의 깨우침보다 이쓰낸의 깨우침이 더 깊이가 있기 때문이었다.

마지막으로 우드워커의 일격은 충분히 빨랐으나, 이쓰낸이 알아차리기도 전에 그녀의 숨통을 끊어놓을 정도는 아니었다.

조금 전 우드워커가 리헤스텐과 방케르, 라웅고의 합동 공격을 무산시킨 순간, 이쓰낸은 이미 꽈배기 모양의 회색 문자를 하나 꺼내들었다.

우드워커가 리헤스텐과 방케르 사이를 돌파하여 이쓰낸을 덮쳤을 때, 이미 그 회색 문자는 발동한 뒤였다.

우드워커가 이쓰낸을 향해서 검을 높이 치켜든 순간, 규칙적으로 박동하던 그의 심장이 우뚝 멈췄다.

"컥!"

우드워커는 검을 든 상태에서 두 눈을 부릅떴다. 갑자기 심장이 멈추면서 우드워커의 자세가 흐트러졌다.

"끄아아압. 커헉."

우드워커가 비명을 질렀다. 우드워커는 이쓰낸을 공격하다 말고 자신의 가슴부터 움켜잡았다.

그 와중에도 우드워커는 최선을 다했다. 우선 우드워커는 손으로 심장을 주물러서 멈춘 박동을 되살리려고 노력했다. 이어서 그는 자신의 오러를 혈관 속으로 들여보내 심장을 자극해보려고 시도했다.

그게 되지 않자 우드워커는 "후읍, 후읍, 후읍." 억지로 숨을 몰아쉬어 산소를 보충하려고 애썼다.

죄다 무용지물이었다. 만자비문에 의해서 멈춰버린 심장은 우드워커가 아무리 발버둥 쳐도 다시 뛰지 않았다.

"우으으윽."

우드워커가 허공에서 크게 비틀거렸다.

그때를 노려서 리헤스텐이 벼락처럼 달려들었다.

푸욱!

우드워커의 귀에 섬뜩한 소리가 들렸다. 리헤스텐의 검이 그의 옆구리에 깊숙이 박히는 소리였다.

이건 시작에 불과했다.

방케르가 날린 천검일섬은 우드워커의 어깨를 뚫고 지나갔다. 심장과 옆구리에 이어서 어깨에서도 화끈한 작열감이 느껴졌다. 어깨가 망가졌으니 이제 우드워커가 검을 휘두르는 것도 어려웠다.

'아아, 안 돼.'

우드워커의 머릿속은 온통 새하얗게 변했다.

그 타이밍에 라웅고가 가세했다. 라웅고는 석화 계열의 마법을 발휘하여 우드워커의 몸을 돌조각처럼 딱딱하게 만들었다.

'끄읍.'

우드워커가 척추를 활처럼 뒤로 젖혔다. 우드워커의 목과 이마에는 시퍼렇게 힘줄이 불거졌다.

그러느라 우드워커는 이쓰낸의 행적을 잠시 놓쳤다.

'아차!'

우드워커가 자신의 실수를 깨달았을 때, 이미 저 지독한 마녀는 우드워커의 코앞에 나타났다. 이쓰낸의 차가운 손이 우드워커의 가슴에 닿았다.

〈강을 거스르는〉 발동.

"끄어억."

우드워커의 입에서 바람 빠지는 소리가 났다. 우드워커의 혼백은 순간적으로 죽음의 강을 건너갔다가 강제로 되돌아왔다.

그러면서 조금 전 리헤스텐과 방케르, 라웅고가 겪었던 현상을 우드워커도 겪었다. 아울2검인 검노 우드워커가 죽었다가 되살아난 것이다.

뿌득, 뿌득, 뿌드득.

우드워커의 몸에서는 괴상한 소리가 울렸다. 이쓰낸과 접촉한 부위에서 시작된 시커먼 핏줄은 황무지에 뿌리를 내리는 잡초처럼 우드워커의 온몸으로 퍼져나갔다.

우드워커의 두 눈에서는 어느새 흰자위가 사라졌다. 검게 번들거리는 우드워커의 눈빛이 섬뜩하기 이를 데 없었다.

심장이 멈췄던 우드워커의 부활.

하지만 이건 일반적인 부활이 아니었다. 우드워커는 이제 이쓰낸의 명령만 따르는 언데드가 되어버렸다.

리헤스텐, 우드워커, 방케르.

지난 세기의 영웅들은 오늘의 전투 한 방으로 더럽혀졌다. 수십 년 전 피사노교의 발호를 온몸으로 막아내었던 위대한 검수들이 타락하여 이쓰낸의 언데드 군단에 편입되었다.

"좋네."

이쓰낸이 환하게 웃었다.

언데드가 된 3명의 검수들은 무표정하게 차렷 자세로 허공에 떠 있었다.

검수들의 뒤에는 라웅고가 황금빛 비늘을 번쩍거리면서 부유 중이었다. 3명의 검수들과 마찬가지로 라웅고의 눈도 시커멓게 변색되었다.

백 진영의 강적들을 언데드로 만든 뒤, 이쓰낸은 아래쪽을 향해서 손을 휘저었다.

어부가 그물로 물고기를 건져 올리는 것처럼, 이쓰낸은 가벼운 손동작으로 3명의 신인들을 잡아끌었다.

배꼽부터 시작하여 정수리까지 둘로 쪼개진 와힛.

목의 절반이 잘린 쌀라싸.

상반신이 비스듬히 잘리고 심장이 터져버린 싸마니야.

3명의 신인들이 눈을 감은 채 이쓰낸의 앞에 떠올랐다.

이들 신인들은 단순히 몸만 망가진 게 아니었다. 악마종과의 결합도 강제로 해제되었다. 쌀라싸의 가슴에 박혀 있던 뿔 달린 악마종의 머리통도, 싸마니야의 뒤통수에 연결되어 있던 징그러운 혓바닥도 모두 사라지고 없었다. 악마종이 결합했던 자리엔 피범벅인 상처만 덩그러니 남았다.

"쯧쯧쯧. 쌀라싸와 싸미니야. 아까운 인재들이 못 쓰게 망가졌구나."

이쓰낸은 동료 신인들의 희생을 안타까워했다.

제7화

아도르노의 굴욕

Chapter 1

그러다 무슨 생각을 했는지 이쓰낸이 손으로 입을 가리고 두 눈을 초승달처럼 둥글게 휘었다.

"호홋. 이왕에 망가진 거, 땅 속에 묻혀서 구더기에게 파 먹히는 것보다는 차라리 언데드가 되는 게 낫겠지? 안 그래?"

이쓰낸이 손가락을 까딱였다.

쌀라싸와 싸마니야의 시체가 이쓰낸 쪽으로 스르륵 이동했다. 이쓰낸은 두 신인의 가슴에 손바닥을 밀착했다.

이쓰낸과 접촉한 부위로부터 검은 핏줄이 돋기 시작하더니 이내 그 핏줄이 쌀라싸와 싸마니야의 온몸으로 퍼져나갔다.

대략 5, 6초쯤 지났을까?

번쩍!

쌀라싸와 싸마니야가 동시에 눈을 떴다. 한데 그들의 눈에는 더 이상 흰자위가 보이지 않았다. 오로지 검은색만 번들거렸다.

일단 언데드가 되자 쌀라싸와 싸마니야의 상처가 빠르게 아물었다.

쌀라싸는 거짓말처럼 목이 다시 붙었다. 쩍 벌어졌던 싸마니야의 상체도 아교처럼 끈적끈적하게 변했다가 다시 달라붙었다. 싸마니야의 심장에 뚫렸던 구멍도 어느새 메워졌다. 이제 쌀라싸와 싸마니야는 이쓰낸의 명령만 듣는 언데드가 되었다.

그 바람에 두 신인은 만자비문에 대한 깨달음을 손에서 놓쳤다. 그들은 더 이상 악마종과 결합도 불가능했다.

대신 쌀라싸와 싸마니야는 마나의 양이 대폭 늘었을 뿐 아니라 민첩성, 근력 등이 증가했다.

마지막으로 이쓰낸은 와핏에게 시선을 돌렸다.

"역시 오라버니답네. 저 정도로 심각한 상처를 입고도 죽지 않다니 말이야."

누군가 이쓰낸의 독백을 들었다면 깜짝 놀랐을 것이다. 배꼽부터 시작해서 머리 꼭대기까지 둘로 쪼개진 와핏이 아직 살아 있다니, 이게 어찌 믿어지겠는가.

한데 이쓰낸의 말은 사실이었다.

푸쉬쉭.

이쓰낸이 지켜보는 가운데 와힛의 시체가 바람 빠진 풍선처럼 쪼그라들었다. 와힛의 주변을 맴돌던 18개의 회색 문자는 와힛의 시체가 무너지기 무섭게 모드레우스 행성 방향으로 날아갔다.

와힛은 사브아로 위장한 우드워커에게 기습을 받아 몸이 망가지는 순간, 자신의 혼백과 모든 마나를 모드레우스 행성으로 옮겨버렸다.

와힛과 결합한 악마종도 와힛의 탈출을 도왔다.

그러니까 지금 폭삭 쪼그라든 와힛의 몸뚱어리는 글자 그대로 빈껍데기일 뿐이었다. 이쓰낸은 이 사실을 한눈에 알아보았다.

이쓰낸의 눈길이 모드레우스 행성을 빠르게 훑었다.

"어디 보자. 와힛 오라버니가 어디로 가셨나?"

탐색을 하던 중, 이쓰낸의 시선이 행성을 관통한 거대한 나무, 즉 신마목의 줄기 부분으로 향했다.

신마목 줄기의 어느 한 단면 속을 들여다보면서 이쓰낸의 두 눈은 번쩍 빛을 토했다.

파츠츠츠츠—.

이쓰낸의 눈동자 주변에 진한 황금빛 테두리가 생겨났다.

잠시 후, 이쓰낸은 오묘한 표정을 지었다.

"저런. 오라버니의 기운이 많이 약해졌네. 신체만 망가진 게 아니라 혼백에도 타격을 입었나 봐."

이쓰낸의 표정만 보면 그녀가 와힛의 부상을 안타까워하는 것인지, 아니면 오히려 기뻐하는 것인지 가늠이 되지 않았다.

어쨌거나 와힛의 혼백은 이미 육체를 떠난 뒤였다. 따라서 빈껍데기인 몸뚱어리만 가지고는 제아무리 이쓰낸의 능력이 대단하다고 해도 죽음의 강을 건너보낼 수가 없었다. 와힛을 언데드로 만드는 게 불가능하다는 뜻이었다.

그래도 이쓰낸은 아쉬워하지 않았다.

"오늘 얻은 게 제법 많잖아? 그러니까 이 정도로 만족해야지."

이쓰낸이 어이없는 소리를 뇌까렸다. 솔직히 오늘 이쓰낸이 거둔 수확은 제법 많은 정도가 아니었다.

오늘 이쓰낸은 아울 검탑의 최고봉인 리헤스텐, 우드워커, 방케르를 손에 넣었다. 시시퍼 마탑의 라웅고 부탑주도 언데드로 만드는 데 성공했다. 언데드 제작 경험이 풍부한 이쓰낸이지만 용인을 언데드화한 것은 오늘이 처음이었다.

거기에 더해서 쌀라싸와 싸마니야까지.

이 정도면 이쓰낸의 컬렉션(Collection: 수집품)이 엄청나게 풍부해진 셈이었다. 솔직히 이처럼 우수한 컬렉션을 한 방에 모은다는 것은 기적이나 다름없었다.

"예전에 부정 차원에서 성마의 보울을 손에 넣었을 때 이후로 오늘만큼 수확이 큰 적도 없었지. 흐흥흥흥~."

어찌나 기뻤던지 이쓰낸은 콧노래를 흥얼거렸다.

그러면서 이쓰낸은 서서히 구름 아래로 하강했다. 어느새 이쓰낸의 겉모습은 다시 쿠샴으로 돌아왔다.

이쓰낸의 뒤에는 언데드들이 멀찌감치 거리를 두고서 뒤따랐다. 피부가 검은 핏줄로 뒤덮인 인간형 언데드 5명과 드래곤형 언데드 하나였다.

까마득한 상공에서 벌어진 초인들의 전투가 이쓰낸의 승리로 마감될 즈음, 지상에서의 전투는 백 진영의 우세가 계속되었다.

사실 누구나 이런 결과를 예측했다. 백 진영이 병사의 수와 질 모든 면에서 흑 진영을 압도했기 때문이다.

사기가 치솟은 백 진영에 비해서 흑 진영은 쓰나미처럼 몰아치는 적들을 고요의 사원 방어마법에 의존하여 겨우겨우 버텨내는 정도였다.

물론 사원 상공에 포진한 마도전함들의 포격도 흑 진영이 버티는 데 도움이 되었다.

하지만 그것만으로는 전세를 역전하기 어려웠다.

쌀라싸가 소환했던 녹마사, 녹마장, 녹마병들은 전장의 일선에서 백병전을 벌이다가 가장 먼저 무너졌다.

이어서 야스퍼 전사탑의 전사들이 심각한 피해를 입었다.

고요의 사원을 지탱하던 방어마법진도 시시퍼 마탑 마법사들의 원거리 공격에 하나둘 허물어졌다.

백 진영의 집요한 공세 속에 사원의 우두머리인 슐라이어도 사망했다.

슐라이어는 어떻게든 방어마법진을 풀가동하여 고요의 사원을 지키려고 애썼다.

하지만 이러한 노력도 결국엔 물거품이 되었다. 신체의 한계를 넘어서 고군분투하던 중 슐라이어는 마나가 역류하여 온몸의 혈관이 가닥가닥 끊기는 비운을 맞이했다.

"끄어억. 피사노교의 개새끼들. 우리를 이용만 하고……."

이게 슐라이어가 죽기 직전 마지막으로 남긴 말이었다.

Chapter 2

그 와중에 고요의 사원 2인자인 아도르노의 활약이 두드러졌다.

아도르노 부원주는 슐라이어가 수도승들을 이끌고 라임 협곡 전투에 참전했을 때도 사원에 그냥 남아 있었던 은둔자였다. 요 근래 아도르노는 고요의 사원 공식 행사에도 모두 불참했다.

아도르노는 그렇게 상처 입은 곰처럼, 혹은 수면 아래서 때를 기다리고 매복 중인 악어처럼 조용히 있다가 갑자기 뛰어나왔다.

시시퍼 마탑의 쎄숨 지파장이 땅속에서 금속의 창 수백 개를 만들어 고요의 사원 탑 하나를 허물어뜨렸을 때였다. 뒤이어 아울 검탑의 검수들이 무너진 탑을 점령하기 위해서 훨훨 날아들 때였다.

붕괴한 탑 속에서 아도르노가 뛰쳐나왔다.

[뿌워워웍.]

아도르노는 정체불명의 뇌파를 내질러 주변 수 킬로미터 이내의 모든 사람들에게 충격을 안겨주었다. 그리곤 단숨에 달려들어 아울 검수 10여 명을 보랏빛 반투명한 기운으로 목 졸라 죽였다.

아도르노가 방출한 반투명한 기운은 얼핏 보기에 커다란 문어 다리를 연상시켰다. 촉수처럼 건들거리는 반투명한 기운에는 얼핏얼핏 빨판의 모습이 엿보였다.

[이 하찮은 인간족 놈들이 감히 내 연구를 방해해? 다 죽여 버릴 테다.]

아도르노는 인간들은 알아들을 수 없는 괴상한 뇌파를 토해놓더니, 문어다리와 같은 촉수를 무려 수 킬로미터 이상 뻗어서 백 진영의 선봉대 수백 명을 휘감았다.

거의 1,000명에 육박하는 추심 기사들이 단숨에 허공으로 말려 올라갔다가 온몸의 뼈가 으스러져서 죽었다.

추심 기사들은 신성 가호로 몸을 보호하려 했으나 역부족이었다. 촉수의 압력이 어찌나 강했던지 신성 가호가 펼쳐지기도 전에 기사들의 몸이 으깨졌다.

그러는 와중에도 아도르노가 뻗어내는 보랏빛 촉수는 점점 더 크게 자라났다.

"저게 대체 뭐야?"

아도르노의 무서운 활약에 백 진영만 놀란 게 아니었다. 고요의 사원 수도승들도 입을 쩍 벌렸다.

수도승들도 아도르노의 이능력을 확인한 것은 오늘이 처음이었다.

지금까지 고요의 사원 내에서 아도르노는 조용한 종교학

자로만 알려져 있었다. 권력에 욕심이 없이 학문과 수도에만 열중해온 인물이 아도르노인 것이다.

슐라이어가 아도르노를 부원주로 삼은 것도 이 때문. 슐라이어는 욕심이 없고 말을 잘 듣는 부원주가 필요했다.

한데 알고 보니 아도르노는 슐라이어보다 훨씬 더 강했다. 눈을 한 번 깜빡일 사이에 추심 기사 수백 명을 압사시킨 수준이라면 피사노교의 사도도 뛰어넘었다.

고요의 사원 수도승들이 일제히 눈시울을 붉혔다.

"오오오, 감사합니다. 여태 우리가 눈이 없어 부원주님의 진정한 실력을 알아보지 못하였구나."

"어쩌면 부원주님은 피사노교의 신인들에게 근접하셨을지도 몰라."

수도승들의 마음속에서 한 줄기 희망이 싹텄다.

그 희망이 깨진 것은 아도르노의 미친 짓거리 때문이었다.

[네놈들, 싹 다 죽여 버린다. 뿌와아아악.]

폭주한 아도르노는 보랏빛 촉수를 아군에게도 휘둘렀다.

고요의 사원 수도승 수십 명이 문어다리에 붙잡혀 몸이 으스러졌다. 피사노교의 교도들도 예외 없이 문어다리에 휘감겨 하늘로 솟구쳤다.

아도르노의 분노는 거기서 멈추지 않았다. 수백 미터 상공까지 뻗은 문어다리 촉수가 피사노교의 마도전함을 휘감았다.

"이런 미친!"

마도전함의 조종사가 깜짝 놀라서 기수를 위로 틀었다.

마도전함 하단부에선 시퍼렇게 불빛이 뿜어졌다. 마도전함은 출력을 최대한도로 높여서 아도르노의 문어다리로부터 벗어나려 시도했다.

한데 웬걸?

놀랍게도 아도르노가 마도전함의 출력을 이겨냈다. 아도르노는 마도전함 한 기를 칭칭 휘감더니 그대로 메다꽂아 백 진영을 공격했다.

쿠왕!

지면과 충돌한 마도전함이 무시무시한 광채와 함께 폭발했다.

빛이 먼저 터졌다. 바로 이어서 시뻘건 화염이 사방을 휩쓸었다. 그 아래 깔린 백 진영의 기사와 병사, 마법사들은 시신조차 남기지 못했다. 이 한 방으로 백 진영도 꽤 큰 타격을 입었다.

여기에 재미를 들린 아도르노가 또다시 문어다리를 뻗었다. 그것도 이번에는 열맷 개의 다리를 한꺼번에 휘둘렀다.

"피햇!"

함장의 고함과 함께 마도전함들이 황급히 상승했다.

그러나 몇몇 마도전함들은 미처 피하지 못하고 문어다리에 붙잡혔다. 아도르노는 대형 마도전함 4기를 지상으로 내리꽂아 백 진영을 공격했다.

쿠왕! 쾅! 쾅! 쾅!

연쇄 폭발과 함께 지축이 뒤틀렸다. 10여 킬로미터에 걸쳐서 땅이 갈라졌다. 사람들이 떼죽음을 당했다.

시시퍼 마탑의 마법사들은 폭발의 여파를 최소화하기 위해서 반구 형태의 막을 만들었다. 그 보호막이 폭발 현장을 뒤덮었다.

한데 마도전함의 폭발이 어찌나 거셌던지 마탑 마법사들의 막을 단숨에 찢어버렸다. 수많은 마법사들이 가랑잎처럼 뒤로 날아갔다.

"크왁."

피를 토하며 나뒹구는 마법사들 중에는 쎄숨 지파장과 씨에나도 포함되었다.

폭발 현장에서 비교적 멀리 떨어져 있던 헤스티아 영애도 피투성이가 되어 엉덩방아를 찧었다.

그 밖에도 수많은 마법사들이 치명타를 입었다. 가장 숫자가 많은 추심 기사단의 피해는 말할 필요도 없었다.

'이 정도 무력이면 신인급이다.'

시시퍼 마탑의 지파장들은 갑자기 등장한 저 괴물을 신인급으로 판단했다.

아니다. 아도르노 부원주는 이미 피사노교의 신인들을 뛰어넘었다. 쌀라싸도 이런 위력을 보일 수는 없었다. 흑진영과 백 진영 모두 아도르노의 가공할 위세에 질려서 입을 다물지 못했다.

Chapter 3

그때 아도르노의 뇌리에 사나운 뇌파가 울렸다.

[더는 봐줄 수가 없네. 그만해라.]

아도르노의 뇌에 들린 것은 언노운 월드의 언어가 아니었다. 그릇된 차원에서 통용되는 언어였다.

[누구냐?]

아도르노가 눈을 번쩍 떴다. 아도르노의 포악한 눈동자가 보랏빛 광채를 토했다.

[나다.]

우렁찬 뇌파와 함께 백 진영 사이에서 한 사내가 뛰쳐나왔다. 추심 기사단 특유의 줄무늬 기사복을 입은 사내였다.

사내는 등장과 동시에 온몸에서 강렬한 신성력을 내뿜었다.

"으윽. 눈부셔."

눈이 멀어버릴 듯한 광채에 사람들은 고개를 옆으로 돌려야 했다.

아도르노도 강렬한 빛을 견디기 힘들어 눈매를 가늘게 좁혔다.

휘황찬란한 빛 속에서 앳되어 보이는 청년이 튀어나왔다. 청년의 양손에는 바람이 잔뜩 응집되어 조개껍질 모양을 갖추었다.

그런데 응집된 바람이 보통이 아니었다. 어림잡아 직경수 킬로미터가 훌쩍 넘었다.

이것은 천둔의 가호다. 모레툼 교단의 가호편람 3,092번에 랭크된 교황급의 가호가 발현되었다.

청년은 천둔의 가호를 휘둘러 아도르노를 공격했다.

아도르노도 촉수로 마도전함을 휘감아 바람의 방패를 향해 내던졌다.

천둔의 가호와 마도전함이 정면으로 충돌하면서 굉음이 터졌다. 폭발음이 어찌나 컸던지 사람들의 귀에는 오히려 아무런 소리도 들리지 않았다. 그저 사람들의 고막이 찢어지고 귀에서 피가 흘렀을 따름이었다.

폭발의 여파로 사원의 탑 수십 개가 가루로 변했다.

사상자도 엄청나게 발생했다.

그 와중에 청년은 폭발을 뚫고 아도르노에게 바짝 접근했다. 청년의 양손에는 다시 한번 바람이 잔뜩 응집하여 천둔, 즉 하늘의 방패를 만들었다.

[네놈은 누구냐? 대체 어느 종족이지?]

아도르노가 그릇된 차원의 언어로 물었다.

아도르노는 저 청년이 당연히 인간족이 아니라 그릇된 차원의 몬스터, 그것도 왕급의 초강자일 것이라고 생각했다.

착각이었다. 청년은 몬스터가 아니었다. 그렇다고 인간족도 아니었다. 그는 언데드였다. 그것도 언데드 군단의 총사령관이라 일컬어지는 듀라한이었다.

아도르노를 덮친 청년의 정체는 이탄.

며칠 전 이탄은 라임 협곡 출구에서 백 진영의 대군을 홀로 막아서며 피사노교 교도들에게 후퇴할 시간을 벌어주었다.

이탄은 이 최후의 전투 이후로 행방이 묘연한 것으로 알려졌다. 피사노교의 일부 교도들은 혹시라도 이탄이 죽은 것은 아닌지 걱정했다.

이건 기우에 불과했다. 라임 협곡에서 무사히 빠져나온

뒤, 이탄은 아무도 모르게 추심 기사단에 섞여서 고요의 사원까지 동행했다.

엉뚱하게도 이탄은 흑과 백에 양다리를 걸치는 박쥐의 행태를 보여주었다.

전쟁 초반, 이탄은 흑 진영의 편에 서서 활약을 펼쳤다. 그래야 모레툼 교단의 추기경들과 피사노 감사를 저격하는 데 유리하기 때문이었다.

초반에 이탄이 흑의 편에 선 이유는 하나가 더 있었다.

이탄이 천공안으로 확인한 바에 따르면, 일단 전쟁 초반에는 흑 진영이 열세였다. 그래서 이탄은 흑과 백의 균형을 맞추기 위해서 피사노교를 도왔다. 양다리를 걸치고 있는 이탄의 입장에서는 이게 더 이득인 까닭이었다.

하지만 이제 바람의 방향이 바뀌었다. 이탄은 고요의 사원 전투부터는 흑이 아니라 백의 편에 서기로 마음먹었다.

'왜냐? 전쟁 후반은 피사노교가 더 유리해질 거거든.'

이탄은 미리 천공안으로 미래를 읽어두었다.

천공안이라는 사기적 권능은 신과 관련되지 않은 미래라면 얼마든지 또렷하게 보여주었다. 덕분에 이탄은 매 사건 사건마다 미래를 미리 읽고는 최선의 선택을 내리곤 했다.

이번 전투에서도 이탄은 천공안으로 미리 미래를 읽은 다음 자신에게 가장 유리한 방향으로 선택을 했다.

이탄이 천공안으로 읽은 미래에서 흑과 백의 전투는 두 곳으로 나뉘어 진행되었다.

첫째, 지상에서의 전투.

이 전투는 백 진영이 흑 진영보다 확실히 우세했다.

둘째, 구름 위에서의 전투.

사실 이 전투의 결과가 더 중요한데, 이 전투에서는 피사노교가 아슬아슬하게 승리를 거두는 것으로 예견되었다.

이탄이 천공안으로 확인한 바에 따르면, 아울 검탑의 최상위 검수들과 시시퍼 마탑의 최상위 마법사들은 치열한 접전 끝에 큰 낭패를 겪게 된다. 당연히 피사노교의 신인들도 대부분 치명타를 입는다.

다만 신인들 가운데 한 명은 끝까지 살아남는다는 것이 천공안의 결론이었다.

'문제는 그 생존자가 누구냐는 것이지.'

이탄은 당연히 와힛이 최후까지 남을 것이라고 예상했다.

아니었다.

천공안이 보여준 최후의 생존자는 여성이었다.

단, 그 여성의 외모가 천공안에 뚜렷하게 보이지 않았다. 뿐만 아니라 전투 결과도 상당히 모호했다.

이 이야기는, 다시 말해서 신적 존재가 구름 위의 전투에 개입한다는 뜻이었다.

'그래서 이상하다니까. 만약에 신적 존재가 끼어들었다면 천공안에 아무것도 보이지 않아야 하잖아? 그런데 어렴풋이는 미래가 읽힌다는 말이지. 그럼 뭐지? 신적 존재에는 못 미치는 반신급이 개입한다는 의미일까?'

아직은 알 수가 없었다. 이탄은 일단 상황을 좀 더 지켜보기로 마음먹었다.

그러던 어느 순간, 이탄이 눈을 번쩍 떴다. 그의 천공안에 새로운 장면이 잡혔다.

보라색 문어의 등장이다. 문어 녀석이 거칠게 날뛰면서 주변을 초토화시키는 장면이 이탄의 천공안에 포착되었다.

"오호라. 문어라면 혹시 그때 그놈 아닐까? 예전에 내가 그릇된 차원으로 넘어갈 즈음에 몬스터 다섯 놈이 언노운 월드로 들어왔잖아."

이탄은 손가락으로 턱을 조몰락거리며 과거를 회상했다.

이탄과 교차하여 언노운 월드로 넘어온 다섯 몬스터들 중에는 문어를 닮은 자도 있었다. 그자는 대머리 어부의 모습으로 변장하여 언노운 월드로 들어왔다.

한편 다섯 몬스터 중 코뿔소를 닮은 몬스터는 덩치가 큰 농부가 되었다.

털 뭉치 모양의 몬스터는 털이 부숭부숭 난 노인으로 변했다.

외눈박이 거인은 못생긴 노파로 모습을 바꾸었다.

머리가 셋 달린 표범형 수인족은 잿빛 머리카락의 중년인이 되었다.

이탄이 나중에 알게 된 사실인데, 이 다섯 몬스터들은 그릇된 차원 오대강족의 왕들이었다. 예를 들어서 문어형 몬스터는 뿔브 일족의 왕, 코뿔소형 몬스터는 리노 일족의 왕, 검은 털 뭉치 몬스터는 츄루바 일족의 왕, 외눈박이 거인은 씨클롭 일족의 왕, 마지막으로 삼두표범은 구아로 일족의 왕이었다.

Chapter 4

당시에 이들 5명의 왕이 고향을 떠나서 언노운 월드로 넘어온 이유는, 그릇된 차원에 발생한 괴변을 해결하기 위함이었다.

이탄이 그릇된 차원을 방문했을 무렵, 그곳에서는 음차원의 마나가 갑자기 사라지면서 많은 몬스터들이 고난을 겪게 되었다. 오대강족의 다섯 왕들은 바로 이 문제의 원인을 밝히기 위해서 차원을 넘는 선택을 하였다.

그때는 이탄도 이러한 속사정을 전혀 몰랐다. 이탄이 앞

뒤 정황을 파악하게 된 것은 리노 일족의 왕인 라쿱을 포로로 잡은 이후부터였다.

작년에 시시퍼 마탑은 흑 진영의 이그놀리 흑탑을 전격적으로 공격했다. 그때 이탄도 쎄슘 스승의 엄명에 따라 전투에 가담했다가 우연찮게 라쿱을 만났다. 그리곤 라쿱을 통해서 그릇된 차원의 이런저런 속사정을 파악했다.

"그런데 라쿱에 이어서 또 다른 놈이 고요의 사원에 웅크리고 있었단 말이지? 후후후. 마침 잘 되었다. 너도 일수 도장을 찍고 툼 군단에 가입하자."

고요의 사원에서 본격적인 전쟁이 시작될 무렵, 이탄은 천공안을 통해서 툼 군단의 노예가 될 희생양을 미리 점찍어 놓았다.

이탄이 속으로 군침을 삼키는 가운데 전쟁이 개시되었다.

고요의 사원은 이름값이라도 하려는 것처럼 고요하기 이를 데 없었다. 특히 사원 앞에 자리한 드넓은 호수는 파랑 한 번 일지 않는 극도의 고요함을 자랑했다.

바다처럼 넓은 이 호수야말로 외적으로부터 고요의 사원을 보호하는 천연의 장벽이었다.

한데 쿠샴의 결계마법 한 방에 천연 장벽이 사라졌다.

바다처럼 광활한 호수가 거짓말처럼 사라졌다. 대신 호

수가 있던 바로 그 자리에 백 진영의 대군이 떡하니 나타났다.

쿠샴이 발휘한 이적에 모두가 화들짝 놀랐다.

하지만 마냥 입만 벌리고 있을 수는 없었다. 호수를 사이에 두고 멀리서 눈싸움만 하던 흑과 백은 코앞에서 서로를 마주치게 되자 미친 듯이 싸움을 시작했다.

그 와중에 아울 1, 2, 3검이 까마득한 하늘로 날아올랐다. 시시퍼 마탑의 어스 탑주와 라웅고 부탑주, 쿠샴 부탑주도 그 뒤를 따랐다.

한편 흑 진영에서는 와힛과 쌀라싸, 사브아, 싸마니야가 움직였다.

이탄은 추심 기사들 사이에 몸을 숨긴 채 구름 위에서 벌어지는 절대자들의 전투에 신경을 기울였다.

하지만 또 실패.

이탄이 촉수처럼 뻗은 감각은 구름 위쪽을 두루뭉술하게만 훑을 뿐, 상세한 내용까지 파악하지는 못했다.

'역시 저 위에 위험한 자가 있구나. 신급은 아닐지 몰라도 거의 반신급의 존재가 개입했어.'

이탄은 이런 결론을 내렸다.

단, 그 반신급의 존재가 와힛은 아니었다.

'내가 만나본 와힛 님은 성마 하급의 강자였지. 하지만

반신이라고 할 정도는 아니야. 와힛 님이 아니라면 과연 누굴까? 저 구름 위에는 모드레우스 행성이 바로 맞닿아 있잖아. 혹시 모드레우스 군주가 전투에 개입했을까?'

의문을 해결하려면 방법은 하나였다. 이탄이 직접 구름 위로 뛰어 올라가서 두 눈으로 전투의 향방을 지켜봐야 했다.

'그런데 어째 그러면 안 될 것 같단 말이지.'

이탄은 마음이 내키지 않았다.

'어쩐지 내가 개입하면 일이 복잡하게 틀어질 것 같아. 지금은 그냥 흘러가는 대로 내버려두는 게 좋겠어.'

이탄도 이런 결정을 내리게 된 근거를 명확히 설명할 수는 없었다. 그저 이탄은 자신의 촉을 믿을 뿐이었다.

이탄이 방관자처럼 지켜보는 가운데 전투는 점점 더 치열해졌다. 지상에서는 백 진영이 확실한 승기를 잡았다.

고요의 사원과 야스퍼 전사탑이 치명적인 피해를 입었다. 피사노교가 받은 타격도 상당했다.

그때 갑자기 고요의 사원 부원주가 등장했다. 아도르노라는 이름의 부원주는 등장과 함께 반투명한 문어다리 여러 개를 사방으로 뻗었다.

징그러운 촉수에 휘말려 추심 기사들이 떼죽음을 당했다. 시시퍼 마탑의 마법사들도 여럿 상했다.

한데 아도르노는 백 진영만 공격하는 게 아니었다. 그는 고요의 사원 상공에 떠있는 피사노교의 마도전함을 묻어다리로 포획한 뒤, 그것을 백 진영 한복판에 내리꽂았다.

이 한 방으로 인하여 백 진영의 병력 수십만 명이 죽거나 중상을 당했다. 대신 피사노교는 고가의 전략병기인 마도전함을 잃었다.

그 후로도 아도르노는 마도전함 몇 기를 더 나포하여 백 진영을 공격하는 용도로 사용했다.

아도르노의 미친 짓에 흑과 백이 모두 분노했다.

그래도 아도르노는 눈 하나 깜짝하지 않았다.

하긴, 아도르노의 머릿속에는 '하찮은 인간족 따위'라는 생각이 뿌리 깊게 박혀 있었다. 설령 피사노교의 신인이나 백 진영 삼대 탑의 최고 수노부들이 나선다고 하더라도 아도르노는 코웃음만 칠뿐이었다.

한데 아도르노가 큰 실수를 저질렀다. 자신의 무력에 도취한 나머지 아도르노는 절대 해서는 안 될 짓을 벌이고야 말았다.

시시퍼 마탑의 도제생인 헤스티아 영애.

시시퍼 마탑의 마법사 씨에나.

다른 사람들은 몰라도 이 2명의 여인들은 절대 다쳐서는 안 되었다. 이 둘이 다치느니 차라리 쎄숨 지파장이 죽는

편이 더 나았다. 아도르노의 입장에서는 말이다.

아도르노가 집어던진 마도전함이 폭발하면서 헤스티아 영애가 피투성이가 되었다. 씨에나도 크게 다쳤다.

"이런 썅!"

그 순간 이탄이 은둔을 깨고 뛰쳐나왔다.

이탄은 등장과 동시에 천둔의 가호를 일으켜서 아도르노에게 원투 공격을 날렸다. 이탄의 몸에서는 말도 못 하는 양의 신성력이 폭발했다.

Chapter 5

레오니가 이탄을 알아보았다.

"설마 이탄 신관님?"

레오니를 호위 중이던 애꾸눈 하비에르도 이탄을 확인했다.

"허어. 별동대장 이탄이 이번 전투에 참전했었던가요? 혹시 추기경님께서 그를 동원하신 겁니까?"

하비에르가 레오니에게 물었다.

레오니는 고개를 설레설레 저었다.

"아니. 나는 그런 적이 없어요. 이탄 신관님께서 자발적으로 몰래 참전하신 거라면 모르겠지만요."

이탄은 추심 기사단에도 한 발 걸쳤지만, 엄밀히 말해서 은화 반 닢 기사단 소속 성기사였다. 그리고 은화 반 닢 기사단은 레오니의 라인이 아니었다.

그러니까 레오니 추기경이 교황으로 선출되기 전까지는 이탄에게 직접적으로 이래라 저래라 명을 내릴 수가 없었다.

'설마 이탄 신관님께서 내가 걱정되어서 말도 없이 참전하신 건가? 피잇. 귀띔이라도 해주지.'

무슨 이유에서인지 레오니는 두 손으로 자신의 뺨을 감쌌다. 그녀의 뺨이 발그레 달아올랐다.

하비에르는 그런 레오니를 빤히 바라보았다.

'혹시 추기경님께서 별동대장을 마음에 두고 계신가? 뭐, 이탄 정도라면 괜찮은 사내지.'

하비에르는 남몰래 고개를 주억거렸다.

어쨌거나 하비에르도 이탄의 등장을 반기는 입장이었다. 아울 검탑이나 시시퍼 마탑에 비해서 모레툼 교단은 무력이 뒤떨어졌다.

물론 병력은 모레툼 교단이 가장 많았다. 전쟁에서 피도 가장 많이 흘렸다.

그런데도 모레툼 교단이 제대로 대접을 받지 못하는 이

유는 하나였다. 초월적 무력을 가진 절대자가 없기 때문.

한데 이탄이 제대로 힘을 쓴다면 판도가 달라졌다. 레오니 추기경이나 하비에르는 이탄이 얼마나 강한지를 누구보다도 잘 알았다.

지난번 레오니가 추심 기사단을 이끌고 모레툼 교황청을 정복할 당시였다. 이탄은 모레툼의 현신이나 다름없는 이적을 보여주면서 비크 교황파를 완전히 무릎 꿇렸다.

'이번에도 또 한 번 모레툼 님께서 현신하신다면?'

하비에르는 기대에 찬 얼굴로 이탄을 지켜보았다.

기대를 잔뜩 품은 것은 레오니도 마찬가지였다.

'혹시 모레툼 님께서 또 나타나실까? 이탄 신관님의 몸을 통해서?'

레오니는 두 손을 가슴께에 꼭 모았다.

레오니가 지켜보는 가운데 이탄은 천둔의 가호를 연달아 펼치면서 아도르노를 몰아쳤다.

꽝! 꽝! 꽈앙!

세상이 무너질 듯한 폭음과 함께 아도르노가 뒤로 쭉쭉 밀렸다. 강력한 폭발에 가려서 잘 보이지는 않았으나 아도르노의 얼굴은 흉악하게 일그러졌다. 그의 입은 귀까지 찢어지고 입 안에는 뾰족한 이빨이 수천 개나 돋아났다.

아도르노의 몸 뒤에는 거대한 문어의 형상이 떠올랐다.

꿈틀거리는 문어다리는 수를 헤아릴 수 없이 많았다.

이게 바로 아도르노의 본 모습이다.

그의 진정한 정체는 뿔브 일족의 왕.

그릇된 차원 오대강족 중 한 곳의 왕이 바로 아도르노였다.

아도르노가 무력을 최대한으로 발휘한다면 부정 차원의 진마 최상급이나 성마 최하급과도 한 번 견줘볼 만했다.

물론 성마 최하급에게는 얼마 버티지 못하고 밀릴 테지만 말이다.

아노르노가 진짜 몸을 원래 크기대로 드러낸다면 대륙 남부를 다 뒤덮고도 남았다.

실제로 아도르노는 진체를 드러내어 저 건방진 몬스터 녀석—사실은 몬스터가 아니라 언데드지만—을 단숨에 으깨버릴 요량이었다.

눈을 뜨기 힘든 대폭발 속에서 아도르노는 인간의 모습을 버리고는 자신의 본래 모습으로 돌아가는 중이었다.

그러면서 아도르노는 으르렁거리듯 상대에게 경고했다.

[어리석은 자여, 감히 이 몸에게 덤벼든 것을 후회하고 또 후회하게 만들어주마.]

아도르노는 상대가 자신의 진체를 목격하고는 깜짝 놀라 두려움에 떨 것이라고 예상했다. 상대가 그릇된 차원 출신이라면 위대한 쁠브 족의 모습을 알아보지 못할 리 없었다.

한데 웬걸?

아도르노의 기대는 허무하게 무너졌다. 아도르노를 올려다보는 몬스터(?) 청년의 눈에는 단 한 점의 두려움도 없었다. 놀란 기색도 전혀 보이지 않았다. 위대한 쁠브 족을 향한 존경심은 더더욱 찾아볼 수 없었다.

존경은커녕 저 시건방진 청년은 아도르노를 향해서 군침을 삼켰다.

청년이 그릇된 차원의 언어로 물었다.

[라시움이라고 알지?]

아도르노는 거대한 촉수로 상대를 짓이겨버리려다 말고 흠칫했다.

[엉? 라시움 대신관 말인가? 그와 무슨 사이지?]

라시움은 아도르노의 신하 중 한 명으로, 쁠브 족의 대신관이었다.

상대가 라시움을 거론하자 아도르노의 뇌리에는 순간적으로 '저 건방진 놈이 라시움의 이름을 팔아서 내게 용서를 빌려고 하나? 허! 어림도 없는 수작이지.' 라는 오만한 생각이 깃들었다.

그 생각이 깨지기까지는 그리 오랜 시간이 걸리지 않았다.

꽝!

어느새 날아온 상대의 주먹이 아도르노의 면전을 강타했다. 천둔의 가호가 폭발하면서 주변이 다 날아갔다.

고요의 사원 건물들이 추가로 붕괴했다. 피사노교의 마도전함들은 폭발의 여파를 피해서 까마득한 상공까지 상승했다.

아도르노가 부르르 머리를 털었다.

[이런 비겁한 녀석, 말을 시켜놓고 갑자기 선방을 날려? 뿌웩? 뿌웩?]

아도르노는 상대를 욕하다 말고 두 번 연달아 비명을 질렀다. 상대가 날린 2연발 천둔의 가호에 얼굴을 연타 당해서였다.

한 방 얻어맞을 때마다 아도르노의 머리가 90도 각도로 젖혀졌다. 아도르노의 몸은 그때마다 100여 미터씩 뒤로 쭉쭉 밀렸다.

청년은 그렇게 샌드백 두들기듯 아도르노를 정신없이 몰아쳤다.

얼마 지나지 않아 아도르노는 고요의 사원 뒤쪽 산을 넘어 수 킬로미터 밖까지 물러설 수밖에 없었다.

산이 허물어지면서 발생한 흙먼지가 주변을 뒤덮었다. 암막커튼처럼 두꺼운 먼지 때문에 밖에서는 안이 보이지 않았다.

[뿌웨에에엑.]

분노가 폭발한 아도르노가 드디어 방어를 포기했다. 그는 천둔의 가호에 얻어맞는 것을 두려워하지 않고 촉수를 마구 휘저었다.

청년도 공격 방법을 바꿨다. 청년은 더 이상 천둔의 가호를 사용하지 않았다. 대신 청년의 양손에서 피처럼 붉은 노을빛이 강하게 터져 나왔다.

청년이 공격 방법을 바꾼 이유는 아도르노의 태도 변화 때문이 아니었다. 청년은 고요의 사원에서 충분히 멀어져 지켜보는 눈이 사라지자 본색을 드러냈다.

청년의 손끝에서 일어난 붉은 노을은 적양갑주의 권능을 의미했다.

세상에서 적양갑주를 사용할 수 있는 권능자는 단 한 명뿐. 오직 이탄만이 적양갑주의 오롯한 주인이었다.

Chapter 6

이탄이 일으킨 적양갑주가 아도르노를 옭아맸다.

뻐엉! 뻥! 뻥!

아도르노가 휘두른 촉수는 붉은 노을에 부딪치자마자 강하게 폭발했다. 붉은 노을은 눈 깜짝할 사이에 아도르노의 거대한 몸을 둘러싸더니 사방에서 강하게 조였다.

뿌드득.

붉은 노을 안에서 끔찍한 소리가 울렸다.

[뿌웨엑? 뿌웩?]

아도르노가 깜짝 놀라서 비명을 질렀다.

뿌득, 뿌득, 뿌드드득.

끔찍한 소리가 쉴 새 없이 터졌다. 붉은 노을이 푹푹 축소될 때마다 아도르노의 몸은 점점 더 강하게 찌부러졌다.

이건 마치 튼튼한 압력용기 안에 살아 있는 문어를 집어넣고는 사방에서 용기를 꽉 눌러서 쥐어짜는 것 같았다. 혹은 거대한 압착기에 들깨를 들이붓고 기름을 쥐어짜는 것 같기도 하였다.

아도르노가 아무리 발버둥 쳐도 붉은 노을로부터 벗어날 수 없었다.

아도르노는 만자비문의 깨달음을 동원해 보았다. 무슨 이유인지 붉은 노을은 만자비문이 통하지 않았다.

[제기랄, 뿌워억.]

아도르노는 자포자기하는 심정으로 촉수의 3분의 1을 폭발시켰다. 자폭 공격으로 틈을 만든 뒤 탈출하려는 의도였다.

이 시도 또한 무의미하게 막혔다. 아도르노는 괜히 촉수만 잃었을 뿐, 그가 무슨 수를 써도 붉은 노을은 꿈쩍도 안했다.

마침내 아도르노가 지쳤다.

[커헉, 헉, 헉. 허헉.]

아도르노는 체력적으로만 지친 게 아니라 정신적으로도 절망했다.

하얗게 질린 아도르노의 뇌에 이탄의 독백이 들렸다.

[이걸 그냥 이대로 착즙을 해버릴까? 쁠브 일족의 눈물이 꽤나 쓸모가 많으니까 착즙을 하는 게 이익일 것 아냐.]

[착즙!]

착즙이라는 단어가 주는 끔찍함이 아도르노의 사고를 정지시켰다. 이런 끔찍한 용어가 세상에 존재한다는 사실을 아도르노는 새삼스레 깨달았다.

[뿌웹? 착즙이라니, 그게 무슨 되먹지 못한 망발이냐? 안 돼. 그러지 마.]

아도르노가 악을 썼다. 그 와중에도 붉은 노을은 점점 더 강한 압박을 가했다.

[말이 짧군.]

이탄이 퉁명스레 뇌까렸다. 이탄이 손가락을 튕기자 붉

은 노을은 더욱 속도를 내서 아도르노를 압착했다.

아도르노의 온몸에서 뿌드득 소리가 정신없이 들렸다. 아도르노는 거대한 분쇄기에 온몸이 빨려 들어가는 공포를 느꼈다.

[뿌억, 아니다. 내가 말실수를 했다. 제발 그만둬. 제발 그만하라고, 이 새끼야. 그만, 그만. 크흐흐흑. 제발 그만해 주세요. 크흐흐흑.]

마침내 아도르노가 무너졌다. 아도르노는 진짜 착즙이 시작도 되지 않았는데 벌써 눈물부터 흘렸다.

'벌써 항복한다고? 이건 너무 쉽잖아?'

이탄이 고개를 갸웃했다.

하지만 아도르노의 빠른 항복은 이미 정해진 바였다. 그릇된 차원 오대강족의 왕들 중에 가장 오만한 이가 뽈브의 왕이었으나, 한 꺼풀 속을 까보면 가장 겁이 많은 자도 바로 아도르노였다.

항복을 했는데도 이탄이 반응이 없자 아도르노는 미칠 것 같았다. 아도르노는 이대로 생을 마감하고 싶지 않았다.

설령 죽을 때 죽더라도 착즙을 당해서 죽고 싶지는 않았다. 아도르노는 붉은 노을 속에서 싹싹 빌었다.

[뿌웨에엥. 그만. 제발 그만해 주세요. 크흐흐흑.]

지성이면 감천이라고 했던가. 붉은 노을이 압박을 멈췄

다. 겨우 한숨을 돌린 아도르노의 뇌리에 이탄의 뇌파가 울렸다.

[살고 싶으냐?]

아도르노는 울먹이는 눈으로 열심히 고개를 위아래로 끄덕였다.

이탄이 조건을 붙였다.

[살고 싶으면 나머지 세 놈의 위치를 밝혀라.]

[나머지 세 놈? 그게 무슨 말씀이신지……요?]

아도르노가 조심스럽게 반문했다.

이탄은 턱을 살짝 치켜들었다.

[감히 내 앞에서 리노 일족의 왕이라며 거들먹거리던 놈이 있었지. 라쿱이라고 했던가? 여하튼 그 녀석은 이미 내게 붙잡혀 뿔을 뽑혔다. 그리고 네가 두 번째지. 하면 나머지 세 놈은 지금 어디 숨어 있지? 구아로, 씨클롭, 츄루바의 왕이라는 자들 말이다.]

[헉! 허억?]

아도르노는 두 번 연달아 헛바람을 집어삼켰다.

아도르노의 첫 번째 헛바람은 정체불명의 저 무시무시한 괴물이 오대강족의 왕들을 꿰뚫어 보고 있다는 점에 놀라서 삼킨 것이었다.

이어서 두 번째는 상대가 라쿱의 뿔을 잡아 뽑았다는 말에 놀라서 삼킨 헛바람이었다.

이탄이 섬뜩하게 중얼거렸다.

[뭘 그렇게 놀라고 그래? 나는 원래 여러 종류의 희귀 재료들을 모으는 취미가 있다. 라쿱의 뿔과 네 눈물을 채취하고 나면, 그 다음엔 다른 종족의 재료들도 캐내야지. 나는 구아로 왕의 이빨과 발톱을 뽑고, 씨클롭 왕의 외눈을 적출할 것이며, 츄루바 왕의 털을 싹 다 깎아버릴 생각이니라.]

[으헙, 허허헙.]

이탄의 과격한 폭언에 아도르노는 머리가 멍했다.

'우리의 이빨과 발톱을 뽑고, 눈알을 적출하고 털을 갈취한다고? 으으으윽.'

쁠브의 왕답지 않게 아도르노는 아무런 사고도 하지 못했다.

Chapter 7

그날, 아도르노는 이탄에게 멱살이 잡혀서 멀리 끌려갔다가 난생 처음 듣는 단체에 가입하게 되었다.

툼 군단이라나 뭐라나?

아도르노는 툼 군단이 뭔지도 몰랐다. 거기에 가입하면

무슨 일이 벌어질 것인지도 알지 못했다.

하지만 가입을 거부할 수는 없었다. 분위기가 그러했다.

아도르노가 바닥에 엎드려 있고, 이탄은 그 앞에 다리를 적당히 벌리고 쪼그려 앉았다. 이탄이 아도르노의 뇌에다 대고 속삭였다.

[네가 땅바닥에 비참하게 쓰러져 죽음을 코앞에 두었을 때 자비로우신 툼 님께 은화 한 닢을 너에게 내려주셨음이니, 너는 그분이 주신 은화를 손에 쥐고는 다시 벌떡 일어날 것이니라. 툼!]

이탄은 부정 차원에서 툼 군단을 창설한 이후로 모레툼 대신 툼이라는 신의 이름을 사용했다.

대신 교리는 모레툼 교단의 것을 그대로 가져다 썼다. 편의를 위해서였다.

[툼!]

이탄이 선창하면 아도르노가 뇌파로 복창했다. 이탄이 왼쪽 주먹을 오른손으로 덮으면 아도르노도 그 동작을 똑같이 따라 했다.

이탄이 말을 이었다.

[너는 신의 은혜를 받아 재기에 성공한 거다. 그러니 당연히 툼 님께 감사의 마음을 드러내고 싶겠지? 그 방법이 바로 툼 님의 신도가 되어 툼 군단에 가입하는 거다. 툼!]

[툼!]

[자, 이제 너는 툼 님의 신도가 되었도다.]

'아니, 이렇게 빨리?'

아도르노가 얼떨떨해하는 사이, 이탄이 툼 군단에서 가장 중요한 점을 짚어주었다.

[명심해라. 너는 신도가 되었으니 하루에 한 번씩 툼 님의 은혜를 갚아야 하는 거야. 이게 우리 툼 군단의 핵심이다. 툼!]

[툼!]

아도르노는 '그딴 은혜는 필요 없다.'고 외치고 싶었으나 그건 불가능했다. 아도르노가 죽지 않으려면 이탄이 시키는 대로 고분고분 따를 수밖에 없었다.

실제로 아도르노의 코앞에서는 붉은 노을이 위협적으로 일렁거렸다. 저 노을을 뒤집어쓰는 즉시, 아도르노는 기름을 짜는 것처럼 온몸의 체액을 착즙당할 것이 뻔했다.

'크우우.'

아도르노는 불안한 눈빛으로 붉은 노을을 곁눈질했다.

그러니까 지금 아도르노가 고분고분한 이탄의 말을 따르는 것은 툼의 은혜에 감명을 받아서가 아니라 협박 탓이었다. 심지어 아도르노는 분위기에 휩쓸려 있지도 않은 신앙 고백까지 해야만 했다.

[우오오. 자비로우신 툼 님이시여. 인생, 아니 몬스터생을 막 살던 제가 툼 님의 은혜를 받아 새 삶을 살게 되었으니 이 얼마나 복된 일이겠습니까. 앞으로 저는 툼 님의 은혜를 뼈에 새기며 하루하루를 살아가겠습니다.]

아도르노는 경건하게 신앙고백을 하였지만, 막상 그의 표정은 도살장에 끌려가는 소를 닮았다.

썩어 문드러지는 아도르노의 속을 아는지 모르는지 이탄은 흐뭇하게 엄지를 치켜세웠다.

[좋구나, 좋아. 이처럼 신심이 깊은 신도가 생겼으니 툼 님께서 진심으로 기뻐하실 것이로다. 자, 이제 이 일수장부에 지장을 찍자구나.]

이탄은 아공간에서 가죽으로 만든 일수장부를 꺼냈다.

[이게 뭡니까?]

아도르노는 벌렁거리는 심장을 억누르며 물었다.

사실 아도르노는 일수장부라는 단어를 오늘 처음 들었다. 한데 어째 그 단어가 착즙이라는 단어만큼이나 무섭게 느껴졌다.

이탄이 손을 휘휘 저어 상대를 달랬다.

[어어, 뭐 별거 아니니까 그렇게 긴장하지 마. 이건 그냥 네가 툼 님의 은혜를 매일같이 꼬박꼬박 잘 갚겠다는 다짐 같은 거야. 그러니까 걱정 말고 거기 첫 장에 네 이름을 쓰

고 지장을 찍어.]

[지장이요? 그건 또 뭡니까? 뿌왁!]

아도르노는 재차 질문을 하다 말고 괴성을 질렀다. 이탄의 주먹이 벼락보다 더 빠르게 그의 안면을 강타해서였다.

어느새 인간의 모습으로 돌아온 아도르노의 코에서 피가 후두둑 떨어졌다.

이탄은 아도르노의 엄지에 그 피를 묻혀서 장부에 꾹 눌러 찍었다. 그리곤 아도르노의 반들반들한 대머리를 손으로 쓱쓱 쓰다듬어 주었다.

[지장이 뭔지 물었지? 손가락으로 찍는 도장이 바로 지장이야.]

나긋나긋하게 설명을 해주는 이탄의 말투는 꽤나 친절했다.

아도르노는 그게 오히려 더 무서웠다.

잠시 후.

[뭐? 원래 지장을 찍을 때 피를 사용하느냐고?]

이탄은 고개를 살짝 갸웃하다가 답을 이었다.

[아니, 뭐 꼭 피를 사용할 필요는 없지. 하지만 그래도 피를 묻혀서 찍으면 뭔가 각오 같은 게 느껴지잖아? 그래서 코피를 터뜨려 준 거야. 별거 아니니까 신경 쓰지 마.]

참으로 어이없는 답변이 아닐 수 없었다.

'하아, 썅.'

아도르노의 코에서 뜨거운 김이 뿜어졌다. 아도르노는 울긋불긋해진 얼굴을 푹 숙여서 속마음을 감추고는 고분고분 대답했다.

[상세히 알려주셔서 감사합니다.]

그 순간 아도르노의 눈앞에서 별이 번쩍 터졌다.

[뿌웩!]

아도르노의 왼쪽 눈 주위가 밤탱이로 변했다.

[아니 또 왜?]

아도르노가 얻어맞은 영문을 몰라 반문하려 할 때였다. 이탄은 아공간에서 꺼낸 조그만 병을 상대의 눈 밑에 들이밀었다.

[머리 흔들지 마. 뿔브 왕의 눈물은 귀하잖아. 이 귀한 걸 흘리기라도 하면 어떻게 해? 그럼 네가 한 대 더 얻어맞아야 하잖니.]

[아아, 넵.]

아도르노는 그제야 이탄의 의도를 이해하고는 꼼짝도 안 하려고 노력했다. 저 악마 같은 자에게 한 대 더 얻어맞는다는 생각만 해도 아도르노는 소름이 끼쳤다.

이탄은 뿔브의 눈물을 크리스털 병에 잘 담은 뒤, 일수장부의 첫 번째 칸에 싸인을 쓱싹 했다.

[자.]

이탄이 장부와 병을 아도르노에게 내밀었다.

[이걸 왜 제게 주십니까?]

[오늘은 내가 시범을 보여준 거고, 내일부터는 네가 직접 눈물을 받아라.]

[제가 직접 말입니까?]

[그래. 하루에 한 번씩 크리스털 병에 눈물을 모으면 돼. 그런 다음 병이 꽉 차면 내게 가져와. 그럼 내가 눈물의 양에 맞춰서 일수장부의 칸에 싸인을 해줄 거다. 내 말 무슨 뜻인지 이해했지?]

[하루에 한 방울씩만 제 눈물을 모으면 됩니까? 이해했습니다.]

아도르노는 군기가 바짝 들어 대답했다.

Chapter 8

이탄이 추가로 엄포를 던져놓았다.

[네가 명심할 일이 있다.]

[무엇입니까? 말씀하십시오.]

[장부 앞쪽에 친절히 적어놓았다시피, 정해진 날짜 안에 그 병을 눈물로 채우지 못하면 이자가 붙을 거다.]

[이자…… 말씀이십니까?]

아도르노의 표정이 갑자기 떨떠름해졌다.

[그래. 복리로 불어나는 이자를 네가 감당하지 못하면 어떻게 되겠니? 나는 결국 네 몸뚱어리를 쥐어짜서라도 밀린 이자를 받아내야겠지?]

[헙!]

아도르노의 동공이 파르르 흔들렸다.

이탄은 딱 그 타이밍을 맞춰서 아도르노의 긴장을 풀어주었다.

[그러니까 불미스러운 사태가 발생하지 않도록 미리미리 할 일을 잘하자. 고지식한 라쿱과 달리 너라면 잘할 수 있을 거야.]

이탄이 아도르노의 어깨를 툭툭 두드렸다.

상대를 어르고 달래는 이탄의 기술은 이제 원숙하다 못해 입이 쩍 벌어질 정도였다. 그 결과 아도르노는 지금 자신이 무슨 공작을 당한 지도 모르고 홀랑 넘어왔다.

[넵. 명심하겠습니다.]

아도르노가 씩씩하게 대답했다.

그 싹싹한 태도에도 불구하고 이 날 아도르노는 이턴에

게 한번 더 눈물을 뽑아서 바쳐야 했다. 이탄이 요구한 나머지 두 왕의 위치를 모른다는 것이 아도르노의 죄목이었다.

이탄이 아도르노를 끌고 전장을 이탈한 이후에도 흑과 백 사이의 전쟁은 계속되었다.

레오니 추기경이 벌떡 일어나 목에 핏대를 세웠다.

"더 데이 별동대장의 활약을 헛되이 만들어서는 안 된다. 별동대장이 목숨을 걸고 흉악한 악마와 맞서 싸울 동안 우리는 우리의 역할을 다해야 할 것이다. 추심 기사단이여, 목숨을 사리지 말고 돌격하라."

레오니는 이탄의 신분을 추심 기사단의 별동대장으로 포장했다. 다분히 의도적인 행동이었다.

비록 의도는 숨어 있었으나 레오니의 주장이 아주 거짓말은 아니었다. 이탄은 트루게이스의 신관이자 은화 반 닢 기사단의 49호 요원인 동시에 추심 기사단 소속이기도 했다.

레오니의 웅변이 효과를 발휘했다.

"우와아아아아."

추심 기사들은 용기백배하여 적진으로 돌격했다. 그들의 마음속에는 '지난번 교황청을 점령할 때와 마찬가지로 이번에도 모레툼 님께서 우리와 함께하신다.' 라는 자부심이 뜨겁게 들끓었다.

아도르노의 무력에 기가 질렸던 시시퍼 마탑의 마법사들도 다시금 마음을 가다듬은 뒤, 마법을 캐스팅했다.

이탄의 화려한 등장이 백 진영 전체에 호재로 작용한 셈이었다.

반면 고요의 사원 수도승들은 다시 우왕좌왕했다. 원주인 슐라이어가 죽은 데다 부원주인 아도르노마저 전장에서 이탈하였으니 수도승들을 통솔할 사람이 없었다.

수도승들의 전의가 꺾이자 모든 부담은 피사노교에 집중되었다. 캄사의 혈족인 힐다가 악을 썼다.

"안 돼. 여기서 더 밀리면 안 된다고."

캄사의 또 다른 혈족인 카두도 팔을 걷어붙이고 교도들을 독려했다.

"검은 드래곤의 후예들이여, 스크럼을 짜고 백 진영 놈들의 진격을 막아라. 조금만 버티면 위대하신 신인들께서 다시 나타나실 거다."

그 밖에도 수많은 사도들이 최선을 다했다.

하지만 한번 밀리기 시작한 전세를 되돌리기란 쉽지 않았다. 피사노교가 자랑하는 마도전함도 시시퍼 마탑 마법사들의 집중 포격을 받아 하나둘 추락했다. 흑 진영은 점점 위태로워졌다.

바로 그때였다.

후두둑 소리와 함께 하늘에서 갑자기 불비가 쏟아졌다.

유황을 잔뜩 머금은 불비는 백 진영의 머리 위를 집중적으로 강타했다. 그것도 수 킬로미터에 걸쳐서 떨어졌다.

백 진영 여기저기서 고통에 찬 비명이 들렸다. 몸에 불이 붙은 자들이 땅바닥에 나뒹굴었다.

뒤이어 퍼진 매캐한 유황 연기에 사람들이 질식했다. 유황 불비 한 방에 백 진영은 큰 피해를 입었다.

"오오오, 싸마니야 님이시다."

"싸마니야 님께서 다시 나타나신 것을 보니 하늘 위의 전투에서 아군이 이겼나 봐."

"다행이로다. 정말 다행이야. 으흐흑."

피사노교의 사도들이 울면서 기뻐했다.

반대로 백 진영 사람들은 싸마니야라는 이름에 겁을 집어먹고 얼굴이 해쓱해졌다.

"설마 리헤스텐 님께서 패하셨단 말인가?"

"말도 안 돼. 방케르 님도 함께 계셨는데?"

아울 검탑의 검수들은 해머로 뒤통수를 맞은 기분이었다. 그들은 리헤스텐이나 방케르가 패할 것이라고는 꿈에도 생각하지 못했다.

충격을 받은 이는 아울 검수들만이 아니었다. 시시퍼 마탑의 지파장들도 가슴이 덜컥 내려앉았다.

"설마 어스 탑주님께서 잘못되신 것은 아니겠지?"

"라웅고 부탑주님과 쿠샴 부탑주님은 어찌 되신 게야?"

백 진영이 동요하는 가운데 이번에는 또 다른 흑주술이 발휘되었다. 전쟁 통에 마구 짓밟히던 풀들이 녹마병이 되어서 우르르 일어난 것이다. 녹마사와 녹마장도 다수 등장하여 백 진영을 몰아쳤다.

"와아아, 쌀라싸 님이시다. 쌀라싸 님께서도 돌아오셨어."

피사노교의 교도들이 환호했다.

백 진영 사람들은 더욱 큰 충격을 받았다. 마왕 싸마니야에 이어서 검녹의 마군 쌀라싸까지 전투에 개입한다는 것은 구름 위의 전투가 흑의 승리로 귀결되었다는 점을 의미했다.

물론 실상은 조금 달랐다.

싸마니야가 구름 속에서 유황 불비를 내리고, 쌀라싸가 녹마병 군단을 뭉텅이로 일으켜 세운 것은 사실이었다.

다만 싸마니야와 쌀라싸는 더 이상 피사노교의 신인이라고 부를 수 없었다. 그들은 이쓰낸의 명령만 듣는 꼭두각시 언데드가 되었다.

어쨌거나 두 신인의 개입으로 인하여 전황이 다시 한번 돌변했다.

원래 지상에서의 전투는 백 진영이 유리했었다. 갑자기 아도르노 부원주가 툭 튀어나오면서 전세를 뒤집기 전까지만 해도 말이다.

그러자 기다렸다는 듯이 이탄이 뛰쳐나왔다. 이탄은 신성한 광휘를 몸에 두르고는 천둔의 가호로 아도르노를 몰아붙였다.

그렇게 두 강자는 툭탁거리면서 전쟁을 이탈했다.

제8화

이쓰낸의 의심을 받다

Chapter 1

이탄의 맹활약 덕분에 백 진영의 사기가 크게 올랐다. 백 진영은 다시 한번 전세를 역전하여 흑 세력을 거칠게 몰아붙였다.

피사노교의 사도들이 고군분투하였으나 해일처럼 밀려드는 백 진영을 막기에는 역부족이었다.

바로 그때 또다시 역전이 일어났다. 싸마니야와 쌀라싸의 주특기가 발휘되면서 백 진영은 큰 피해를 입었다.

물리적인 피해도 피해지만, 그보다 사기가 꺾인 게 더 큰 문제였다.

'절대자들끼리 전투에서 아군이 패했다면 승산이 없잖

아?'

'우리가 아무리 숫자가 많다고 하더라도 검녹의 마군을 어떻게 이겨? 저 악마는 손짓 한 명에 수만 대군을 계속 만들어낼 수 있는 괴물이라고.'

'싸마니야는 또 어떻고? 저 마왕이 용암의 악어나 유황의 거인을 소환하면 천만 대군도 한순간에 불타 죽는다고.'

강한 패배 의식이 백 진영 모든 사람들의 뇌리에 깃들었다. 아울 검탑의 상위권 검수들도, 시시퍼 마탑의 지파장들도 겁이 나기는 마찬가지였다.

애꾸눈 하비에르가 재빨리 레오니를 잡아끌었다.

"추기경님, 아무래도 상황이 여의치 않습니다. 여기서 추심 기사단이 궤멸을 당하면 추기경님의 미래도 위태로워집니다. 추심 기사단에 후퇴 명령을 내려주십시오. 병력을 보존하셔야 합니다."

"그래도……."

레오니가 망설였다.

하비에르는 단호하게 레오니를 설득했다.

"추기경님께서는 아직 교황에 선출되기 전입니다. 추심 기사단을 잃은 상태에서 비크 놈이 교황청에 복귀한다고 상상해 보십시오. 그놈은 아직 은화 반 닢 기사단을 손에 쥐고 있을지도 모릅니다."

"비크의 복귀?"

레오니는 정신이 번쩍 들었다. 비크의 복귀라니, 상상만해도 소름이 돋았다.

하비에르가 빠르게 말을 이었다.

"비크만이 문제가 아닙니다. 도미니코 추기경도 아직 해결을 못 한 상태입니다."

"끄으음. 도미니코도 있었지."

레오니는 한 번 더 얼굴을 구겼다.

사실 이건 괜한 걱정이었다. 비크와 도미니코는 이미 이탄에 의해서 피사노교의 감옥으로 보내진 상태였다.

또한 비크의 무력 기반이었던 은화 반 닢 기사단은 지금 이탄이 독차지했다.

도미니코가 부리던 수호 기사단은 솔노크 시 인근의 강변에서 피사노교의 공격을 받아 거의 전멸을 당했다.

그러니 레오니는 비크나 도미니코가 다시 재기하여 권력을 잡을까 우려할 필요가 없었다.

하지만 레오니가 어찌 이런 사실을 알겠는가. 비크, 도미니크, 이런 이름들이 거론되는 것만으로도 그녀의 마음은 갈대처럼 흔들렸다.

하비에르가 레오니를 재촉했다.

"추기경님, 어서 결심을 하십시오. 구름 위의 전투가 피사노교의 승리로 끝났다면 지상에서의 전투는 아무런 의미가 없습니다. 추기경님께서 미래를 도모하시려면 지금이라도 추심 기사단을 보존하셔야 합니다."

"끄으응. 알았어요."

결국 레오니는 하비에르의 뜻을 따르기로 했다.

전쟁터에 긴 나팔 소리가 울렸다.

"어엉? 이 소리는!"

나팔 소리를 듣자 추심 기사들이 동요했다.

처음에 눈을 동그랗게 뜨던 추심 기사들은 한 번 더 나팔소리가 울리자 빠르게 후퇴하기 시작했다.

지금 백 진영에서 가장 중요한 전력은 당연히 아울 검탑과 시시퍼 마탑이었다.

하지만 병력의 대다수를 구성하는 곳은 어디까지나 모레툼 교단이었다. 한데 모레툼 교단이 기사단을 뒤로 물리자 백 진영 전체가 패닉 상태에 빠졌다.

"안 돼. 이런 병신 같은 겁쟁이들."

쎄숨 지파장이 배신감에 지팡이를 부르르 떨었다. 쎄숨은 추심 기사단의 후퇴에 가슴이 터질 것만 같았다.

화가 나서 어쩔 줄 모르는 쎄숨과 달리 마탑의 다른 지파장들은 심각하게 퇴각을 고민했다.

이건 합리적인 판단이었다.

추심 기사나 아울 검수들이 앞에서 몸빵을 해주고, 그 사이에 마법사들이 후방에서 마법을 난사하는 것이 가장 효율적인 전투 형태였다.

그런데 추심 기사단이 전쟁에서 빠져버리면?

"허어, 근접전에 약한 마법사들만 남아서 적진에 고립되면 큰일이 아닌가."

아시프 학장은 생각만 해도 아찔한 듯 머리를 가로저었다.

몇몇 지파장들이 아시프의 주변으로 모여서 진퇴를 의논했다. 이윽고 아시프는 마탑의 모든 마법사와 도제생들에게 명을 내렸다.

"다들 후퇴한다. 최소한 라임 협곡까지는 물러나야 할게야."

다행히 시시퍼 마탑의 마법사들은 오합지졸이 아니었다. 그들은 빠르게 밀려드는 녹마병들을 마법으로 쳐내면서 질서정연하게 퇴각했다.

모레툼 교단에 이어서 시시퍼 마탑마저 물러나자 아울 검탑의 검수들도 슬금슬금 발을 뺐다.

"이런 빌어먹을. 다들 왜 이래?"

흑을 원수처럼 미워하는 쎄숨은 아군의 후퇴 결정에 속

이 부글부글 끓었다. 생각 같아서는 이 자리에서 피사노교의 악마들과 끝까지 싸우다 죽고 싶은 것이 쎄숨의 솔직한 심정이었다.

하지만 그건 개죽음일 뿐, 쎄숨 혼자서 피사노교를 감당할 수는 없었다. 결국 쎄숨도 어깨를 축 늘어뜨리고 후퇴 대열에 합류했다.

Chapter 2

서로를 죽일 듯이 전면전을 벌였던 흑과 백이 또 다시 숨고르기에 들어갔다.

전쟁 초반에는 백 진영이 우세해 보였다. 아울 검탑과 시시퍼 마탑을 주축으로 한 백 진영은 대군을 이끌고 대륙 서남부로 몰려가 야스퍼 전사탑을 무너뜨렸다. 이어서 그들은 고요의 사원까지 깨부수면서 승기를 잡았다.

하지만 흑의 반격도 만만치 않았다.

피사노교의 신인들이 맹활약을 펼친 끝에 흑 진영은 백 진영의 침입자들을 다시 라임 협곡까지 밀어내는 데 성공했다.

전세 역전에 성공한 피사노교는 후퇴하는 적들을 쫓아가

아예 숨통을 끊어버릴 계획을 세웠다.

실제로도 다수의 사도들이 추격에 나설 준비를 마쳤다.

한데 흑의 추격 계획은 곧 중단되었다.

이유는 간단했다. 구름 위의 전투를 끝내고 지상 전투에 복귀한 줄 알았던 신인들이 감감무소식이었기 때문이다.

검녹의 마군 쌀라싸도, 마왕 싸마니야도 지상의 전투에 살짝만 개입했을 뿐 모습을 드러내지 않았다.

"혹시 그분들께서 강적들과 싸우다가 부상을 입으셨나?"

힐다는 조심스레 이런 추측을 했다.

그 말에 다른 사도들은 가슴이 철렁했다.

"어? 진짜?"

"맞아. 그럴 수도 있겠네."

아무래도 힐다의 말이 맞을 가능성이 높아 보였다.

부랴부랴 신탁사도들이 점을 쳤다. 사브아의 혈족이자 이탄과 계약한 린도 동료 신탁사도들을 도왔다.

한데 점괘가 제대로 뽑히지 않았다. 신탁사도들이 몇 번을 반복했지만 보이는 것 없이 혼탁하기만 했다.

결국 피사노교의 사도들은 머리를 맞대고 고민한 끝에 다음과 같은 결론을 내렸다.

— 구름 위의 전투 결과, 와힛 님께서 이끄시는 피사노 교가 백을 상대로 승리를 거뒀다.

— 다만 그 전투에서 신인들께서도 큰 피해를 입으셨다.

— 여러 신인 중 쌀라싸 님과 싸마니야 님께서 마지막 힘을 쥐어짜서 지상 전투를 도우셨다.

— 그 도움을 끝으로 쌀라싸 님과 싸마니야 님도 위중한 상처를 치료하기 위해서 급히 자리를 뜨셨다.

이상이 사도들이 내린 결론이었다.

"위대한 분들의 지휘 없이 우리 사도들만으로 백 진영 놈들과 전면전을 계속하는 것은 무리라고 봐."

힐다가 이렇게 주장했다.

힐다의 권세는 일반 사도들과는 격이 달랐다. 이는 그녀가 초마의식에 성공하여 부정 차원의 여악마종과 결합한 덕분이었다.

다른 사도들이 꿀 먹은 벙어리처럼 가만히 있자 힐다가 좀 더 강하게 자신의 의견을 밀어붙였다.

"일단 백 진영에 대한 추격은 하지 말자. 내 생각에 지금은 교의 병력을 최대한 보존할 때야. 그리곤 위대한 분들께서 돌아오시기를 기다려야지."

힐다의 말이 끝나자 신탁사도들이 다시 점을 쳤다.

*** 자중하라. ***

이게 신탁사도들이 뽑은 점괘의 결과였다.

이번 점괘 또한 힐다의 주장을 뒷받침했다. 주도권을 손에 넣은 힐다가 입꼬리를 팽팽하게 당겼다.

그날 피사노교는 백 진영을 추격하지 않았다.

오히려 피사노교도 퇴각하기 시작했다. 고요의 사원에서 썰물처럼 물러난 피사노교의 교도들은 일단 대륙 북서부에 위치한 교의 총단으로 되돌아갔다. 그리곤 그곳에서 신인들이 돌아오기만을 기다렸다.

전쟁에 직접 개입했던 여섯 신인, 즉 와힛, 쌀라싸, 캄사, 사브아, 싸마니야, 그리고 쿠미(이탄)는 시간이 흘러도 복귀하지 않았다.

사도들은 점점 초조해졌다.

"설마 그분들께 무슨 문제가 터진 건 아니겠지?"

이런 우려가 사도들의 가슴을 억누를 즈음, 적의 보급 차단을 담당했던 두 신인, 즉 아르비아와 티스아가 혈족들을 이끌고 교의 총단으로 돌아왔다.

제4 신인인 아르비아와 제9 신인인 티스아가 복귀한 것만으로도 사도들은 크게 안심했다. 불안하게 흔들렸던 교도들도 마음을 다잡았다.

그리고 얼마 뒤인 3월의 마지막 날, 엄청난 소식이 피사노교를 강타했다.

"이쓰낸 님께서 교에 복귀하셨다."

"뭐어? 진짜?"

이 엄청난 이야기에 모든 사도와 교도들이 들끓어 올랐다.

대체 이쓰낸이 누구인가?

지난 세기 말, 삼대 탑을 비롯한 오만한 백 세력들을 공포에 떨게 만들었던 절대자가 바로 이쓰낸이다. 와힛과 쌍벽을 이루며 피사노교의 전성기를 이끌었던 여인이 바로 마녀 이쓰낸이다.

이쓰낸은 그 이름만으로도 피사노교를 안정시키기에 충분했다.

신인들이 대거 실종되어 불안에 떨던 사도와 교도들은 이쓰낸의 등장과 함께 모든 우려를 씻어내었다.

심지어 아르비아와 티스아도 가슴을 쓸어내렸다.

Chapter 3

사실 아르비아는 쌀라싸에 비해서 많이 약했다. 그녀는 무력뿐 아니라 통솔력, 판단력, 리더쉽 등등 모든 면에서 보았을 때 거대 교단을 단독으로 이끌만한 인물은 아니었다.

차라리 아르비아보다는 제8 신인인 싸마니야가 훨씬 더 카리스마가 넘쳤다. 무력도 싸마니야가 더 강했다.

티스아는 한술 더 떴다. 그녀는 '진격의 티스아'라는 별명이 붙을 만큼 용맹한 검수였으나, 맹한 구석이 있어서 교를 통솔하는 역할은 맞지 않았다.

아르비아나 티스아도 자신들의 한계를 명확히 알았다. 그래서 그녀들은 하루라도 빨리 와힛이나 쌀라싸가 돌아오기만을 애타게 기다렸다. 백 진영과 전면전이 시작된 마당에 이들이 없다는 것은 상상하기 싫은 일이었다.

한데 바로 그 순간에 이쓰낸이 돌아왔다.

"오오오, 이쓰낸 님이시여."

"감사합니다. 감사합니다."

두 여성 신인들은 맨발로 뛰쳐나와 이쓰낸 앞에 엎드려 눈물을 글썽거릴 정도로 그녀의 출현을 반겼다.

무려 70여 년 만에 돌아온 이쓰낸은 피사노교를 재정비하기 시작했다.

이쓰낸은 와힛이 치명상을 입어서 한동안 꼼짝도 못 한다는 사실을 잘 알고 있었다. 쌀라싸와 싸마니야도 이미 뒈져버렸다는 사실을 익히 알았다. 솔직히 쌀라싸와 싸마니야는 이쓰낸의 손에 언데드가 되었다.

사브아도 마찬가지.

피사노교의 제7 신인인 사브아는 이미 수십 년 전에 죽었다. 아울 검탑의 우드워커가 사브아를 죽인 뒤 그녀로 위장하여 피사노교에 수십 년째 침투 중이었다.

물론 그 우드워커도 며칠 전 이쓰낸의 언데드 컬렉션에 수집되었지만 말이다.

이쓰낸이 추가로 알아낸 바에 따르면, 제6 신인인 싯다는 사브아로 위장한 우드워커의 손에 죽은 듯했다.

제5 신인인 캄사는 라임 협곡 전투 당시 실종되었다.

"쯧쯧, 아마 캄사도 무사하진 못할 거야. 리헤스텐이나 방케르, 혹은 어스의 손에 붙잡혔거나 아니면 죽었을지도 모르지. 쯧쯧쯧."

이쓰낸은 캄사에 대한 미련을 버렸다.

와힛은 전투 불능이고, 쌀라싸, 캄사, 싯다, 사브아, 싸마니야가 이미 죽거나 실종되었다. 그렇다면 피사노교에서 남은 전력은 딱 4명의 신인뿐이었다.

이쓰낸 본인.

제4 신인 아르비아.

제9 신인 티스아.

제10 신인 쿠미.

이쓰낸은 이 가운데 쿠미에게 이목을 집중했다.

"내가 교를 떠난 동안에 새로 임명된 열 번째 신인이란 말이지? 흐으음. 신인이 되기 전에는 싸마니야의 혈족이었으며, 쿠퍼 가문의 가주로 침투하여 백 진영의 정보를 캐오는 역할을 맡았다고?"

이쓰낸은 의자에 비스듬히 기대어 쿠미에 대한 보고서를 읽었다.

요약보고서의 내용은 다음과 같았다.

＊ 쿠미 신인:

1. 특징:

— 키케로의 별에 재능을 보여 백 진영에 침투하는 잠행사도로 임명.

— 이후 도오마의 별에도 재능을 보여 교리사도로 중복 임명.

— 검은 드래곤의 피를 진하게 물려받았으나 겉으로는 전혀 흔적이 드러나지 않음.

2. 주특기:

— 흑주술 계열 : 다크 그린, 블러드 트리.

— 흑마법 계열 : 리콜 데쓰 호스(Recall Death Horse: 사령마 소환).

3. 특전:

— 싸마니야 님의 추천으로 교의 보고에 들어가 키케로의 별을 개방함.

— 역시 싸마니야 님의 추천으로 교의 보고에 들어가 도그마의 별을 개방함.

— 초마의식 성공 (하얀 뼈를 가진 언데드 계열의 악마종과 결합한 것으로 추정).

— 초마의식 이후 신인들의 추천을 받아 부정의 요람에 입장.

4. 공훈:

— 역대 잠행사도 가운데 최고의 성과 달성.

역할1: 쿠퍼 가문의 가주로 침투 성공.

역할2: 모레툼 교단 은화 반 닢 기사단의 전투요원으로 침투 성공.

역할3: 아울99검의 사위로 침투 성공.

역할4: 시시퍼 마탑 쎄슘 지파장의 제자로 침투 성공.

역할5: 동차원 남명 금강수라종 멸정 대선인의 제자로 침투 성공.

역할6: 마르쿠제와 친분 쌓는 데 성공.

— 교에서 아울 검탑을 무너뜨릴 당시 백 진영의 마루쿠제, 라웅고 등의 공격을 홀로 막아내어 수많은 교도들과 사도들의 목숨을 구했음 (이 공로를 인정받아 교의 열 번째 신인으로 추대).

— 최근 쌀라싸 님의 명을 받아 동차원의 수인족 술법사들을 굴복시킨 뒤, 이들을 이용하여 마르쿠제 술탑의 발목을 묶음.

— 최근 백 진영과 라임 협곡 전투 당시 리헤스텐, 방케르 등의 파상공세를 홀로 막아내어 수많은 교도들과 사도들의 목숨을 구했음.

5. 성향:

— 백 진영에 침투 중에도 바이블을 늘 몸에 소지할 정도로 신심이 깊음.

— 목숨을 돌보지 않을 만큼 사도와 교도들을 위하는 마음이 큼.

6. 장점:

— 무력: 나이에 비해 최상

— 통솔력: 최상

— 지략: 중

7. 단점:

— 마음이 약함(특히 교도들의 목숨이 걸린 일에 약한 모습을 보임).

"아하하. 이거 아주 대단한걸."

이쓰낸은 쿠미(이탄)에 대한 요약보고서를 모두 읽은 뒤, 하얗게 이빨을 드러내었다.

Chapter 4

보고서만 보면 쿠미는 아주 완벽했다.

2개의 별에 재능을 개화한 점도 그렇고, 어린 나이에 이미 무력이 쌀라싸에 버금간다는 점만 보아도 인상적이었다. 게다가 쿠미가 통솔력이 지극히 뛰어나 모든 교도들의 추앙을 받는다는 점도 눈에 띄었다.

또한 지금까지 쿠미가 보여준 활약도 대단했다.

백 진영 삼대 탑에 골고루 침투해 있는 점도 칭찬해줄 만한데, 쿠미 신인은 작년 10월 아울 검탑 공략 당시 혼자서 피사노교의 위기를 막아내었다.

그래서 쿠미 신인에게 붙은 별명이 '교를 지키는 장벽', 혹은 '교의 울타리'란다.

이 정도면 거의 최고의 찬사였다. 와힛이나 이쓰낸도 젊은 시절 쿠미 신인과 같은 활약을 펼치지는 못하였다.

쿠미 신인이 가지고 있는 수많은 장점에 비해서 단점은 거의 없는 것이나 마찬가지였다.

"독한 역할은 다른 신인들이 해주면 되지. 쿠미 신인은 앞으로도 계속해서 교의 영웅으로 남는 게 좋겠어. 우리 피사노교가 번창하려면 교도들의 마음을 하나로 모으는 구심점이 필요하니까."

이쓰낸은 기분 좋게 중얼거렸다. 이때까지만 하더라도 이쓰낸의 얼굴은 봄바람처럼 부드럽게 살랑거렸다.

그러다 갑자기 이쓰낸의 표정이 겨울 삭풍처럼 싸늘하게 얼어붙었다.

"한데 말이지, 막내 녀석이 백 진영에 침투할 때 사용한 이름이 이탄이란 말이야. 이탄. 이탄. 이탄."

이쓰낸은 손톱 끝으로 의자 팔걸이를 톡톡톡 두드렸다. 그러면서 그녀는 이탄이라는 이름을 세 차례나 반복하여 입안에서 되뇌었다.

모레툼 교단의 이탄 신관.

은화 반 닢 기사단의 49호 성기사.

시시퍼 마탑의 도제생이자 쎄숨 지파장의 제자.

금속 마법에 엄청난 재능을 보인 천재.

이게 쿠샴이 파악하고 있는 이탄의 정체성이었다.

아울2검인 우드워커가 사브아로 위장하여 피사노교에 침투한 것처럼, 이쓰낸은 쿠샴이라는 이름으로 시시퍼 마탑에 침투해 있었다. 그것도 일반 마법사가 아니라 무려 부탑주라는 지고한 지위까지 올랐다.

덕분에 이쓰낸은 백 진영의 세세한 정보들을 손바닥 들여다보듯이 꿰뚫었다. 그런 이쓰낸의 귀에 요새 자주 들리는 이름이 바로 이탄이었다.

사실 이탄은 최근 백 진영 수뇌부들이 주목하는 신성이었다. 그만큼 이탄의 활약은 놀라웠다.

이쓰낸이 파악한 바에 따르면, 비크 전 교황은 이탄 신관을 사냥개로 길들이기 위해서 많은 공을 들였다고 했다. 그만큼 비크가 이탄의 능력을 높이 평가했다는 뜻이었다.

비단 비크만이 아니었다. 모레툼 교단의 차기 교황으로 손꼽히는 레오니 추기경도 이탄에게 공을 많이 들이는 눈치였다.

이쓰낸이 최근에 들은 정보가 맞는다면, 레오니의 추심 기사단이 모레툼 교황청으로 진격하여 비크를 몰아낼 당시, 이탄이 어마어마한 신성력을 발휘하여 신의 강림이라는 소리를 들었다고 했다.

이것은 라임 협곡 전투 전날 이쓰낸이 추심 기사들로부터 직접 들은 이야기였다.

한편 이탄은 아울 검수들 사이에서도 꽤나 평이 좋았다.

이탄이 아울99검의 사위라서가 아니었다. 이탄은 아울 검탑의 재정을 획기적으로 늘려준 은인이었다.

라임 협곡에서 전투가 벌어지기 전, 이쓰낸은 쿠샴의 부탑주의 신분으로 아울 검수들과 어울렸다.

그때 이쓰낸은 아울 검수들의 입에서 이탄에 대한 칭찬이 줄줄 튀어나오는 것을 듣고서는 깜짝 놀랐다.

"그런데 그게 다가 아니란 말이지. 이탄은 동차원의 거물인 멸정 대선인의 제자이자 마르쿠제 술탑과도 친분이 깊다고."

톡. 톡. 톡. 톡. 톡.

이쓰낸은 규칙적으로 의자 팔걸이를 두드렸다.

"이탄. 너의 정체는 뭐냐? 우리 피사노교의 잠행사도 역할에 충실하기 위해 백 진영 핵심부에 멋지게 파고든 영웅이냐? 아니면 흑과 백 양쪽에 빨대를 꽂고 꿀만 빨아먹고 사는 박쥐 새끼냐?"

순간적으로 이쓰낸의 눈매가 차가운 한광을 토했다.

"다른 것은 다 이해한다고 치자. 금강수라종 멸정 대선인의 제자가 된 것도, 시시퍼 마탑 쎄숨의 제자가 된 것도, 모두 피사노교를 위한 업무였다고 포장할 수 있겠어. 하지만 신성력은 뭐지? 검은 드래곤의 피를 개화한 자가 어떻게 모레툼의 재림이라는 말을 들을 정도로 강력한 신성력을 선보일 수 있느냐고."

좋다. 100번 양보해서 여기까지도 이해한다고 치자.

쿠미 신인은 라임 협곡에서 백 진영의 무차별 폭격으로 온몸으로 막아내며 피사노교가 후퇴할 시간을 벌어주었다.

그 일로 말미암아 피사노교의 모든 사도와 교도들이 쿠미 신인에게 크나큰 감명을 받았다. 라임 협곡 전투 이후로 쿠미의 소식이 뚝 끊긴 점이 더더욱 극적 역할을 했다.

Chapter 5

"우리 피사노교는 쿠미 신인님께 큰 빚을 졌어."

"맞아. 쿠미 신인님이야말로 검은 드래곤께서 피사노교를 위해서 내려주신 분이시라고."

"모든 신인들께서는 다 위대하시지만, 그중에서 우리를

가장 아껴주시는 분은 쿠미 신인님이시지."

피사노교의 사도와 교도 사이에서는 공공연하게 이런 말들이 떠돌았다. 이들 사이에서 쿠미의 인기는 와힛을 넘어섰다. 쿠미의 인기가 너무 높아 위험할 정도였다.

그런데 이쓰낸은 놀라운 반전을 하나 들었다.

전쟁의 말미, 고요의 사원 부원주가 갑자기 튀어나와 엄청난 무력을 선보였다고 했다. 그때 백 진영에서 이탄으로 추정되는 자가 나타나 아도르노 부원주를 막아냈단다.

"이번에도 이탄은 신의 강림을 연상시킬 정도로 강력한 신성력을 터뜨렸다지? 흐으음. 쿠미가 곧 이탄이라면 말이야, 녀석은 왜 라임 협곡 전투 이후로 모습을 감추고 있다가 백 진영의 편에서 전투에 개입한 걸까? 흑과 백 사이에서 줄타기라도 하는 건가?"

이쓰낸이 생각하면 할수록 이탄에게서 구린내가 진동했다. 이제 이쓰낸은 본격적으로 이탄을 의심하기 시작했다.

오로지 이쓰낸만이 이탄에 대한 의심을 품을 수 있었다. 이탄이 피사노교와 백 진영에 골고루 뿌리를 내린 것처럼, 이쓰낸도 양 진영의 최고급 정보를 한눈에 들여다볼 수 있는 위치였다.

덕분에 이쓰낸은 와힛이나 쌀라싸가 보지 못했던 측면까

지도 모두 살필 수가 있었다. 그리곤 이탄의 수상한 점들을 하나둘 발견하게 되었다.

"아무래도 안 되겠어. 실종된 척 연기를 하는 괘씸한 쿠미 녀석을 한번 교로 불러들여야겠어. 녀석을 한번 자세히 뜯어봐야 해."

이게 이쓰낸이 고민 끝에 내린 결론이었다.

3월에 시작된 흑과 백의 전면전은 4월이 되면서 잠시 소강상태로 접어들었다.

이 무렵 이탄은 고요의 사원에서 아도르노를 툼 군단에 가입시킨 뒤, 은밀히 전장에서 이탈하여 휴식기를 가졌다.

"레오니 추기경이나 쎄숨 스승에게 붙잡혀 꼬치꼬치 질문을 받으면 귀찮기만 하지. 조용해질 때까지 좀 쉬자."

이게 이탄의 생각이었다.

하지만 세상은 이탄이 편한 꼴을 봐주지 않았다. 이탄이 얼마 쉬지도 못했는데 예상치 못한 날벼락이 떨어졌다.

⊗ [피사노 이쓰낸] 쿠미 신인.
⊗ [피사노 쿠미] 헉?

이탄은 갑자기 망막에 맺힌 대화창을 보고는 소스라치게 놀랐다.

어찌나 놀랐던지 이탄은 속마음을 제대로 추스르지도 못했다. '헉?' 하고 놀란 마음이 대화창에 고스란히 찍혔다.

그만큼 이쓰낸의 연락은 갑작스러웠다.

또 한 가지.

지금까지 이탄이 피사노교의 네트워크에 접속할 때면 대화명이 [쿠퍼]라고 찍혔다. 싸마니야의 혈족인 쿠퍼가 이탄의 공식 이름이었기 때문이다.

지금은 바뀌었다.

이제 이탄은 공식적으로 신인이 되었기에 대화명도 [쿠퍼]가 아니라 [피사노 쿠미]로 업그레이드되었다.

어쨌거나 대화명이 바뀐 게 중요한 것은 아니었다. 이탄은 서둘러 마음을 가다듬고는 이쓰낸과 대화를 시작했다.

　

　∞ [피사노 쿠미] 정말 이쓰낸 님이십니까? 처음 뵙겠습니다. 싸마니야 님의 혈족이었다가 운 좋게 신인이 된 쿠미라고 합니다.

　

이탄은 자기소개부터 했다.

이쓰낸이 반갑게 인사를 받았다.

　⊗ [피사노 이쓰낸] 그래. 쿠미. 이렇게 연락이 닿
으니 반갑구나.
　⊗ [피사노 쿠미] 넵. 저도 전설로만 전해 듣던
이쓰낸 님과 직접 대화를 나누게 되어 영광입니
다.

이탄은 일단 혀에 기름칠을 하고는 슬슬 시동을 걸었다.
이쓰낸은 아부에 쉽게 넘어가지 않았다. 곧바로 정곡을
찔렀다.

　⊗ [피사노 이쓰낸] 그나저나 쿠미 신인, 지금 어
디니?
　⊗ [피사노 쿠미] 네?
　⊗ [피사노 이쓰낸] 라임 협곡 전투 이후로 연락
이 끊겨서 다른 신인들이 네 걱정을 하더구나. 그
래서 지금 어딘데?
　⊗ [피사노 쿠미] 아, 네. 이쓰낸 님, 지금 저는
……

이 대목에서 이탄은 숨을 한 번 끊었다. 이탄의 뇌세포가 빠르게 회전했다.

'초면에 내 거처부터 묻는다고? 뭘 알고 질문하는 건가? 이쓰낸, 이 여자, 지금까지 어디 있다가 불쑥 등장한 거지?'

솔직히 이탄은 구름 위의 전투에 이쓰낸이 개입했다는 사실을 몰랐다. 이쓰낸이 시시퍼 마탑의 쿠샴 부탑주라는 사실은 더더욱 알지 못했다.

천공안으로 미래를 볼 수 있는 이탄이지만 희한하게도 이쓰낸과 관련된 미래는 안개가 잔뜩 낀 듯 모호했다.

'라임 협곡에서 부상이 심해서 치료 중이라고 둘러댈까?'

문득 이런 아이디어가 이탄의 뇌리에 떠올랐다. 지금 상황에서는 부상 핑계를 대는 것이 가장 합리적이라 느껴졌다.

한데 문득 묘한 위화감이 이탄을 엄습했다.

'가만! 라임 협곡에서 내가 그 정도로 공을 세웠으면 우선 내 부상 여부부터 물어봐야 하는 것 아냐? 그런데 내 위치부터 질문한다고?'

아무래도 이건 이쓰낸이 이탄을 의심하는 분위기였다.

이탄은 벼락이 내리칠 만한 짧은 시간 안에 여기까지 유추
했다.

Chapter 6

'거짓말로 둘러대면 들킨다. 이 여자, 뭔가 있어.'
이탄은 재빨리 상황을 정리하고는 대답을 이었다.

⊗ [피사노 쿠미] 이쓰낸 님, 지금 저는 대륙 서남
부에서 부상을 치료 중입니다.

엉뚱하게도 이탄은 부상 핑계를 대면 안 될 것 같은 상황
에서 부상 핑계를 대었다. 이건 허술한 함정 속에 진짜 함
정을 파놓는 고도의 기만술이었다.
이쓰낸이 기다렸다는 듯이 캐물었다.

⊗ [피사노 이쓰낸] 부상? 라임 협곡에서 큰 상처
를 입었나 보구나. 그치?

이탄의 망막에 찍힌 이쓰낸의 질문은 묘하게 집요함이

느껴졌다. 다 알면서 묻고 있는 듯한 느낌도 들었다.

'역시 내 촉이 맞았어.'

이탄은 덤덤히 대답했다.

⊗ [피사노 쿠미] 라임 협곡 말씀이십니까? 물론
그곳에서도 상처를 입기는 했지만 그래도 움직일
만은 했습니다. 문제는 그 후에 아도르노라는 자와
싸우다가 부상이 심해졌습니다.

이게 이탄의 주장이었다.

이쓰낸이 당장에 캐물었다.

⊗ [피사노 이쓰낸] 엉? 그게 무슨 소리니?

이탄은 좀 더 상세하게 상황을 설명했다.

⊗ [피사노 쿠미] 이쓰낸 님, 저는 라임 협곡에서
더러운 백 진영 놈들의 파상공격을 받는 바람에 제
법 큰 상처를 입었습니다. 그래도 간신히 정신을
차리려고 노력을 하였는데, 어느새 백 진영 놈들에
게 둘러싸였지 뭡니까.

∞ [피사노 이쓰낸] 호오? 그래서?

∞ [피사노 쿠미] 이쓰낸 님께서는 모르실 수도 있지만, 사실 저는 싸마니야 님의 엄명을 받아 백 진영에 침투 중입니다. 덕분에 모레툼 교단의 성기사와 시시퍼 마탑의 도제생 신분을 가지고 있지요.

∞ [피사노 이쓰낸] 아아, 그래?

이쓰낸은 흥미롭다는 듯이 이탄의 답을 경청했다.
이탄이 빠르게 대화를 이었다.

∞ [피사노 쿠미] 네. 그 가짜 신분이 제 목숨을 살렸지 뭡니까. 백 진영의 더러운 놈들에게 포위를 당한 절체절명의 순간, 저는 순간적인 기지를 발휘하여 피사노교의 신인이라는 진짜 신분을 숨기고는 모레툼의 성기사인 척했습니다. 그리곤 적진에 합류하여 고요의 사원까지 먼 거리를 행군했습니다.

∞ [피사노 이쓰낸] 하면 아도르노와 싸우다가 부상이 도졌다는 말은 뭐니? 아도르노는 고요의 사원 부원주 아니야?

∞ [피사노 쿠미] 맞습니다. 제가 추심 기사인 척 하자 레오니 추기경이라는 여자가 제게 명을 내리 더군요, 고요의 사원 부원주가 너무 강하여 공략이 어려우니 그를 멀리 유인하라고요.

∞ [피사노 이쓰낸] 그래서 레오니가 시키는 대 로 따랐다? 그게 우리 피사노교에 해가 되는 행위 인 걸 알면서?

이쓰낸의 추궁은 묘하게 껄끄러웠다.

캄사를 제외하면 대부분의 신인들은 이탄에게 무척 호의 적이었다.

'그런데 이쓰낸은 처음부터 삐딱한 시선으로 나를 보는 것 같네. 하아.'

이탄은 슬슬 짜증이 치밀었다.

∞ [피사노 쿠미] 이쓰낸 님, 송구합니다. 당시에 는 그렇게 해야 제가 의심을 받지 않을 거라고 판 단했습니다. 원래 잠행사도 역할을 제대로 하려면 때로는 적에게 유리한 미션도 어쩔 수 없이 해야 하니까요.

이탄의 이 말은 "잠행사도의 역할이 뭔지도 모르면서 왜 그렇게 삐딱하십니까?"라는 반박을 부드럽게 완화한 것이었다.

이탄이 강하게 나오자 거꾸로 이쓰낸이 부드러워졌다.

∞ [피사노 이쓰낸] 그렇구나. 이제 이해가 좀 되네.

∞ [피사노 쿠미] 이해해주셔서 감사합니다.

∞ [피사노 이쓰낸] 그나저나 몸은 좀 회복되었고? 이제 괜찮아졌어?

∞ [피사노 쿠미] 완전히 회복되려면 멀었습니다. 그래도 여러 신인님들께서 걱정해주신 덕분에 심각했던 상처는 상당히 완화되었습니다.

∞ [피사노 이쓰낸] 그거 다행이구나. 그럼 아직도 추심 기사단과 동행 중이야?

이 질문을 받은 순간, 이탄은 그렇다고 답을 하려고 했다. 하지만 또 묘하게 촉이 왔다.

'왠지 거짓말을 하면 안 될 것 같네.'

이탄은 마음을 가다듬고는 사실대로 답했다.

⊗ [피사노 쿠미] 아닙니다. 고요의 사원 전투 당시 저는 아도르노와 싸우면서 전쟁터를 이탈한 뒤, 적당히 기회를 봐서 몸을 빼냈습니다. 그 이후 로는 조용한 어촌에 숨어서 상처를 치료 중이었고요.

⊗ [피사노 이쓰낸] 잘되었구나. 그 어촌이 어디니? 위치만 말해줘. 그럼 내가 마법진을 열어줄 테니까 그걸 타고 교의 총단으로 오너라.

⊗ [피사노 쿠미] 지금 바로 말씀이십니까?

⊗ [피사노 이쓰낸] 응. 지금 바로. 아무래도 총단에서 상처를 치료하는 게 더 회복이 빠르겠지?

이쓰낸은 이 순간만을 기다렸다는 듯이 이탄을 피사노교의 총단으로 불러들였다.

'하아—.'

이탄은 속으로 한숨을 삼킨 뒤, 긍정적으로 답을 했다.

⊗ [피사노 쿠미] 알겠습니다, 이쓰낸 님. 공간이동 마법진을 열어주시면 곧바로 총단에 들어가겠습니다.

⊗ [피사노 이쓰낸] 호호. 잘 생각했어.

⊗ [피사노 쿠미] 바쁘실 텐데 이렇게 직접 신경을 써주셔서 감사합니다.

　　⊗ [피사노 이쓰낸] 뭐, 이런 걸로 고마워하고 그래? 당연히 내가 할 일이지. 호호호. 조금 뒤에 보자. 호호호호.

　이쓰낸은 웃음으로 대화를 마무리했다.

　네트워크 연결이 종료된 뒤, 이탄은 지그시 이맛살을 찌푸렸다.

　"아, 제기랄. 내가 왜 총단에 들어간다고 했을까? 지금 추심 기사단과 동행하는 중이라 총단에 들어갈 수 없다고 둘러댈걸."

　이탄은 충분히 거짓말을 할 수도 있는 상황이었다.

　그런데 왠지 모르게 이쓰낸을 만나야 할 것 같다는 촉이 왔다. 하여 이탄은 자신의 촉을 믿고 이쓰낸의 뜻을 따랐다.

　"그런데 이게 잘하는 짓인지 모르겠네."

　이탄이 절레절레 고개를 가로저었다. 희한하게도 이쓰낸과 관련된 미래는 천공안에 잘 잡히지가 않았다.

　그렇다고 아예 안 보이는 것도 아니었다. 뿌옇게 흐린 영상 몇 컷이 이탄의 천공안에 들어왔다. 특히 그 가운데 한 컷은 마치 재판장 같은 느낌을 자아내었다.

이탄은 거듭 한숨을 내쉬었다.

"하아아."

이래저래 속이 복잡한 하루였다.

〈다음 권에 계속〉